光文社文庫

The Potter's Field

修道士カドフェル⑰

陶工の畑

エリス・ピーターズ
大出 健 訳

KOBUNSHA

Brother
CADFAEL

陶工の畑

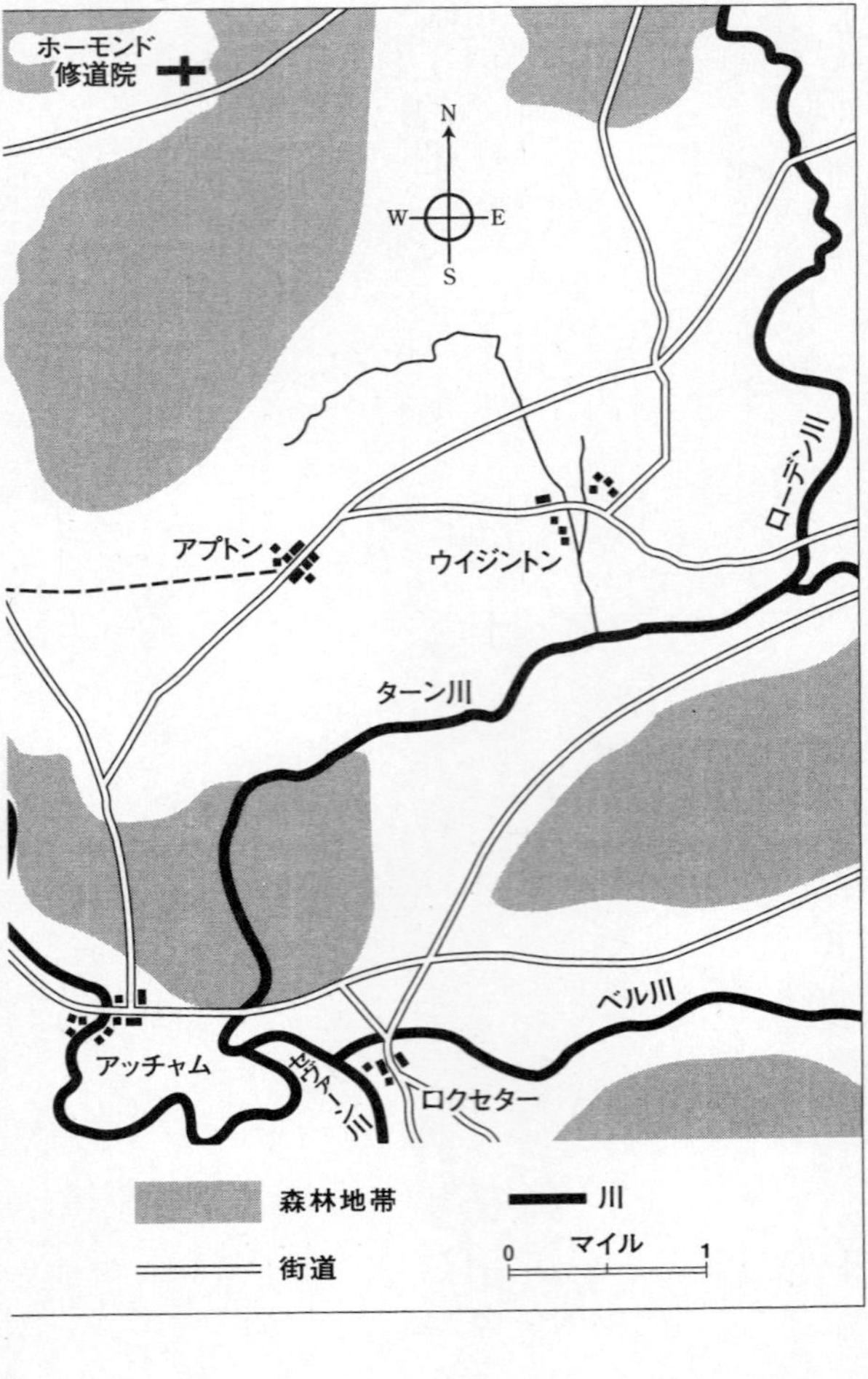
ホーモンド
修道院
N
W
E
S
アプトン
ウイジントン
ローデン川
ターン川
ベル川
アッチャム
セヴァーン川
ロクセター
森林地帯
川
街道
0
マイル
1

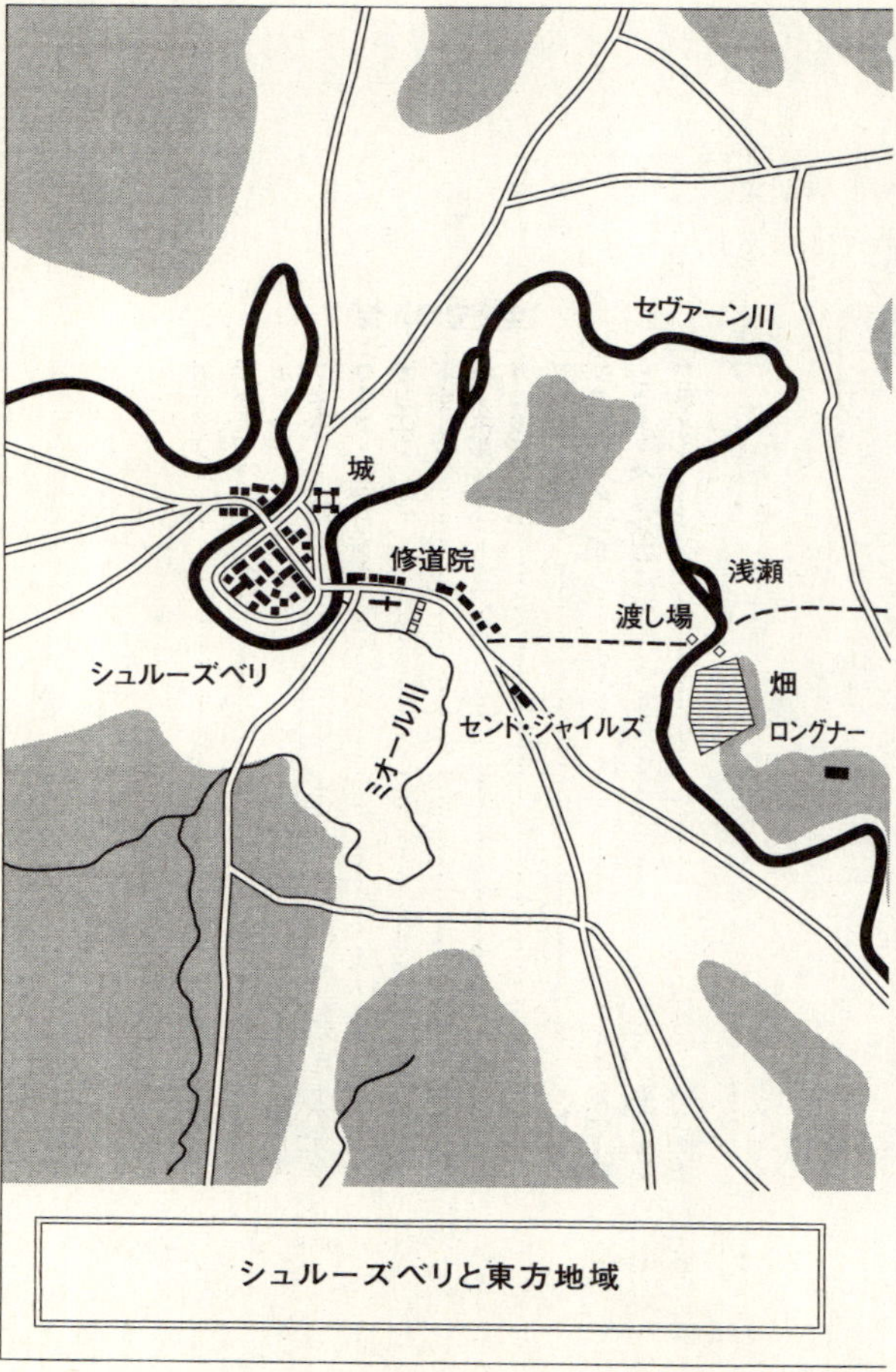

シュルーズベリと東方地域

〈主要登場人物〉

カドフェル……………………………………修道士
ラドルファス…………………………………修道院長
ルアルド………………………………………修道士
ジェネリーズ…………………………………ルアルドの元妻
ユード・ブラウント…………………………荘園主
サリエン………………………………………ユードの弟
ドナータ………………………………………ユードたちの母
パーネル・オットミア………………………荘園主の娘
ガニルド………………………………………パーネルの侍女
ブライトリック………………………………行商人
ジョン・ハインド……………………………銀細工師
ヒュー・ベリンガー…………………………執行長官
アライン………………………………………ヒューの妻

1

一一四三年の聖ペテロ祭も終わって、はや一週間、刈りとられた小麦はすでに納屋に運びこまれ、乾燥して気持ちのよい八月の、変わらぬ日常がふたたび始まっていた。食糧保管係のブラザー・マシューは、前々から検討していた問題を、はじめて修士会に提出した。その問題というのは、彼が祭りのあいだ数日をかけて、ホーモンドにある聖アウグスティノ修道会に属する聖ヨハネ小修道院の院長と話し合ってきた事柄だった。ホーモンドは、シュルーズベリの北東、約四マイルのところにあって、もとはフィッツアランの所領だった。だが、彼はスティーブン王にたてついてシュルーズベリ城にこもったため、そのときからホーモンドの人びとの支持を失い、追放の憂き目にあっていた。噂《うわき》では、フィッツアランはふたたびフランスから舞い戻って、ブリストルで女帝軍に合流したという。いずれにしても、もと彼の領臣だった面々の多くは王への忠誠を保持しつづけていて、以前と変わらぬ領地を治めていた。ホーモンドの小修道院は彼らの保護と寄進によって立派に栄えていたから、折々の取り引きは相互に益するところが大きかった。今回の話もその例である、というのがブラザー・マシューの言い分だった。

「このたびの土地の交換ばなしは、もとはといえばホーモンドから申し出があったものですが」彼は切り出した。「双方にとって納得がいくものです。院長と副院長のロバートのおふたりには、すでに私から詳しい中味を提出ずみで、ここには問題のふたつの畑地の略図を用意してまいりました。ふたつの畑地はそれぞれかなりの大きさがあり、値打ちもそこそこというところです。わが修道院の所有する土地はホートンの先、数マイルのところにあって、まわりをホーモンド小修道院の所有地に囲まれています。この土地が彼らの所有になるのは、利用上の利便からみても、あるいは時間と労力の節約という点からみても、明らかに彼らにとって得になります。いっぽう、彼らがそれとの交換を希望している畑地は、ロングナーの荘園のこちら側にあって、わがほうからはわずか二マイルしか離れていませんが、ホーモンドからはずいぶん離れた不便なところにあります。したがって、この交換は考慮に値するものと思われます。私は実際にこの目で見て、この交換は妥当なものという結論を得ました。わが修道院が今回の申し出を受け入れるよう提議いたします」

「その土地がロングナーのこちら側にあるとするなら、川との関係はどうなのかね？」副院長補佐のリチャードが言った。彼はその荘園から一マイルそこそこしか離れていないところの出身だったので、荘園のおおよその形を知っていた。「洪水の恐れがあるのではないか？」

「いいえ、その心配はありません。たしかに、片方はセヴァーン川に沿っています。しかし、岸辺は高く、草の茂る湿地はゆっくりと起伏して畑地に達し、小さな丘のようになった場所には、防風林のように木々と藪《やぶ》が生えています。あそこはつい十五カ月くらい前まで、ブラザー・ルアルドが借りていたところです。岸辺には粘土をとる穴が二、三カ所ありましたが、いまはもう荒れ果ててしまっているでしょう。あそこはもと、陶工《とうこう》の畑として知られていました」

修士会場にさざ波のような微動がひろがった。すべての頭がひとつの方向に向きをかえ、すべての視線がほんの一瞬、ひかえめにブラザー・ルアルドに向けられたためだった。長ほそい謹厳《きんげん》な顔つきをした、ほっそりとして物静かで生真面目《きまじめ》な男、どことといって目立つところはないが、時を超越したような古典的な美形の持ち主は、半分恍惚《こうこつ》のなかにあるかのように、敬虔《けいけん》なひとときに身を浸していた。正式に修道士の誓いをしたのは、まだほんのふた月まえのことだった。しかも、修道士になりたいという心のうずきに気づいたのは、十五年の結婚生活のあと……陶工の暮らしをするようになってから数えれば実に二十五年後……のことであり、思いは募って身を焼く苦悩までになった暁に、ようやく認められ、心の平穏を得ることができたのだ。その平穏を、いまは一瞬たりとも失いたくはないと思い定めているかのようだった。すべての視線が彼に向けられたときも、その静けさは微動だにしなかった。修道院にいる人たちはひとり残らず、彼にまつわる、込み入った、奇妙といってもよい事情を知っていた。だが、そのことで彼は心を乱されることはなかった。彼は自分が希望した場所にいるだけのことだった。

「よい草地です」彼は簡単に言った。「必要なら、耕すのも簡単ですし。ふつうの増水で水浸しになる場所よりは、ずっと高い場所にあります。もう片方の畑地については、むろんなにも知りません」

「わが所有地のほうが少し大きいと思われますが」ブラザー・マシューは頭を傾け、目を細くして羊皮紙をみくらべながら、慎重に口をひらいた。「この近場の畑地なら、時間と労力が倹約できます。すでに申し上げましたが、交換は釣り合っているものと判断いたします」

「陶工の畑か！」副院長ロバートは思いにふけるように言った。「ユダの裏切りの銀貨で購入された土地ではないか、異邦人の墓地とするために。もっとも、その名に特別に不吉なところはないと思うが」

「わたしの職業からきただけの名前です」ルアルドは言った。「土地は無垢《むく》なものです。人の利用の仕方によってしか、汚されることはありません。わたしはあそこで一生懸命はたらいていました、天命を知るまでは。あそこはよい土地です。わたしは作業場と窯《かま》をつくっただけですが、もっとよい活《い》かし方もできるはずです。わたしのような使い方なら、もっと狭い土地でもよかったんです」

「あそこに行くのは不便ではなかろうな」リチャードが訊《き》いた。「街道からは、川の反対側にあたるが」

「少し上流には歩いて渡れる浅瀬がありますし、もっと近場には筏《いかだ》舟渡しの便もあります」

「あの土地はたった一年前に、ロングナーのユード・ブラウントがホーモンドに寄進したものだ」ブラザー・アンセルムがみなに、そのことを思い起こさせた。「ブラウントは今度のことに絡《から》んでいるのかね？　彼には、なにも異議はないのか？　そもそも、今度のことで相談を受けているのかね？」

「すでにご存じのとおり、先代のユード・ブラウントは今年の初め、ウィルトンで亡くなった。スティーブン王の撤退を援護する後衛をつとめて戦死した。今は同じ名前を名乗る息子のユードが、ロングナーの荘園を継いでいる。むろん、彼とは話をした。彼はなにも反対しなかった。あの土地はすでにホーモンドのものであり、ホーモンドがよいと思う方法で利用するのは、なんら差し支えないはず。それでなくとも、今度の交換は明らかにホーモンドの利益に合致するものですからな。今度のことにはなにも障害はありません」

「わがほうが、そこを自由に利用するのもかまわないのだな？」副院長は鋭く突っこんだ。

「なにも制限はないのだな？　どちらも、手にした土地をどのように使っても差し支えないのだな？　そこに建物を建てても、開墾《かいこん》しても、牧草地として使ってもいいのだな？」

「そのとおりです。開墾したければ、してよいということです」

「もう話は十分に聞いたと思う」注視する修道士たちの顔をひとわたり見まわして、院長のラドルファスは言った。「さらに異なる角度からみて問題点があるようなら、だれでもよい、すぐにこの場で発言するように」

そのあとに続いた長めの沈黙のなかで、多くの視線はふたたび、かすかな期待をこめて、ブラザー・ルアルドの厳しい顔に向けられた。彼はひとりだけ、自分の殻に引きこもって、超然としていた。くだんの土地で長年働いてきた彼ほど、その場所のことをよく知っている者がいるだろうか。今度の交換が適切なものかどうか、判断できる資格をもつ者は、彼以外にはいないのではなかろうか。だが、彼はすでに述べるべきことを述べ終わっていて、それ以上の説明をつけ加える必要を感じなかった。世間に背を向け、望んだ生活に入ることができたいま、畑やもとの住み家や窯や親族のことは、いっさい彼の関心から消えていた。以前の生活について、彼はなにも語らなかった。おそらく、考えることもないのだろう。以前の生活のいっさいは迷いだったのであり、彼にとっては過誤にすぎなかった。

「よろしい！」院長は言った。「この交換では、われわれもホーモンドも双方が得をする。マシュー、先方の院長と話をつめた上で、証書をつくってくれ。そして日程が決まりしだい、証書に署名して封印をするとしよう。そのあとは、ブラザー・リチャードとブラザー・カドフェルに現地を見てもらい、いちばんよい利用方法を考えてもらうことにしよう」

マシューは満足げな表情を浮かべて、きびきびと羊皮紙を丸めた。修道院の資産と資金に目を光らせ、土地、作物、寄贈品、遺贈品などを修道院の利益となるように計らうのは、彼の役目だった。「陶工の畑」についてはすでに鋭い目で抜かりなく見積もった結果、有望という判断を下していた。

「もう、これでよいのだな？」ラドルファスは訊いた。

「けっこうです、ファーザー！」

「それでは、これで修士会を終わる」院長はそう言うと、先頭に立って修士会場をあとにして、陽光で白っぽくなった八月の草が茂る墓地のほうへと出ていった。


夕べの祈り《ヴェスパー》のあと、カドフェルは弱まった陽射しの澄みきった夕べのなかを、町まで出かけていった。旧友のヒュー・ベリンガーと一杯やり、名づけ親になっているヒューの息子のジャイルズの顔を見るためだった。もう三歳半になるジャイルズは、背も高くなり逞《たくま》しくなって、わがままいっぱいだったが一家の慰めになっていた。名づけ親が果たすべき役割ということからいえば、カドフェルは定期的に一家を訪れる許可をもらうことができた。たとえジャイルズと過ごす時間が遊びに大半をとられ、名づけ親としての厳しいチェックに使われることはほとんどなくても、ジャイルズはむろん、その両親も文句をいうことはまったくなかった。

「あの子はわたしの言うことよりも、あなたの言うことのほうに耳を貸すことが多いわ」アラインは微笑を浮かべながら言った。「でも、あなたがあの子をうんざりさせるよりも前に、あなたのほうがうんざりさせられてしまうわね。今日は都合がいいことに、そろそろあの子の寝る時間だわ」

黒髪のヒューに対して、彼女は、淡黄色の金髪の持ち主で、華奢《きゃしゃ》な体つきをしていたが、背丈はこころもち夫より大きかった。息子は同じようなほっそりした体つきで、髪の色は亜麻色だった。いつの日か、彼の背丈は父親より頭ひとつは大きくなるだろう。ヒューはこの跡取り息子が生まれたときに……それはクリスマスまぢかの日で、またとない贈り物だった……すでにそれを予見していた。三歳になった息子はまるで健康な犬ころみたいに元気よく、力を使い果たすと、たわいなく寝てしまうところも犬ころそっくりだった。ジャイルズはアラインの腕に抱かれて寝床に向かった。ヒューとカドフェルはワインをかたわらに仲良くすわり、その日の出来事を振り返った。

「ルアルドの畑だって？」修士会での話題を聞き終わると、ヒューは言った。「あそこはロングナーの荘園のうち、こちらに近い場所にある大きな畑で、ルアルドが小さな菜園をつくり、窯をかまえていたはずだ。そうじゃないか？　ブラウント一家がホーモンドの修道院にあそこを寄進したときのことは、よく覚えている。わたしはそのときの立会人だったのだ。たしか、昨年の十月初めのことだった。ブラウント一家はいつも、ホーモンドのよき援助者だった。もっともホーモンドのほうは、あそこを手に入れはしたものの、ろくに利用してはいなかったが。シュルーズベリのものになれば、ずっとましだろう」

「わしがあのあたりを通りかかったのは、もうかなり前のことになる」カドフェルは言った。

「きみの話からすると、あそこは放っておかれたも同然ということなのか？　ルアルドが修道院に入ってからは、たしかに焼き物をする者はいなくなった。だが、ホーモンドはあそこに借地人を入れたはずだ」

「それはそのとおりだ。ひとりの未亡人が移り住んだ。しかし、ひとりの女になにができる？　その彼女さえ今は、町に住む自分の娘のところに去ってしまった。窯は石を利用するために壊され、小屋は朽ちるままだ。そろそろ、だれかが引き継ぐべきときだ。今年など、ホーモンドの連中は干し草を刈ることさえしなかった。自分たちの手を離れることを、むしろ彼らは喜ぶんじゃないかね？」

「たしかに、両者にとって都合がいい」カドフェルは思案するように言った。「ロングナーの跡継ぎ息子のユード・ブラウントは、反対しなかったそうだ。マシューはそう報告した。むろん、ホーモンドの修道院長は前もって、彼と話をつけていたに違いないがね。なにしろ、あそこは彼の父親から修道院に寄進されたものなんだから。それにしても不幸なことだ」カドフェルは憂鬱そうな顔をした。「寄進した当人はあの世に召されてしまい、今度の件に口出しはできんのだからな」

先代のユードは、くだんの土地をホーモンドに寄進したあと数週間もたたないうちに、後事を跡取り息子に託してスティーブン王の軍勢に馳せ参じ、女帝モードの軍をオックスフォードに包囲したのだった。そのときには彼は無事に戦い抜いたのだったが、それから二、三カ月もたたないうちに、ウィルトンで思いもかけぬ死にみまわれた。スティーブンは仇敵《きゅうてき》といってもよいグロスターのロバートをあなどり、相手の迅速《じんそく》な行動力を見誤った。そのため王はわずかな手勢を連れただけでウィルトンに近づき、たちまち敵の攻撃に敗走したのだった。王が生き延びられたのは後衛の英雄的なふんばりのおかげだったが、その代償は相談役ウィリアム・マーテルの捕囚とユード・ブラウントの戦死だった。スティーブンは名誉にかけて、高い身代金を払ってマーテルを奪回した。だが、ユード・ブラウントを取り戻すことは不可能だった。結局、ロングナーでは長男のユードが跡を継いだ。ラムゼーの修道院に見習い修道士として入っていた次男が、父親の亡骸《なきがら》を家まで運んできたことを、カドフェルは思い出した。それは三月のことだった。

「立派な、背の高い男だった」ヒューは思い出していた。「まだ四十を二つか三つしか越えていなかった。そして男前がよかった！　息子たちは足元にも及ばなかった。だが、運命とは不思議なものだ。夫人のほうはいくつか上だったが、なにかを病んでいるようで影のように憔悴《しょうすい》して、苦痛が絶えることがなかった。だが、彼女は今も生きながらえていて、夫はもうこの世にいない。彼女はあなたのところに薬を頼んできたことはないのかな？　ロングナーのあの婦人、名前は忘れてしまったが」

「ドナータだ」カドフェルは言った。「ドナータというのが彼女の名前だ。いまの薬の話だが、一時期、彼女の苦痛をやわらげる飲み薬を、召使いの女がわしのところに取りにきていた。だが、取りにこなくなってから、もうかれこれ一年以上になる。たぶん、調子がよくなったので、もう薬の必要を感じなくなったんだろうと、わしは推測した。彼女にしてやれることなんて、わずかなものさ。わしの手にあまる病気なんて、山ほどあるのだからな」

「わたしはユードの葬式のときに、彼女を見かけた」ヒューは開け放たれた戸口を通して、青みを帯びて暮れなずむ夏の宵の庭を、沈んだようすで見やりながら言った。「だが、それは違う。彼女にはまったくといってよいほど、回復の兆しは見られなかった。皮と骨のあいだにはほとんど肉がなく、明かりに手をかざしたときには、たしかに透けて見えたほどだった。顔の色はラベンダー色に近い灰色で、深いしわが刻まれていた。ユードはオックスフォードに向けて出陣の決意を固めたとき、わたしのところに使いをよこした。わたしは、そんな夫人をあとに残していくなんて、よくもできるもんだと思ったものだ。スティーブンは彼を呼んだわけではなかった。たとえそうだったとしても、彼自身が出向かねばならぬ理由はなかった。彼に求められたのは、武装させた騎馬従者をひとり、四十日間差し出すことだけだった。しかし、彼は留守中の心配がないように気を配り、荘園を息子に託して、みずから出向いた」

「もしかすると……」カドフェルは言った。「彼は手助けもできず、かといって食い止めることもできぬ悲惨な状況を見つづけることに、耐えられなくなったのかもしれぬ」

カドフェルの声は非常に低く、そのときその場に戻ってきたアラインには聞き取れなかった。妻であり母親であることに満ち足りて、幸せに輝くばかり彼女の姿は、すべての暗い考えを追い払った。ふたりは急いで深刻そうな雰囲気を消し去って、彼女の平安を乱さないようにした。アラインはふたりのそばに腰掛けた。このときばかりは、その手はすべての雑事から解放されていた。もう暗くなりすぎて縫い物はむろん、糸紡《つむ》ぎも無理だったし、暖かく穏やかな夕暮れの美しさは蠟燭《ろうそく》をつけてまわって台無しにするには、もったいなさすぎた。

「あの子はもうぐっすり寝込んだわ。お祈りのときにはこっくりしてたのに、それでもコンスタンスに、いつもの物語を聞かせてってせがんだのよ。たぶん、最初のほんの数語しか耳には入らなかったでしょうけど、習慣は変えられませんわ。それはそうと、わたしにも物語を聞かせてくださいません？　あなたがここを去る前に」彼女はカドフェルに微笑《ほほえ》みかけながら言った。「修道院でなにがあったんですか。祭りのとき以来、ミサに出席するセント・メアリー教会より先までは、足を延ばしたことがないんです。今年の祭りは成功でしたか？　フランドルの商人はいつもより少なかったようですけど。でも例年どおり、いい布地は出てました。わたしはよい買い物をしたんですよ。ウェールズ産の厚手のウール地で、冬用のガウンにするつもりなんです。この人ったら……」彼女は夫に、いたずらっぽい顔を向けて言った。「着る物にはまったく無関心なんです。でも、妻としては夫に寒い思いをさせたり、すり切れた服のまま出かけさせるわけにはいきませんわ。この人のいちばんよい室内ガウンは、もう十年も着つづけで、二度も裏打ちしてるっていうのに、今でも放そうとしないんです。信じられますか？」

「古い召使いほど、いいっていうことさ」ヒューは気乗りしない感じで言った。「まあ、本当のところは、つい習慣でそれを捜してしまうというだけのことなんだがね。きみはいつでも好きなときに、夫に新しいものを着せればいいだけのことさ。ところでカドフェルが持ってきてくれた新しい知らせといえば、シュルーズベリとホーモンドの間で、土地を交換することが決まったそうだ。ロングナーの荘園のそばにある土地が……陶工の畑と呼ばれてきた揚所なんだが……それがシュルーズベリの持ち物になるそうだ。耕すにはいい頃合いだ、そのつもりなら。そうじゃないかね、カドフェル」

「たしかに」カドフェルはうなずいた。「少なくとも、高い土地の部分はそうだ。川からは十分離れているし。低いところは、むしろ牧草地に適している」

「わたしはいつもルアルドの焼き物を買っていました」少し沈んだようすでアラインは言った。「いい腕を持っていましたわ。いまでも、わたしにはわからないです……どうして修道院になんか入ろうという気になったのか。しかも突然に」

「それはだれにもわからないでしょうな」今では思い返すことも滅多になくなったが、カドフェルはずいぶん昔のことになる自分自身の生き方の転機を振り返った。放浪と戦いと忍耐の長い年月の果てに、急にまわれ右をして静けさを無性にほしいと思うようになったその理由は、依然として謎だった。引退でないことは確かで、むしろそれは、光と確固としたものの中へ進みでることだった。彼はそれを説明することも、つぶさに述べることもできなかった。言えることは、自分が神の啓示を受けたということ、指示される場所に向かい、呼ばれた場所に到達したということだけだった。

「だが、それが起こったことは事実です。修道院長のラドルファスも、初めは疑問を抱いたでしょう。院長は彼に、最大限に長い見習い修道士の期間を課しました。ルアルドの望みは性急でした。しかし、院長は性急なものに疑いをもっていたからです。それだけでなく、ルアルドの結婚生活は十五年にも達していて、妻は決して彼の希望を認めませんでした。彼はいっさいがっさいを妻に残しましたが、彼女はそれらすべてを無視して、何週間も彼の決心をくつがえそうと必死に努力しました。でも、彼の心は動かなかったのです。結局、彼が修道院に受け入れられてしまうと、彼女はそこそこにあそこを引き払ったばかりでなく、彼が残したものも、いっさい利用しようとしなかったのです。彼女が出ていったのは、わずか二、三週間後でした。戸口は開け放ったまま、いっさいのものをその場に残して、忽然《こつぜん》と姿を消してしまったのです」

「べつの男と一緒に消えたというのが、もっぱらの噂だった」ヒューは皮肉っぽく言った。

「さもあろう」カドフェルは納得するかのように言った。「最愛の者に捨てられたのだ。地獄のような責め苦を味わったとしても不思議はない。だとすれば、復讐《ふくしゅう》のために男をつくったかもしれぬ。きみはルアルドの妻を見たことがあるかね？」

「いや、見た記憶はない」ヒューは答えた。

「わたしはあるわ」アラインが言った。「市《いち》の立つ日や祭りの日には、夫の屋台に立っていたわ。でも去年は、もう見かけなかった。彼は修道院に入ってしまい、彼女のほうも、とうにいなくなっていたから。ルアルドが彼女を置き去りにしたことについては、噂は掃いて捨てるほどあるの。もちろん、噂というのは決して好意的じゃないけど。彼女は市の女たちに好かれなかった。自分のほうからは仲良くなろうとしなかったし、人を近づけもしなかった。それから、これは言っておいたほうがよいと思うけど、彼女は美人だったわ。それに、よそ者だった。かなり前にルアルドがウェールズから連れてきたんだけれど、何年もたつのに英語が話せなかったし、よそ者じゃなくなろうと努力することもしなかった。彼女にはルアルドしか必要じゃなかったようなの。そんな彼にそっぽを向かれたとしたら、自暴自棄になるのも当然ね。噂では、彼女は彼を憎むようになって、いい男が現われたから、あんな夫はなくても平気だと言っていたそうよ。でも、彼女は最後の最後まで、彼を取り戻そうと頑張った。愛が苦しみしかもたらさないときは、女はときどき簡単に男を憎むようになるものだわ」彼女はいつにない深刻な表情をして他の女の苦しみに思いをはせ、困惑したようにそのイメージを振り払った「まあ、なんてことでしょう。わたしが噂好きのおしゃべりになっているなんて！　わたしもちょっとおかしいわね。それにしても、もう一年も前のことです。きっと彼女はもう、あきらめているはずよ。ルアルドがいなくなってしまえば、この地に彼女を結びつける根は浅かったんですもの。だれにもなにも言わずにさっさとここを後にしてウェールズに戻ったとしても、おかしくはないわ。他の男と一緒かどうかは、重要なことじゃなかったはずよ」

「きみはいつまでたっても、ぼくをびっくりさせるね」ヒューは驚くと同時におもしろがった。「いったい、どうしてきみは、そんなに詳しく知っているんだい？　それに、どうしてそんなに興奮するんだい？」

「あの二人が一緒にいるところをみたのよ。それで十分だわ。彼女がどれほど熱烈に夫を愛していたかは、屋台ごしに見ただけで手に取るようにわかったわ。あなたもそうだけれど、男のひとはいつでも」アラインは半分あきらめをこめて言った。「初めに男の権利を見てしまうのよ。たとえば、ルアルドが自分のしたいようにしようと心を決めたようなときに。中味はなんでも同じだわ、修道院に入るにしても、戦争に行くにしても。でも、わたしは女だからちがう。妻のほうは、なんてひどい扱いを受けるのだろうと思ってしまう。妻のほうには、なんの権利もないの？　あなたは一度でも考えたことがある？　彼のほうは勝手に出ていって修道士になる自由があるけど、残された彼女にはなんの自由もないのよ。代わりの夫を見つけることもできない……修道士であろうとなかろうと、すでに夫がいて生きているんですからね。これが公正かしら？　わたしは」アラインははっきりと言った。「彼女が愛人と一緒だったことをむしろ望むわ。ひとりで耐えて生きなければならないよりは」

ヒューはなかば笑い、なかば溜息《ためいき》をつきながら、長い腕をのばして妻を引き寄せようとした。「きみの言うことももっともだ。この世は不正義だらけだからな」

「わたしはそれでも、ルアルドが悪いとは思わないわ」アラインは言った。「彼だって、もしもそれができたなら、彼女を解放してやったはずだわ。でも、できなかった。わたしはせめて、彼女がどこにいようとも、生きる慰めを持てていればいいと思うの。ルアルドが神の啓示を受けたのだとしたら、それには従うしか道はないんですものね。彼のほうも、相応の犠牲を払ったはずよ。でもカドフェル、彼はどんな修道士になったの？彼の希望は拒絶できないほど強いものだったの？」

「そうだったようだ」カドフェルは言った。「完全に神に帰依《きえ》していた。彼には、選ぶ道はほかになかった。わしはそう思う」彼はそこで言葉を切った。自分には不可能だった完全な自己放棄、それを言いあらわす適切な言葉が見つからなかったのだ。「いまや彼は完全な安心を得た。それはもう、この世の善悪には左右されない。いまの彼にとっては、すべては善だからだ。もしも殉教を求められたとしても、彼は無上の喜びとしてそれを受け入れるだろう。まったくそれは至福以外のなにものでもない。彼にはそれ以外の言葉はないのだから。四十年にわたるこれまでの生活や、一緒に暮らしてきて捨て去った妻については、彼はまったく考えることもないだろうとわしは思う。ルアルドには、たしかに選択の余地はなかったのだ」

アラインはアイリス色の目を大きく見開いて、カドフェルをじっと見つめていた。その目は純真そのものだった。「あなたの場合も同じでしたか？　神のお召しがあったとき」

「いや、わしの場合はちがう。わしには選ぶことができた。選ぶのはむずかしかった。だが、いったん選んだときは、それを貫いた。わしはルアルドのような選ばれた聖人ではない」

「それが聖人？」アラインは訊いた。「それでは、聖人になるのはあまりに簡単すぎるような気がします」

ホーモンドとシュルーズベリとの間の土地の交換に関する文書は、九月の第一週に書き上げられ、双方が署名して封印された。その数日後、カドフェルは副院長補佐のリチャードと連れだって、いちばんよい利用方法を考えるため、修道院の新しい土地を見にでかけた。その日の朝は霧が立ちこめていた。だが、くだんの土地の少し上流にある渡し場に着くころには、もやを通して太陽が顔をだし、露のおりた草地をたどる二人の足跡は、いっそう黒々と見えるようになった。川の向こうに、砂地の切り立った岸が現われた。あちこちを流れにえぐられ、その上は平らな狭い草地になっていて、さらに遠くには藪と木々がつくる一段高い丘が見えた。船から降り立った二人は、しばらくその狭い草地を歩いた。やがて、二人は目的地の端に立った。目の前には「陶工の畑」の全貌が広がっていた。

見通しのきく場所だった。草地は切り立った岸辺の砂地からゆっくりした斜面をつくって

がいるし、ここは幅があるから六頭立てでくびきにつなげて引かせればいい。最初は深く、

「いや、それほどの作業でもない。ここの土は砕けやすいローム層だ。わしらには頑丈な牛

て輝くのを嬉しそうに眺めながら言った。

「たいへんな作業になるだろうな」カドフェルは丘の上のカバノキの白い幹が、陽に当たっ

しれぬ。ここはもう何世代も開墾されたことがないのだ」

価値があるだろうか。むしろこのまま枯れるにまかせて、あとで鋤《す》きこんだほうがよいかも

りを値踏みするように見やりながらリチャードは言った。「しかし、それだけの労力を払う

「これなら、これからでも刈り取って乾かせば、厩《うまや》に敷くことができる」一面の草の広が

いるところだった。

その向こうの土手の下にはクロイチゴの藪があって、赤い実がようやく黒味を帯びはじめて

りとあらゆる草がまだ花をつけ、根もとには、新しい草の青々とした新芽も顔を出していた。

白っぽい茎の間には、イトシャジン、アンゼリカ、ヒナギク、デイジー、センブリなど、あ

色を帯びていたが、ホーモンドは収穫するほどの価値を認めなかったものとみえる。だが、

た草に埋もれていた。作物はもう何週間も前に実りのときを迎えて結実し、白っぽい初秋の

ばかりになった空っぽの小屋がうずくまり、柵もない菜園は、刈られることもなく放置され

空を背景に枝の銀細工をスクリーンのように広げていた。はるかに奥まったその一画に、骨

起伏し、やがて藪の生える自然な丘の頂へとつづいていた。そこには何本かのカバノキが、

幅も広く耕す必要がある。そうするのがいちばんいいとわしは思う」家畜を使っての農作業には、リチャードは経験が豊富だった。彼は草をかきわけて進むことを本能的に避けて、丘の上へと登っていった。「低い場所の草地はそのまま牧草地にして、わしらはこちらの高い場所を耕すべきだろう」

カドフェルもその考えに賛成だった。シュルーズベリ修道院が手放したホートンの先にあった土地は、放牧地として利用するのが最適だった。だが、この近場なら小麦や大麦を育てることもできる。収穫後の切り株畑には下の草地から家畜を入れて、次の年のために畑を肥やさせればよい。

その土地はカドフェルの気に入った。だが、どこかしら悲しみの漂う場所でもあった。近づいて目にしたときの菜園の囲いの残骸、牧草と雑草が根をはりくらべ、光と場所を求めて競い合って絡《から》みあうようす、扉のとれた戸口と鎧戸《よろいど》のなくなった窓……すべては人の気配が消えたことを示し、人の住まいが打ち捨てられたことを示していた。それらさえなければ、まったく平穏でやさしい、自足した風景だったろう。だが、打ち捨てられた小屋は、二人の人間が子供もなく、十五年にもわたってここで結婚生活を送ったことを、否応なく思い起こさせた。二人の間にかわされたであろうあらゆる思いと感情は、跡形もなく消え去っていた。すべての石を持ち去られ、今は裸になり平らにならされてしまった場所を見たときも、かつてここにひとりの職人が生き、窯と格闘していたことを思い出さざるをえなかった。いま、その炉は不毛に冷え切っていた。だがかつてここには、人の幸福と満ち足りた心と、誇らしげにものを作り出す手がたしかに存在したのだ。苦悩も、悲惨も、怒りもあったはずなのだ。それがいまは、ただ過去の残骸だけがしつこくへばりつき、冷たい無関心のそぶりをみせている。

カドフェルは住まいに背を向けた。眼前には、広々とした草はらが広がっていた。朝霧と露は太陽に追い払われて、草はらには静かに湯気が立ちのぼり、結実した草の間には、色とりどりの小さな花々が輝いていた。丘の藪の上を小鳥たちがかすめすぎ、頂上の木々の間を飛びかった。「陶工の畑」にはもう、不安を感じさせる人の記憶は消えていた。

「きみの判断は？」リチャードが訊いた。

「わしは、冬ものの作物を植えたほうがよいと思う。すぐに深く掘り起こして、そのあと二度目の掘り起こしをする。そして冬小麦を蒔《ま》き、一緒になにかの豆を蒔く。二度目の耕作のときには、泥灰土を混ぜることができれば申し分ないが」

「たしかに、それがいちばんだ」リチャードはカドフェルの意見に同意し、砂地の小さな崖の下をカーブして流れる川のほうへと斜面を下りはじめた。カドフェルは後ろに従った。乾燥した草が足首のあたりにこすれて、悲劇を思い出すかのようにリズミカルな長い溜息に似た音をたてた。できるだけ早く土を耕したほうがよい、そしてなにかを実らせたほうがよい。新窯のあった場所は、緑の小麦でおおってしまうのがよい。そしてあの小屋は取り壊すか、新しい借他人をいれて菜園の手入れをさせるかするのがよい。それが無理なら、いっそのことすべて畑にしてしまい、陶工の小屋と菜園があったことを忘れさせてしまうほうがよい。

十月初め、六頭の牛が、大きな車のついた重い鋤《すき》とともに浅瀬を使って対岸に引き揚げられ、ルアルドの畑の土をはじめて掘り返した。作業は廃屋に近い高い土地から手をつけられ、丘の下の藪とイバラとが密生する場所にそって、最初の畝《うね》がつけられた。御者に駆り立てられるまま、牛たちは辛抱づよく前進した。先端につけた刃が深々と草と土とを切り裂くと、後ろにひかえた本体のもうひとつの刃が密生した根をかきわけた。そして鋤板が進むと、土は盛り上がって崩れる波のように左右に広がり、黒々とした土が強烈な匂いを発散した。リチャードとカドフェルはその場に来ていた。院長のラドルファスはすでに、耕地に祝福を与えていた。すべての兆しは良好だった。最初の畝が端まで達して、秋枯れ色の草の中に黒々とした直線をつくり終わると、鋤係りは腕を自慢するかのように牛の群れに大きなカーブを描かせて方向を転換し、帰りに二本目の畝を引く準備をととのえた。リチャードは正しかった。土はそれほど固くはなく、作業ははかどりそうだった。

カドフェルはその作業には背を向けて、大きく口をあけた小屋の戸口に立ち、空っぽの中をのぞきこんでいた。ちょうど一年前、女がここに住みつづけることに見切りをつけ、どこかで新たな暮らしをしようと、これまでの生活のいっさいを捨てて飛び出したとき、ルアルドが残したすべての所持品はロングナーの了承のもとに、シュルーズベリの慈善係のブラザー・アンブローズの手によって貧しい人びとに分け与えられた。だから今はなにも残っていなかった。炉端の灰受け石には、まだかすかに冷たい灰がこびりついていたが、隅々には落ち葉が吹き寄せられて、ハリネズミやヤマネが冬眠するための格好の場所になっていた。窓からはイバラの長い枝が入りこみ、カドフェルの頭上には、半分葉が落ち、赤い実をつけた一本のサンザシの枝がのびだしていた。床の裂け目には、ノボロギクとイラクサがしっかりと根づいて、生い茂っていた。土が人の暮らしの痕跡を隠してしまうには、ほんのちょっとの時間しかいらない。

カドフェルは遠くで人が叫ぶのを聞いたが、御者が牛を叱りつけているのだろうとしか思わなかった。だが、リチャードは彼の袖をつかまえて、大声で叫んだ。

「なにかまずいことが起こったんだ！　ほら、作業がストップしている。なにかを掘り起こしたか……それともなにかを壊したのか……ああ、鋤先でなけりゃいいんだが！」リチャードはすでに困惑の表情を浮かべていた。鋤は高価な農具だが、鉄をはかせた鋤先は、固い地面やあまり耕されていない畑では、意外にもろいのだった。

カドフェルは牛たちのほうを見た。そこはいちばん遠い隅の一画の、藪が生い茂っている場所で、土地をできるかぎり利用しようと、そんなところまで耕した結果だった。牛たちはくびきをつけられたまま、新しい畝を数ヤード進んだところで立ち止まり、いっぽう、御者と鋤係りは顔を寄せあって、地面をのぞきこんでいた。つぎの瞬間、鋤係りは飛びはねるような動作をしたかと思うと、腕を上下にふりまわし、のびた草に足をとられてつまずきながら、小屋めがけてまっしぐらに走ってきた。

「ブラザー……ブラザー・カドフェル……来てもらえませんか。そして見てください！　なにかおかしなものが現われたんです……」

リチャードはしどろもどろの呼びかけに苛立って、質問をしようと口を開きかけたが、カドフェルは鋤係りの驚きと不安のいりまじった表情を見てとると、すぐに走り出していた。それがなんであれ、歓迎すべきものではなく、予想もしなかったものに違いないことは明らかで、上の者が責任をもって処理すべき物事であることは明らかだった。鋤係りはカドフェルの脇を走りながら、なにやら口走ったが、その動転した言葉ではいっこうに真相はわからなかった。

「鋤の先が引っ張りだしたんです……地面の下にはたぶんもっとたくさんあるはずです……それがなにかはわかりませんが……」

御者のほうは突っ立ったまま、なすすべもなく両手をだらりと下げて、彼らの到着を待っていた。

「ブラザー、わしらにはどうしていいかわからなくて。いったい、なににぶち当たったのかも見当がつきません」彼はすでに牛たちを少し前進させて、作業を妨げたものがはっきりと見えるように場所をあけていた。そこは畑の端の緩やかな土手の斜面ぞいで、鋤がぐるっと回転してつくったカーブする畝には、エニシダがおおいかぶさっていた。鋤先は斜面に深く食いこみ、後ろにつくった畝にそって、たしかに根っこでも茎でもないなにものかを地面から引っ張りだしていた。カドフェルはひざまずいて、もっとよく見ようと身を乗り出した。リチャードは御者たちを仰天させ、声もなく立ち尽くさせた事態に遅ればせながら気づいて、一歩しりぞいて立ち、カドフェルが畝にそって手をのばし、鋤先に絡みついて日の光を浴びるようになった細長い糸状のものに触れるのを、おそるおそる見ていた。

それは繊維だったが、人がつくったものだった。土手から掘り出された弾力のある細い根ではなく、朽ちかけた布の繊維だった。かつては黒か褐色だったそれは、今はもう土色に変色していたが、それでも鋤先が布を裂いたとき、長いぼろ切れとなって引っ張りだされるくらいには、まだ強さが残っていたのだ。そして、まだなにかがあった。それと一緒に……たぶん、それの内側から引っ張りだされて……なにものかが人の前腕の長さくらいに、畝にそって横たわっていた。黒くて、波をうち、非常に細いもの……それはひと束の黒髪だった。

2

カドフェルはひとりだけ修道院に戻り、すぐさま院長ラドルファスへの面会を求めた。

「ファーザー、予想もしないことが出来《しゅったい》したので、こうして急いで戻ってきました。よほどのことがない限り、ご面倒をかけるつもりはなかったのですが、陶工の畑で鋤が掘り出したものは、わが修道院にとっても、世俗の法にとっても、無関心ではすまされないものです。わたしはまだ、誰にもこのことは話していません。ヒュー・ベリンガーに報告するにしても、まずはあなたの許可が必要ですし、発見したままにしてあるものを、さらに調べるにしても、あなたと彼の許可が必要だからです。ファーザー、鋤の先端がぼろ切れと、ひと束の人間の髪の毛を地中から引っ張りだしたのです。女の髪です……わしはそうだと思います。長くて細い髪です。おそらく、一度も切ったことはない髪ではないでしょうか。それだけでなく、髪は地中ふかくにしっかりと固定されています」

「きみは、その髪がまだ人の頭に生えていると言いたいのだな」院長の声はふだんどおりで、自信にあふれていた。五十年以上の生涯を送ってきた彼にとっては、これまでに経験したことのないほど途方もない事柄は、ほとんどないといってよかった。だから、今回の出来事がたとえ初めて遭遇する類《たぐい》のものだとしても、最も深刻なものではありえなかった。修道院は別世界ではなく、どんなことでも起こりうる世間に囲まれ、その世間に依存する存在にすぎない。「葬儀を行なうための浄《きよ》めもなされていないその場所に、人が埋められているというのだな？　不法に」

「わたしもそれを恐れているのです」カドフェルは言った。「しかし、あなたの許可と執行長官の立ち会いがないところでは、それを確かめることはできませんでした」

「では、その場はどのように処理してきたのか。畑はどんな状態にしてあるのか」

「ブラザー・リチャードが見張っています。畑の掘り起こしはつづけさせています。むろん慎重に、その場所を避けてですが」彼は冷静だった。「さしあたり、作業を遅らせる必要はないと思われます。それに、何事が起こったのだろうと、人びとの注目を浴びるのは得策とはいえません。耕作がつづいていれば、われわれがそこにいる説明になりますし、忙しくしているわれわれを見ても、だれも疑問を抱かないでしょう。ところで、たとえあそこから本当に人が出てきたとしても、埋められたのはずいぶん前のことで、あそこがわれわれの所有になるはるか前のことです」

「たしかにそうだ」カドフェルの顔に鋭い視線を向けながら院長は言った。「そして、わしの想像では、きみはあそこが浄められた場所だとは信じていない。これまでの記録や書状を見るかぎり、あの近くに教会があったり、教会が所有する土地があったということはまったくない。わしは、これ以上のそんな発見がないことを神に祈る気持ちだ。死体が出てくるなんて、ひとつでたくさんだ。わかった、わしの許可を正式に与える。なんでも必要な措置《そち》をこうじてよい」

カドフェルはすぐに必要なことを行なった。まず第一になすべきことはヒューに知らせて、世俗の権威をして、今後に起こるいっさいのことを目撃する証人とすることだった。ヒューはカドフェルとは長いつきあいなので、なんの疑問もさしはさまず、なにも聞かず、なんのためらいもなしにすぐに馬を用意させ、カドフェルとともに「陶工の畑」に行くためのセヴァーンの浅瀬に向かって出発した。彼はいざというときの連絡係として、ひとりの執行官を同道することも忘れなかった。

彼らは斜面の上のほうから、エニシダの藪のそばで待つブラザー・リチャードめざして近づいていった。地面の掘り起こしは斜面の下のほうで、あいかわらずつづいていた。細長く引き延ばされたS字形が波状につづく畝の連なりは、白っぽい草むらの一面の広がりと対照的に、黒々と輝いて見えた。斜面の下では、そこの一画だけが草むらのままで、鋤は最初の不吉な折り返しのあと、その場からかなり離れた場所に入れられていた。鋤先がつくった地面の傷跡は急にとぎれ、黒くて長い繊維がみぞに沿って横たわっていた。ヒューは身をかがめ、それからそれを手にとった。布の繊維は彼の指のなかで崩れ、長い髪の毛がくるくると巻いて絡みついた。彼がためらいながらそれを引っ張ると、地中にしっかりと根を下ろしたそれは、彼の手からすり抜けた。ヒューは立ち上がり、重苦しい表情で深い地面の傷跡を見おろした。

「いったいなにがあるかはわからないが、こうなった以上、掘り出すしかない。連中は少しばかり土地を欲張りすぎたようだ。あと二、三ヤード、斜面の手前で牛たちを回していれば、こんな面倒に時間をとられることもなかったのだ」

だが、遅きに失した。こうなった以上、もういちど埋めなおして、忘れ去るというわけにはいかない。長いあいだ生い茂るままにされて根のマットのようになった地面を引き剥がすためには、踏《ふ》みぐわとつるはしを、またエニシダの藪を刈って作業をしやすくするためには、円形の鎌を用意してきていた。半時間もすると、地中の物体はちょうど、墓穴の長さに横たわっていることが明らかになった。朽ちた布の端々が斜面の下に沿うように、点々と現われたからだった。カドフェルは踏みぐわを下に置いてひざまずき、手で土を掻き出しにかかった。深い墓ではなかった。布に包んだものを斜面の下に隠し、上から土をかけて、藪におおわれるようにしただけだ。だが、ここならそれで十分だった。普通の鋤ならここまで耕すのは無理だし、普通の鋤先ならここまで深く斜面に食い入ることもなかった。

カドフェルは暴かれた黒い布包みに手をはわせ、骨が中に入っていることを知った。鋤先がつくった長い裂け目は、斜面から遠い側の、包みの真ん中から頭部と思われる場所にかけて走り、布の繊維と一緒にひと束の髪を引き出していた。彼は顔のあたりの土を払いおとした。頭から足まで、まだ朽ちかけた毛の外套か毛布にくるまれていたが、もはやそれがひそかに埋められた死体であることは疑いようがなかった。不法に、と院長のラドルファスは言った。不法に埋められ、おそらくは不法に死んだのだ。

まごうかたもない死体をつつむ土を、彼らは辛抱づよく手で掻き払い、両側から下に注意ぶかく掘り進めた。そして、完全に土の中から掘り出して持ち上げ、草の上に横たえた。死体は軽くて細身で、いまにも壊れそうで、触るたびに毛の繊維が剝がれ落ちたから、息を殺して慎重に扱わねばならなかった。カドフェルは折りたたまれた部分を広げて、一枚ずつ布を剝がし、しぼんだような遺体を暴いていった。

死体は長い黒のガウンを身につけていて、女であることは明らかだった。だが、ベルトも装身具もつけてはいなかった。奇妙なことに、丈いっぱいにきちんと折り目が整えられ、埋葬に使われた毛布のおかげで、もとの形を保っていた。顔はもう骸骨で、長い袖から突き出た手にも骨しかなかったが、やはり包みのおかげで形はもとのままだった。ひからびてしぼんだ肉の痕跡が、手首と足首に残っていた。唯一、生前の旺盛な活力を思い起こさせるものは編まれた豊かな黒髪で、右のこめかみからほつれたひと束を、鋤先が引っ張りだしたのだった。奇妙にも、両手は胸の上に組み合わされ、埋葬のために遺体をきちんと整えたことは明らかだった。さらに奇妙なことには、その手には、二本の削った棒切れをリネンの紐で縛っただけの粗末なものだが、十字架が握らされていた。

カドフェルは朽ちた布の端で、豊かな黒髪が不思議な感じを与える頭蓋骨を丁寧におおってやった。死顔が隠れると、遺体はさらに威厳に満ちたものになり、見まもる四人は不思議なものを見つめるように、少しあとずさりした。平静そのものの威厳に満ちた死を前にしては、哀れみや恐怖さえ場違いに思われた。彼らはなにも問おうとせず、奇妙な埋葬についても、少なくともいまは口に出して言おうとはしなかった。それを言うときは来る。だが、それは今ではないし、この場所でもない。まずなすべきことは、なにも言わず、なにも問わずに、必要なことをやり遂げることだった。

「ところで……」とヒューは事務的に言った。「これはわたしの管轄《かんかつ》ということになるだろうか？　それとも、修道院の管轄だろうか？」

こころもち、いつもより青ざめた表情のブラザー・リチャードは、いぶかしげに口をひらいた。「ここは修道院の土地だ。しかし、これは明らかに法に抵触する事柄でもある。となれば、あなたの守備範囲ということになる。異例のことだから、修道院長がどんな意向を示すかは、わしにはわからない」

「院長はこの遺体を修道院に持ち帰ることを望むだろう」カドフェルは確信をもって言った。「この遺体がだれであろうと、祝福も受けずにどれほど長くここに埋められていようと、魂の救済とキリスト教による埋葬は施してやらねばならぬ。結局、わしらは彼女の遺体をこの修道院の地から、院長が望むもうひとつの修道院の地へと運ぶことになるだろう。しかしむろん……」と彼は慎重につづけた。「そのほかにも、彼女が受けるべき正当な扱いを……それをはっきりさせることができるなら……受けさせてやってからの話だが」

「それは今すぐにでも、やるべきことだ」ヒューはそう言い、エニシダの生える斜面に考えこむような視線を走らせ、それから草の間に切り取った深い穴をのぞきこんだ。「遺体と一緒に投げこまれたものが、なにかあるかもしれぬ。もう少し広く深く掘り進めて、調べてみよう」彼はかがみこみ、朽ちかかった毛布をふたたび遺体に巻きつけてやろうとした。すると、彼の手が触れただけで毛布は裂け、一陣のほこりが宙に舞い上がった。「この遺体を持ち帰るには、もっとしっかりした布に包んでやらねばならぬ。このままの完全な状態で持ち帰るには、担架も必要だ。ブラザー・リチャード、わたしの馬を使って修道院まで戻ってもらえまいか。そして、われわれが死体を発見したと院長に伝え、それを持ち帰るために担架と適当な布とをわれわれのところへ送り届けるようにと伝えてくれたまえ。それ以上のことは伝えないように、少なくとも今は。そもそも、なにもわかっていないのだから。詳しい話はわれわれが行ってからだ」

「わかりました！」リチャードはすぐに同意した。声の響きから、彼がほっとしていることは間違いなかった。温厚な彼は、このような事態には向いていなかった。彼はすべての物事が順調にはこび、心にも体にも極端な負担を強いられない日常的な暮らしを好んでいた。彼は、斜面のふもとで青草を食《は》んでいるヒューの灰色の痩せ馬に向かってすばやく足を運び、頑丈な足をあぶみにかけると一気に馬の背にまたがった。ひごろの練習不足をのぞけば、馬を駆る彼の技量にはなにも問題はなかった。もとは騎士の一家の次男か三男で、十六歳のときに兵士になるか修道院に入るかの選択をしたのだった。ヒューの馬は主人以外の大抵の人を乗せるのを嫌ったが、とくに怒るようすもなくリチャードを背に乗せて、川辺のほうへと下りていった。

「もしかすると川を渡る浅瀬で、彼を振り落とすかもしれないな。気分を害せば」川に向かって遠ざかる馬を見ながらヒューは言った。「さてと、こちらはこちらで、残されたものを捜してみよう」

ヒューの執行官はすでに、エニシダの生い茂る藪の下の、傾斜地を掘り進めていた。カドフェルは遺体から目を離し、僧衣をたくし上げて穴の中に降り、もろいローム土を慎重に外に掻き出して、遺体が埋まっていた場所を掘りはじめた。

「なにもない」固く踏みしめられて、少し白味をおびはじめた穴底に膝《ひざ》をついて、カドフェルは言った。底には粘土層が現われていた。「これが見えるだろ? 川沿いの少し下流には、ルアルドが粘土を採っていた場所が二、三カ所ある。噂では、もうそこは掘り尽くされたそうだ。少なくとも、いちばん採りやすいところはな。これ以上は、掘ってもしかたない。なにも出てこない。もう少し、周辺部を洗ってみよう。それも期待薄だがな」

「もう十分以上に捜した」手についた泥を、生い茂る筋張った草でこすり取りながらヒューは言った。「だが、決して十分じゃない。これまでのところでは、この死体については、年も名前もなにひとつ手がかりがない」

「親族についても、住まいについても、どんな生き方をしていたかについてもだ」カドフェルは相づちを打った。「それにむろん、死んだ理由も。ここでは、もうできることはない。彼女がどのように葬られていたかについては、もう見るべきところはすべて見た。残された仕事は、時間をかけて、きちんとした人が見まもる前で、内密に行なうほうがよい」

ブラザー・ウィンフリッドとブラザー・ユーリエンが毛布と担架をかついでやってくるまでには、さらに一時間必要だった。二人は遺体の入った痩せほそった包みを慎重に担架に持ち上げ、外から見えないように丁寧に毛布をかけた。ヒューの執行官はお役ごめんになり、城へと戻らされた。だれともわからぬ人物の、名ばかりの葬送の列は、黙りこくったまま修道院めざして徒歩で出発した。

「女性です」カドフェルは口をひらいた。彼はヒューと連れだって、なにはさておき、修道院長ラドルファスの居室におもむいていた。「遺体は霊安室に安置しました。しかし、彼女が何者かを見分けられる者はいないのではないかと思います。たとえ、彼女の死が最近のものであったとしてもです……とうてい、そうは考えられませんが。身にまとっているガウンは普通の主婦が着るようなありふれたものです。しかも黒の無地で、それが今は退色しています。ベルトもありません。彼女は靴もはいてはいず、むろん装身具もなく、身元を確認する手だてはまったくありません」

「顔は……?」と院長は言ったが、その言葉はいぶかしげで、なにも期待してはいなかった。

「ファーザー、彼女の顔はもう、万人共通のものになっています。おそらく、だれが見ても、こう言うでしょう……これは主婦とも言えるし、修道女とも言える。だが、わたしが知っているどの女でもありうる、と。彼女を特定するものはなにもありません。豊かな黒髪が、まあ唯一の手がかりかもしれません。しかし、そんな女性はいくらでもいます。背丈は女性としては中くらいです。年は推量するしかありませんが、それも大雑把にしかできません。髪からみて、それほどの年でないことは確かです。しかし、うら若い女性でもありません。明らかに成熟した女性ですが、二十五歳とも四十歳とも言えます」

「つまり、彼女にはまったく特徴というものがないというのだな? 彼女を際《きわ》だたせるものはなにもないと?」ラドルファスは言った。

「埋葬のされ方には、特徴があります」ヒューが口を挟んだ。「おそらく喪に服することもなく、葬儀もなく、浄めもなされなかった場所に不法に埋められたに違いありません……それにもかかわらず。詳しくはカドフェルが話すと思いますが。しかしファーザー、もしもご自身で確かめたいということでしたら、それは簡単にできます。遺体は、われわれが発見したときと同じ状態で安置してありますから」

「わしは自分の目でぜひとも、その女性を見なければならぬと思いはじめている」ラドルファスは慎重に言った。「だが、もうそこまでわしに話したなら、彼女の埋葬のどこがそれほど奇妙なのか、いっそのこと聞かせてくれ。それにもかかわらず……どうだったというのだ？」

「ファーザー、それにもかかわらず、彼女は姿勢を正した状態できちんと埋葬されていたのです。髪は編まれ、両手は胸の上に置かれ、その手の下には、生け垣か藪から折り取った二本の枝でこしらえた十字架がありました。彼女を葬った者がだれであれ、そのやり方にはいくぶんかの敬意がこめられています」

「最も卑劣な悪者でも、死者を埋める段になれば、多少の畏怖《いふ》を感じるものだ」心の矛盾を示すその事実に顔をしかめながら、ラドルファスはゆっくりと言った。「そもそも、その埋葬はひそかに、陰で行なわれたものだ。ということは、同様に陰で行なわれた、さらに卑劣な行為があるということを示している。もしも彼女の死が自然なもので、そのことに罪を感じる者がいなかったとするなら、なぜ司祭を呼ばなかったのか？　なぜ正式な葬儀を行なわなかったのか？　カドフェル、きみはその哀れな女性が、ひそかに埋葬されたとは言ったが、ひそかに殺されたとまでは言わなかった。だが、わしはそうだと思う。隠密に、しかも正式な葬儀もなしに地中に埋めたというのに、ほかにどのような理由があろうか。しかも、その墓穴を掘った者が彼女に与えたと思われる十字架は、生け垣の枝を折って作ったものだったときみは言った。それならだれの持ち物でもなく、殺した者を特定する手がかりにはならない！　そもそも、きみの説明では、彼女の正体を明らかにするようなものは、なにひとつ残されていなかったという。それは、こうして鋤が彼女の姿を白日の下にさらし、救いの可能性を生み出したときにさえ、それを不可能にしようとする行為、秘密をさらに秘密にしようとする行為だ」

「たしかにそうも思われますが」ヒューは落ちつき払って言った。「カドフェルが見たところでは、彼女にはどんな傷もありませんでした。骨が折れたところもなく、どうして死んだのかを示すものがないのです。あれほど長いあいだ地中にあれば、短剣とかナイフの傷は見つけにくいことは確かですが、いっさいそうした痕跡はありませんでした。首の骨にも、頭にも、傷はありません。絞殺の線もカドフェルには浮かびませんでした。彼女はまるでベッドの中で死んだようで……寝ているときに死んだのではないかとさえ思えるのです。しかし、もしそうだとすれば、ひそかに埋葬して、身分が明らかになるものをいっさい残さないようになんて、だれが考えるでしょう？」

「そんな者はいるわけがない！　なにか自暴自棄になる理由でもないかぎり、己《おのれ》の魂をそれほどの危機にさらす者はない」院長はそこで黙りこみ、おかしな経緯でころがりこんできた今度の問題について、しばらく考えこんでいた。不当に殺された者を正当に扱うことは、不滅の魂に照らしても簡単なことだった。たとえ名前がなくても祈りを捧げることはできるし、ミサを執り行なうこともできる。一度は拒否されたキリスト教にのっとった埋葬を行なってやり、キリスト教徒の墓を与えることもできる。だが、この世の正義は、その実現を求めていた。彼はヒューを見上げた。ひとつの権威が、もうひとつの権威の意向を推し量っていた。

「ヒュー、きみはどう思うね？　これは殺しだろうか？」

「まだ明らかになったことは非常に少なく、まだわからないことだらけということは、一応おくとして」ヒューは慎重だった。「これまでのところ、わたしにはそれ以外には考えられません。彼女は死に、告解《こっかい》を受けることもなく地中に埋められた。この事実の納得いく説明が見いだせないかぎり、これは殺しと考えざるをえません」

「きみたちの話からわかったことは……」考えこむような一瞬の沈黙のあと、ラドルファスは言った。「彼女はそれほど前に埋められたわけではないということだ。これは、はるか昔になされた醜行《しゅうこう》というわけではない。つまり、わしらは彼女の魂に対してなされた悪行《あくぎょう》について、きちんとしたけじめをつけてやらねばならぬということだ。神の正義は世紀を越えて生きつづけ、世紀を越えて成就《じょうじゅ》する。だが、わしらの正義は世代を越えることはない。ところで、彼女は死んでからどのくらいたっていると思うかね」

「推測の域を出ませんが、一年たらずかと思われます」カドフェルは言った。「もしかすると三年か四年、あるいは五年たっているかもしれませんが、それ以上ということはないと思います。彼女が亡くなったのは、昔のことではありません。ほんの少し前には、生きて呼吸していたはずです」

「したがって、わたしは彼女から逃げるわけにはいかない」ヒューは苦笑をもらした。

「そうだ、その点はわしとて同じだ」ラドルファスは逞しく大きな両手を机の上に載《の》せ、急に立ち上がった。「だから、わしは彼女と対面して、彼女に対する義務をしっかと自覚しなければならぬ。さあ、一緒に行って、彼女の権利に耳を傾けてやろう。わしにはその義務がある。ふたたび彼女を土に返すにしても、多少でも吉兆を得たい。もしかしたら、なにか小さなもの、かつて彼女を知っていた者には彼女を思い起こす手がかりとなるなにかが、ないともかぎらぬではないか」

カドフェルは院長について広場を横切り、南口から入って回廊と教会へと向かったが、自分もふくめて全員が、ひとりの人物の名前を口に出すことを控えていることに、不自然さを感じていた。それはまだ口にされず、いっぽうで彼は、だれが口火を切るだろうかと思い、他方では、避けようもないものをどうして自分は切り出さなかったのだろうと考えていた。長くはつづくはずがないことだった。だが、とりあえずは院長に、遺体を見てもらうことが先決だろう。彼は死体を前にして取り乱すような人物ではないのだから。

ひんやりとした小さな霊安室では、蠟燭が石の棺台の上の左右に置かれ、まだ名のない死体がリネンの布におおわれて、その上に横たわっていた。カドフェルとヒューはできるかぎり遺体の骨を乱さないようにして死因の手がかりを調べ、それがなんの実りも結ばずに終了すると、ふたたびもとどおり丁寧に遺体をととのえておいた。カドフェルが判断するかぎり、彼女には傷を受けた形跡はまったくなかった。狭い空間のため、遺体のまわりには土の匂いが重苦しく充満していたが、石の冷たさがそれをやわらげていた。遺体は急にふたたび日の光を浴び、人の視線にさらされたにもかかわらず、死後の長い時間をへたまがまがしさよりも、落ちつきと端正さのほうがまさっていた。

ラドルファスはためらうことなく遺体に近づき、上をおおっているリネンを剝がして、自分の腕に巻きつけた。彼はしばらくのあいだ、豊かな黒髪にはじまって、むき出しのほっそりとした足の骨まで、じっと視線をはわせていた。こうなるには、あそこに棲む小動物も一役かったにちがいなかった。彼の視線は、真っ白な骨と化した顔に最も長い時間そそがれた。だが、何世代にもわたって延々とつづく彼女の同類の仲間たちと、彼女とを区別するものはなにひとつなかった。

「たしかに奇妙だ！」院長は半ば自分に言うように言った。「何者かが彼女に優しさを示したことは間違いない。そして、自分からは与えるつもりはなかったとしても、彼女に正当な権利を認めている。ひとりが殺し、もうひとりが葬ったのか？　たとえば、どこかの司祭が？　だが、もしもその人物が無実なら、どうして彼女の死を隠したのか？　同じひとりの男が、殺しも埋葬もするなんて、ありうることだろうか？」

「そのような例は皆無ではありません」カドフェルは言った。

「それとも殺したのは愛人か？　なにかのゆき違いから、まちがって？　瞬時に暴力を振るい、すぐさま後悔したのでもあろうか？　いや違う。それだけなら隠す必要はなかったはずだ」

「それに、暴力が振るわれた形跡はありません」カドフェルは言った。

「では、彼女はどうして死んだのか？　病気でないことは確かだ。それなら告解を受け、浄められて教会墓地に埋葬されたはずだ。ほかにはどんなことが考えられる？　毒か？」

「可能性はあります。あるいは、剣が心臓を貫いたために、骨には傷を残さなかったということもありえます。実際、骨には歪《ゆが》んだところや折れたところがどこにもなく、まったく正常そのものです」

ラドルファスはリネンの布を戻し、きれいに遺体の上でととのえた。「さて、たしかにこれでは、生きていたときの顔と名前を思い浮かべるのは、だれにとってもむずかしい。だが、それでも試みてみなければならぬ。彼女がこの五年くらいの間に本当にこのあたりで生きていたとするなら、彼女の元気な姿をだれかが目撃しているはずだ。最後に彼女を見かけたときを覚えていて、あとで彼女がいなくなったことに気づいたはずだ。さあ、もういちど戻って、あらゆる可能性を考えてみることにしよう」

まず最初に浮かぶ、いちばんゆゆしい可能性が、すでに院長の心を占め、それが深刻な不安をもたらしていることは、カドフェルには手にとるようにわかった。三人がふたたび院長の静かな居室に戻り、外界を遮断するドアを閉めたあとは、もう、その名を口にするよりなかった。

「まず、二つの疑問があります」ヒューがイニシアティブをとった。「ひとつは、彼女はだれかということです。もしもこの疑問に確かな答えが得られないなら、ではだれである可能性が大きいかということになります。もうひとつは、この数年のあいだに、なにも言わずに行方知れずになった女性が、このあたりにいなかったかということです」

「少なくとも、それに該当する女性がひとりいることは、衆知のことだ」院長は重々しく言った。「それに、場所があまりにぴたりと一致する。だが、彼女がみずからすすんでここから立ち去ったということについては、これまでだれも疑ったことはない。わしにも、ルアルドの件は受け入れるのがむずかしい話だった。なにしろ、彼の妻は決して承諾しようとしなかったからだ。だが、ルアルドの決心は固く、それを押し止めるのは太陽が昇るのを阻止しようとするようなものだった。彼の心が不動であることがわかったとき、わしには選択の余地はなかった。ただ、残念なことに、妻のほうは最後まであきらめさせることはできなかった」

とうとう問題の名前が口にされた。だが、女の名前はだれにも思い出せなかった。修道院の中にいるほとんどの者は彼女を見かけたことはなかったし、その名を聞いたのも、ルアルドが神の啓示に打たれてここに姿をみせ、修道士になりたいと申し出てからのことだった。

「あなたの許しを得たうえで、彼にこの遺体を見せたいのですが」ヒューは言った。「たとえこれが彼の妻だったとしても、この状態では彼にもはっきりしたことは言えないかもしれません。しかし、是非とも見てもらわなければなりません。あそこは彼らの畑でしたし、彼が去ったあとも彼女はあそこの小屋にいたのですから」彼はそこで言葉を切り、院長の考えこむような顔をじっとのぞきこんでいた。「ルアルドがここに入ってからあと、彼女が別の男と一緒にあそこから立ち去ったという噂が立つまでに、彼はあそこに戻ったことはありますか？　彼は自分の持ち物を彼女に残しました。とすれば、それをはっきり取り決める必要とか、もしかすると立ち会う必要もあったはずです。別れて暮らすことになったあとに、彼は彼女に会ったことはありますか」

「それはある」ラドルファスはすぐに答えた。「見習い修道士になりたてのころ、彼は二度、彼女を訪ねた。だが、二度ともブラザー・ポールが一緒だった。見習い修道士の監督官のポールは、ルアルドの心の平穏を気遣っていた。だが、それに劣らずルアルドの妻のことを考えていて、なんとかして夫の決心を彼女に納得させ、できればそれを祝福してやるように仕向けようとしたのだ。結局は無駄だったが！　が、彼はルアルドと一緒に出かけ、一緒に戻ってきた。わしの知るかぎり、ルアルドが彼女と会ったり話したりできた機会は、ほかにはなかった」

「畑仕事とか、ほかの使いで、あのあたりまで出かけたことは？」

「もう一年以上も前のことだ」院長は言った。「いくらポールでも、その時期のすべてにわたって、ルアルドがどこでなにをしていたかを言うことは無理だ。ただ言えることは、見習い修道士の期間に、彼がここから外に出て仕事をしたときには、かならず一人あるいは複数の修道士がつきそったはずなのだ。だが、きみは自分で、じかに彼に聞きたいということだな」院長はあいかわらずヒューの顔をじっと見つめながら言った。

「そうです。ファーザー、あなたの許しがもらえれば」

「それで、すぐにでもということかね？」

「できれば、そう願いたいのですが。われわれがなにを見つけたかは、まだ彼も知らないでしょう。警戒心を抱いたり、あざむく必要を感じたりしない、今のままの彼に見せたいのです。自分の身をまもることは」ヒューは強調するように言った。「そのあとで彼が考えればいいことです」

「彼を呼ぶことにしよう」ラドルファスは言った。「カドフェル、彼を見つけて、霊安室になっている礼拝堂まで連れてきてくれ。執行長官、それでいいだろうな？　カドフェル、彼のためにも、なにも知らせないように。今になってわしは、土地の交換の話がはじめて議題になったとき、彼が言った言葉を思い出した。彼はこう言ったのだ……土地は無垢なものです。人の利用の仕方によってしか、汚されることはありません、と」

ブラザー・ルアルドは完璧《かんぺき》な服従の見本であり、カドフェルにはいつも面倒このうえなく感じられる宗規というものの生きた模範といえた。目上の者から与えられる命令を、まるで神の命令でもあるかのようにみなして、彼は直ちにそれに従った。気乗り薄だったり、不平たらたらということは一度もなく、おそらくなぜと問うこともなかった……この点に関しては、カドフェルは今でこそ慣れてしまったが忘れることはなく、まず第一に本能的に頭に浮かんだ。目上でもあり、先輩でもあるカドフェルから言われると、彼は、院長と執行長官が来てほしいと待っているということ以外にはなにも知らず、なにも聞くことなく、カドフェルに従った。

礼拝堂の入口に着き、棺台の上に横たわる遺体と、灯《とも》された蠟燭と、ヒューと院長が棺台のわきで静かに言葉をかわしている光景をみても、ルアルドはまったくためらうことはなかった。彼はまったく従順に完璧に落ちついて、そのまままっすぐに進み出て、二人の言葉を待った。

「ファーザー、あなたがわたしをお呼びになったとか」

「きみは最近までこの辺りに住んでいたから、隣人のことはよく知っているはずだ」院長は言った。「だからきっと、わしらの助けになってくれるものと思う。きみの目の前にある遺体は、偶然に発見されたものだ。しかし、わしらのだれひとりとして、これがだれか見当がつかない。そこで、是非ともきみに見てもらいたいのだ。さあ、もっと近づいて」

ルアルドはその言葉に従い、布でおおわれた遺体の前に立った。院長は一気にリネンの布を取り払い、きちんとした形をとどめる骨格と、黒髪に包まれた肉の消えた顔を光にさらした。思いがけないものを目にして、ルアルドの心は動揺したはずだった。その表情にはたしかに、哀れみとも、驚きとも、苦痛とも受け取れるかすかな変化が見てとれた。だが、それは静かな湖面にたつ瞬時のさざなみにすぎず、彼は目をそむけることはなかった。彼はじっと目をこらし、顔から足へと、それからふたたび顔へと視線を移した。まるでそうすることで、生前にそのむき出しの骨をおおっていた肉体を想起することができると考えているかのようだった。やっと院長を見上げた彼の表情には、軽い驚きとあきらめたような悲しみが宿っていた。

「ファーザー、ここには、だれかがなにかを思い出す手がかりは、まったくありません」

「もういちど見たまえ」ラドルファスは言った。「からだつき、背の高さ、全体の見かけなどもある。これは女性だった。かつては、だれかが彼女のそばにいたはずだ。それは夫だったかもしれん。顔つきだけが手がかりではない。どこかに、なにかを思い起こさせるものはないのか？」

長い沈黙のなか、ルアルドはふたたび忠実に遺体をつつむボロ布の隅々にまで目を走らせ、朽ちかかった十字架をまだ握ったままの手を見つめた。彼はそれから、死者のことよりも、むしろ院長を失望させることを悲しむように言った。「ファーザー、残念ですが、なにもありません。しかし、これはそれほど重大なことなのですか。神はすべての人の名をご存じのはずです」

「それは確かだ」ラドルファスは言った。「神はすべての死者が、どこに眠っているかを知っている。ひそかに葬られた死者についてもだ。ブラザー・ルアルド、この女性がどこで見つかったのかを、わしはきみに言わねばならぬ。陶工の畑の開墾が今朝から始まる予定だったことは、きみも知っているはずだ。最初の畝を耕し終わって、土手の下手の藪のところで鋤の向きを変えたとき、わが修道院の鋤がぼろぼろの布きれと、ひと束の黒髪を掘り起こした。かつてはきみのものだったあの畑から、執行長官はこの死体を掘り出して、ここに持ち帰ったのだ。さあ、わしが覆いをかける前に、もういちど見て、名前を思い起こさせるものがないかどうか言ってくれ」

ルアルドの鋭い横顔を眺めながら、その表情がはじめて真実の恐怖にゆがむのに、カドフェルは気づいた。それはむしろ、罪の意識だったかもしれなかった。ただし、恐怖なしの罪の意識、しかも明らかに肉体の死に対するものではなく、振り返ることもなく背を向けた愛の死に対する罪の意識だった。ルアルドはいっそう遺体にかぶさるようにして、食い入るように遺体に見入った。額と唇には、汗がつぶになって吹き出て、蠟燭の光に輝いた。長い時間が経過した。それから、彼は青ざめた顔で、震えながら院長の顔を見あげた。

「ファーザー、ああ神よ、今になるまで気づかなかったわたしの罪をお許しください。わたしはいま初めて、恐るべき欠落に気づいて、それを後悔しています。たしかに、わたしの妻はこのような豊かな黒髪の持ち主でした。しかし、そのような女性はたくさんいます。それを除けば、骨だけのこの遺体には、生前の姿を思い起こさせるものはなにもありません。心に照らしても、なにもありません、わたしの心に呼びかけるものは。彼女を見ても、なにも感じません。ファーザー、わたしは自分の妻があそこから立ち去ったと、これまで信じてきました。今でも、それは変わりません。しかし、たとえこれがジェネリーズだったとしても、妻だったとしても、これでは判断しようがありません！」

3

その二十分ほどあと、院長の居室に戻って、ルアルドは落ちつきを取り戻した。おのれの短所と失敗にさえもあきらめを感じた末の落ちつきだったが、彼は自分を責めることをやめなかった。

「わたしは自分の必要から彼女に対して武装しました。生涯の半分にもわたってつづいた愛着を断ち切り、一年の内にそれに対してなにも感じなくなるには、ほかにどうできたというのでしょう？　あの棺台のそばに立ち、女性の遺体を見せられ、その挙げ句に〈これは彼女ではありません〉と言わざるをえなかったとは、まったく恥ずかしいことです。わたしの心には、なにもわき上がるものがありませんでした。しかし、目と心ということで言えば、あの遺骨には果たして、だれかになにかを語るものが存在するでしょうか」

「今のところはなにもない。ただし、すべての人に語る事実をのぞけばだ」院長は厳しく言った。「彼女は浄めもなされぬ場所に、葬儀も執り行なわれずに、ひそかに埋められた。ということは、その死は同様に神の祝福からはほど遠く、他の人間によってひそかにもたらされたものに違いない。これは容易にたどりつく結論だ。たとえ遅ればせにしろ、彼女はその魂の安住をわしに求め、世間に対しては正義の履行《りこう》を求めている。きみはすでに、この遺体がだれかはわからないと証言した。わしはそれを信じる。だが、この遺体は、かつてきみの所有していた土地から発見され、しかもその場所は、きみの妻が住まいにし、姿を消してから二度と戻ってこなかったあそこの小屋のそばだったのだ。執行長官がきみに聞きたいことがあるのは当然なのだ。むろん、この件の決着がつくまでは、彼は他の大勢の者にも、いろいろと聞かねばならぬ」

「わかりました」ルアルドはおとなしく答えた。「わたしはどんな質問にも、誠心誠意、すすんでお答えするつもりです」

彼はその言葉どおりにしたが、そのようすは悲痛なくらいに熱心でさえあった。妻が悲嘆と絶望の淵に呻吟《しんぎん》していたとき、自分は希望の成就によろこんでいたという過ちに初めて気づいた彼は、みずからをむち打つことを望んでいるかのようであった。

「わたしが神に呼ばれた場所に出むき、課された義務を果たしたのは正しかったはずです。しかし、自分だけのよろこびを求め、妻の悲嘆をまったく度外視したのは、明らかにまちがいでした。今となっては、わたしはもう妻の顔も、そのふるまいも思い出すことができず、妻が残した不安だけが、長い忘却のはてに、いちどにどっと押し寄せてきた思いです。妻はいまどこにいようと、わたしに報復をしているのです。この六カ月というもの」彼は苦痛に満ちて言った。「わたしは妻の無事をさえ祈ることはありませんでした。わたしは幸福で、彼女のことはまったく念頭になかったのです」

「きみは聖職志願者としてここに受け入れられてからあとに、彼女を二度たずねている。そうだな？」ヒューは言った。

「そうです、ブラザー・ポールと一緒でした。これは彼に聞けばわかります。わたしには自分の所有物があり、それを妻に与えてよいという許可を修道院長からもらったのです。それは適切に行なわれました。最初の訪問はそのためでした」

「それはいつだったのか」

「昨年の五月二十八日でした。そのあとの六月の初めにも、わたしたちはもう一度、小屋を訪れました。わたしの持ち物だった荷車と道具類、それに小屋まわりにあったものを売り払って、その金を届けにいったのです。わたしは妻がもうあきらめて、わたしに許しと温情を示してくれるのではないかと思ったのですが、それはまちがいでした。妻はそれまでの数週間、わたしを引きとどめようと必死でした。けれども、その日は異なって、彼女はわたしに憎しみと怒りをぶつけ、わたしのものなんかに指一本ふれるもんかと言いました。そして、出ていきたければそうすればいい、自分には一緒に暮らしてくれるいい人ができたからと言いました。わたしに抱いていた愛着は、一気に憎悪に変わっていました」

「彼女は自分からそう言ったのか？　いい人ができたと？」ヒューは鋭く言った。「彼女があの小屋からひっそりと立ち去ったあと、そういう噂が立ったことは、わたしも知っている。しかしきみは、それを彼女の口から聞いたというのか？」

「そうです、彼女はそう言いました。妻はわたしを引き止めることに失敗したあと、自分も自由になれないことを思い知らされたのです。というのも、わたしは依然、夫だったからです。それはひき臼のように彼女の首にぶら下がったままで、振り落とすことは不可能でした。しかし、彼女はこう言いました。たとえそうでも、力ずくで自分が自由を勝ち取ることは、だれにも邪魔はできないはずだと。自分にはいい人ができた。あんたなんかより百倍もいい人で、彼が呼んでくれるなら、地の果てまでも付いていくつもりだと。そのときにはブラザー・ポールも一緒でした」ルアルドは簡単に言った。「彼が証人です」

「きみが彼女を見たのは、それが最後か？」

「それが最後です。六月の末までには、彼女はどこかへ消えてしまいました」

「そのとき以降、あそこを訪れたことは？」

「ありません。わたしはずっと修道院の土地で、それもほとんどはゲイエで働いてきました。あの土地がこの修道院のものになったのは、ごく最近のことです。今から一年前の昨年の十月初め、あそこはホーモンドの土地になりました。ロングナーの先代のユード・ブラウントが……わたしは彼から土地を借りていました……ホーモンドに贈ったのです。わたしはあそこを見てみようとも、あそこのことを聞いてみようとも、一度も思いませんでした」

「ジェネリーズについてもか？」カドフェルは穏やかに口を挟《はさ》み、ルアルドの痩せた顔の表情が苦痛と恥辱《ちじょく》に一瞬かたくなるのを見た。しかし、それでさえルアルドはじっと耐え忍ぶにちがいなかった。いまの彼のよろこびは、その苦痛を十分にやわらげ、耐えさせてくれるほど大きく確実だった。「院長の許しを得たうえで、わしにもひとつ聞きたいことがある」カドフェルは言った。「きみは長年の結婚生活のなかで、妻の貞節と忠義を一度でも疑ったことはあるのか？　あるいは、妻のきみに対する愛情を？」

ルアルドは間をおかずに答えた。「いいえ！　彼女はいつも忠実で、愛情にあふれていました。わたしにはふさわしくないほどに！　わたしはそれに、十分に応えられなかったのではないかとさえ思います。彼女を生まれた土地から引っ張りだして、慣れない土地へ連れてきたのはわたしです……この、言葉も通じず、習慣も異なる土地へ」ルアルドは得々と真実を語るだけで、聞き手にはほとんど注意を払っていなかった。「わたしはいま初めて、彼女がどれほど多くのものをわたしに与えてくれたのかを理解しました。それはわたしが応えきれないほど大きかったのです」

ブラザー・リチャードによって手厚く厩に入れられていた自分の馬を出してもらい、ヒューが正門から門前通りに出たときは、もう夕べの祈り《ヴェスパー》に近かった。彼はそこで、左に折れて町中にある自分の家にもどるか、それとも右に折れて、暗くなるまでの時間をさらに真相の究明のために使おうかと、ためらった。川面にはもう、かすかな青味を帯びた霞《かすみ》がただよい、空は一面に曇っていた。だが、あと一時間かそこらは明るいはずだった。それだけあれば、ロングナーまで出かけて、若いユード・ブラウントと少し話をしてから帰る時間は十分だった。「陶工の畑」はとうにホーモンドの所有になっていたから、若いユードがあの土地に関心を持ち続けているとは考えにくかった。だが、少なくとも彼の荘園は、ひとつ丘を越えた森の中にあって、あそことは非常に近く、使用人の中には、毎日のようにあそこを通りかかる者もいるかもしれなかった。いちど訪れる価値は十分にあった。

セント・ジャイルズの施療院のところで街道を離れ、ヒューは浅瀬のある場所に向かった。浅瀬を渡ったあとは、左手上方に一部耕し終わった「陶工の畑」を見ながら、川辺ぞいの小道をたどる。境界を越すと、川辺の草地の上はなだらかな斜面をつくる森になり、木々の間を抜けていくと開かれた場所があって、そこにロングナーの荘園屋敷があった。そこなら、洪水の心配はなかった。斜面に向かって半地下が掘られ、石の急な階段が居住部の玄関口まででつづいていた。開けっ放しの門からヒューが入っていくと、厩から馬丁が飛び出してきて、快活にヒューの馬の手綱をとって、どんなご用ですかと訊いた。

いち早く声を聞きつけたとみえて、ユード・ブラウントは来訪者を見ようと、すでに玄関口に出てきていた。彼は執行長官とは知り合いだったので、温かくヒューを迎えた。生来、快活で気さくな彼はまだ若かったが、荘園主としての一年の経験を積んだいまは、使用人との関係もうまくゆき、自分のまわりの秩序ある世界に満足していた。もう七カ月前になる彼の父親の埋葬と、その英雄的な死は、たしかに悲しいことではあったが、小作人や召使いたちと彼との間の相互の信頼と尊敬を増す出来事にもなっていた。ブラウント一家からわずかばかりの土地を借りている小作人たちにとっても、ウィルトンからの王の退却の後陣をつとめ、そのために死んだ荘園領主は選ばれた名誉ある少数者であり、誇らしい存在だった。その息子のユードはまだ二十三歳にすぎず、経験も浅く、荘園を離れたこともなく、土地に縛られている点では小作人となんら変わるところはなかった。彼は大柄の、ハンサムで色白の若者で、褐色の髪はもじゃもじゃだった。祖父のころにいくぶん疲弊《ひへい》した荘園は、元来が地味の豊かなところで、それをきちんと運営することは大きな喜びになっているはずだった。彼ならうまくやりそうで、ゆくゆく将来の息子に譲るときには、父親から受け継いだときよりも豊かな荘園になっているにちがいなかった。ヒューはふとそこで、目の前の若者がまだ結婚して三カ月だったことを思い出した。その顔は、何事かを新たになしとげた満足に輝いていた。

「わたしがこうして訪れたのは、よい知らせがあるためではないが、かといって、その用件はきみに面倒をもたらすようなものでもないはずだ」ヒューは前置きなしに切り出した。

「じつは今朝がた、シュルーズベリ修道院は、例の陶工の畑に鋤を入れはじめたのだ」

「そのことなら知っています」ユードは落ちついていた。「わたしの配下のロビンという者が、彼らがやってくるところを見たのです。あそこが畑になるのは喜ばしいことです。もっとも、わたしにはもう直接の関係はなくなりましたが」

「ところが、あの畑からの最初の収穫物は、決して喜ばしい性質のものではなかった」ヒューは飾らずに言った。「あそこの斜面の下から、死体が出てきたのだ。女の死体で、今は修道院の霊安室に安置してある。死体というよりは、骨というほうが適切だが」

来客にワインをつごうとしていたユードの手の動きは急に止まり、ピッチャーが揺れて赤いワインが彼の手にこぼれた。彼は丸くて青い目に驚きの表情を浮かべ、口をぽかんとあけてヒューを見やった。

「女の死体ですって？　あそこに埋められていたというんですか？　骨と言いましたね……じゃあ、どのくらい前のものですか。それに、いったいだれなんですか？」

「それはまだ、だれにもわからん。われわれが見つけたのは骨だけだ。しかし、女であることはわかっている。かつては女だった者というべきかな。せいぜいさかのぼっても、死んでから五年くらいだそうだが、たぶんもっとずっと最近のことだろう。きみは、あのあたりに見知らぬ者がうろついているのを、見かけたことはないか？　あるいは、なにか気になる動きに気づいたことは？　きみにはもう、あそこを見張る必要はないことは、むろんわかっている……ホーモンドに渡ってから、一年にもなるのだから。しかし、ここから近い場所だから、きみの一家のだれかが、もしやおかしな人物を見かけてはいないかと思ったのだ。なにも不穏な気配はなかったのか？」

ユードは強く首をふった。「わたしの父があそこをホーモンドに贈って以来、わたしは一度もあそこに行ったことがありません。祭りのときにときどき、あそこの小屋に宿なしが寝泊まりしているとか、冬の期間に旅人が一泊したとかいう話は耳にしていますが、名前やその他の詳しいことはなにも聞いていません。わたしの知るかぎり、だれかに危害が加えられたとか、加えられそうになったとかいう話はまったくありません。いまの話は、とても不思議な気がします」

「われわれにとっても、そうなのだ」ヒューは憂鬱そうに相づちを打ち、差し出されたカップを受け取った。広間は薄暗くなってきていて、炉はすでに火を入れる準備ができていた。開け放たれたドアから見える外は、もやが出てきて青味がかり、そこから夕暮れの金色の陽光が射しこんでいた。「このあたりで、ここ二、三年の間に、女が家からいなくなったという話を聞いたことは？」

「ありません、一度も。わたしの一家の者は、このあたり一帯にひろく住んでいます。もしもそんなことがあれば、かならずだれかがキャッチしたはずですし、すぐにわたしの耳に入ったはずです。父が生きていたときは、むろん父の耳にですが。父はこのあたりで起こるすべての事柄を把握していました。一家の者は何事であれ、父に報告しました。父が、だれであれ一家の者に目が行き届かないことになるのを嫌っていることは、みんな知っていたからです」

「それはわたしも知るところだ」ヒューはなごやかに言った。「だが、きみも忘れてはいないはずだ。家を捨て、ひとこととも言わずにどこへとも知れず姿を消した女がひとりあることは。それも、まさにあそこの小屋からだ」

ユードは信じられないという表情で目を大きく見開いてヒューを見つめ、それから急に笑い出した。

「ルアルドの女房ですか？　そんなばかな！　彼女がここから立ち去ったことは、だれでも知ってます。秘密でもなんでもありません。それに、そんなに最近の出来事の可能性もあるというんですか？　たとえそうだとしても、もう骨になっていたというではありませんか。そんなことありえません！　ジェネリーズは男と一緒に出ていったんです。夫のほうは希望を実現して自由になりましたが、彼女のほうは縛られたままだったんですから、彼女を非難はできません。われわれは彼女が困らないようにすべきだったかもしれませんが、それだけでは彼女には不十分だったでしょう。未亡人なら再婚もできます。しかし彼女は未亡人でもありませんでした。まさかあなたは、その霊安室にある遺体がジェネリーズだと信じているわけではないんでしょうね？」

「わたしにもまったくわからんのだ」ヒューは正直に言った。「しかし、場所といい、時といい、あの二人が別れたいきさつといい、もしやと、だれでも思うことなのだ。まだ、このことは一握りの者しか知らぬ。しかし、まもなく知れ渡る。そうなれば、どんな噂が飛び交うかは容易に想像がつく。もしもきみが一家の者に対して、あのあたりで怪しい動きを察知したことはないか、あるいはあの小屋のあたりで怪しげな人物を見かけなかったか、とくに女連れはいなかったかと聞いてくれれば、非常に助かる。もしもあの遺体の名前を明らかにする手がかりが得られるなら、大きな進展が期待できることになるのだ」

ユードはすでに死の現実を受けとめ、それを重大なことと考えはじめているようだった。だが、秩序ある自分の荘園には動揺をもたらすはずもない、そんなことはあってはならない事件としてであった。彼はワインのカップ越しにヒューをながめながら、それがはらむ意味を考えていた。

「あなたは、その女がひそかに命を絶たれたと考えているのですね？　ルアルドには本当に、そんな嫌疑がかかる可能性があるのですか？　彼がそんな男とは、わたしにはとても信じられません。一家の者に聞くことは、わたしはまちがいなくするつもりです。なにかあれば、すぐにあなたのところにお知らせします。しかし、そんなことがあったとすれば、とっくにわたしの耳には入っているはずですが」

「それでも、念のためそうしてくれ。普段なら簡単に忘れ去ってしまう些細《ささい》なことでも、いったん死という事実が絡んでくると、重大な意味をもって現われてくることもあるからだ。わたしはルアルド側の事情をできるかぎり詳しく調べ、同時にできるだけ多くの者から話を聞くつもりだ。彼はあの遺体を見た」ヒューは重苦しそうに言った。「だが、彼女かどうかは言えなかった。無理もない、たとえ長年の間ともに暮らしてきたとしても、あの顔では判別は不可能だ」

「彼には彼女を殺すことなどできるはずはありません」ユードはなおも言い張った。「彼はすでに修道院に入り、三週間か四週間、もしかするともっとたっていました。そのとき、彼女はあそこの小屋に暮らしていたのです。それはきっと、追い剝ぎとか、それに似たごろつきにあって、不幸な目にあった別人です。身につけている衣服を狙われて、刺し殺されたんです」

「ところがまったく違う」ヒューは苦笑しながら言った。「彼女の服はきちんとしていて、まっすぐに横たわり、両手は胸の上に組み合わされて、藪からとった枝で作った粗末な十字架を握らされていた。また、死の原因に関しては、彼女には傷もなく、骨も折れてはいなかった。あるいはナイフで刺されたのかもしれぬ。だが今となっては、判断しようがない。ともかく、彼女は手厚く、敬意をこめて葬られていたのだ。それが最大の謎なのだ」

ユードは首をふり、ますますわけのわからない事態に眉をひそめた。「もしも司祭が彼女を見つけたなら、するようなやり方でですか？」彼は自分でも訝《いぶか》しげだった。「しかし、もしも司祭なら、みんなにすぐに知らせて、きっと教会に運びこんだはずです」

「おそらくすぐに噂がたつだろう」ヒューは言った。「もしも二人が激しく言い争っていたなら、夫は怒りに駆られて暴力に訴えたかもしれんと。そして、あとで後悔したのだと。しかし、今のところはルアルドのことは心配することはない。何事もなく元気だった彼女の姿が最後に目撃されたときよりもずっと前に、彼はすでに大勢の修道士と一緒だった。われわれは、見習い修道士になってからの彼のすべての行動を、彼らの証言から洗いなおしている。それとともに、この数年のあいだに行方不明になった女がいないか、捜しているところだ」夕闇せまる外に目をやりながら、ヒューは立ち上がった。「もう、帰る時間だ。きみには思いのほか時間をとらせてしまった」

ユードはすぐに一緒に立ち上がった。「そんなことはありません。あなたがまず最初にここに来たのは当然です。わたしは家の者に聞いてみましょう。その点は請け合います。わたしはときどき、あの土地がまだ自分の一家のものだと思うときがあるんです。たとえ相手が教会だったとしても、土地を手放すというのは、少しでもつながりが残っている根っこを見捨てる感じがぬぐえません。わたしがあそこに足を向けなかったのは、荒れ放題になっている姿を見たくなかったからのような気がします。だから、今度の交換の話を聞いたときは嬉しかったんです。シュルーズベリ修道院なら、もっとうまく利用してくれるだろうと思いました。実をいえば、父があそこをホーモンドに贈ると決めたときには、びっくりしたんです。彼らがあそこをうまく活用するのは、むずかしいと思ったからです」

ヒューが外に出て馬に乗るのを見送ろうと、彼は戸口までついてきたが、そのとき急に立ち止まって、玄関間の隅の、カーテンのかかった一画を振り向いた。

「ヒュー、母に会って、ちょっとだけ挨拶してもらえませんか。今はもう外に出ることもできず、来客もほとんどないんです。父の葬儀があって以来、いちども外に出てないんです。ちょっとでも顔を出してもらえれば、母はきっと喜びます」

「おやすいことだ」ヒューはすぐにとって返した。

「しかし、女の死体のことは言わないでください。それを聞いたら、母は心をかき乱すだけです……あそこはほんのちょっと前までうちの持ち物でしたし、ルアルドはうちの賃借人だったのですから。母には耐えねばならないものが多すぎます。悪い知らせは、できるだけ知らせないようにしてるんです。まして、これほど身近で起こったこととなると」

「ひとことも触れるつもりはない！」ヒューは請け合った。「だが、その後の彼女の調子はどうなのかね？」

ユードは首を振った。「なにも変わっていません。ただ一日一日と、ますます痩せて青白くなるいっぽうです。しかし、母はなにも不平は言いません。会えばわかります。さあ、中に入ってください！」彼は片手でカーテンをつかみ、ヒューにだけ聞こえるように声を落として言った。明らかに、彼はヒューと一緒に中に入るのをしぶっていた。病気を前にして、旺盛な若さは不安にかられ、どうしてよいかわからなくなっていた。彼が目をそむけるのも無理はなかった。ユードはドアをあけると、母親に向かってすぐに話しかけたが、その声は不自然なほど優しく、抑制されていた。それはまるで、愛情は感じていながら近づくのがむずかしい、他人に話しかけるような調子だった。「母さん、ヒュー・ベリンガーが来てるんです」

ヒューはユードのそばをすり抜けて、こぢんまりした部屋に入った。平らな石板の上に置かれた小さな炭の火鉢で部屋は暖かく、壁の突き出し燭台にともされた松明《たいまつ》が部屋を照らしていた。ロングナーの未亡人はその明かりの下のベンチに、壁を背にしてすわっていた。敷物とクッションの上に姿勢を正したようすは静かで落ちつき、その存在感は部屋じゅうを満たしていた。四十五を過ぎてはいたが、長びく病気で衰弱し、年よりもずっと白髪も多く、やつれて見えた。彼女は目の前に糸巻き棒を立て、枯れ葉のように頼りなくみえる手で羊毛をさばき、辛抱づよく、手際よく、それを逆立てながら、絇《こ》をまわしていた。ヒューが入ってくると、彼女は驚きの微笑をうかべて彼を見上げ、糸巻き棒をベンチの下に置いた。

「まあ、嬉しいわ！　このまえお会いしてから、もうずいぶんたちますわ」それは彼女の夫の葬儀のときで、もう七カ月も前のことだった。彼女は手を差し出した。ヒューの手の中でそれはアネモネの花びらのように軽く、キスすると同じように冷たかった。彼女は深く落ちくぼんだ、くすんだブルーの大きな目で、鋭く値踏みするようにヒューを見た。「仕事は、お似合いのようね」彼女は言った。「責任を背負ったあなたは、頼もしくみえますわ。そんな重大な責任をもつあなたが、わたしに会うためにわざわざここまで足を運んでくれたなんて思うほど、わたしも自惚《うぬぼ》れじゃありません。ユードにご用だったんでしょう？ でも、なんにしても、あなたに会えるのは嬉しいわ」

「なにやかやと忙しくて」ヒューはかなり留保して答えた。「ええ、そうなんです。彼にちょっとした用件があったもんですから。しかし、あなたにご心配をかけるようなことはなにもありません。それに、長居してあなたを疲れさせることはできませんし、あなたと仕事の話なんかするつもりもありません。でも、加減はいかがです？ なにか必要なものはありませんか？ あるいはわたしに手助けできることは？」

「必要なものは、わたしが口に出すまでもなく満たされています」ドナータは言った。「ユードは心根が優しく、嫁もよくしてくれます。わたしには、不満はなにもありません。あなたは知っていますか、彼女はもう妊娠してるんですよ。それはもう、質のいいパンのように逞しくて健康そのもので、きっといい息子を産んでくれるはずです。ユードは仕事もうまくやっています。わたしはときどき、外の世界のことを忘れてしまってますわ。息子は収穫ごとに、自分の荘園を少しでも豊かにしようと夢中で働いています。自分の子供が生まれるとわかった今は、ますます精を出しています。わたしも主人が生きていたときは、いつも外の世界に注意を払っていました。王の命運がどうなっているか、絶えず聞かされていました。スティーブン王がどこにいても、その便りはかならずありました。今はすっかり時代に遅れてしまっています。外の世界はどうなっていますか？」

近くからでも遠くからでも、外の世界の侵入を阻止する防壁は、彼女には不要に思われた。だがヒューは、息子の不安を考慮して慎重にふるまった。

「わたしたちに関するかぎり、ほとんど大きな変化はありません。グロスターのロバートは、南西地方を女帝の砦《とりで》にしようと忙しく動いています。双方とも現在の勢力維持に力を注いでいて、今のところすぐに戦いを始めるようすはありません。われわれは当面、平穏無事です。ありがたいことです！」

「あなたには、ずいぶんあちこちから知らせが入るようね」彼女は耳ざとく反応して言った。「ねえ、ヒュー、わたしはこの囲いの外の世界からの新鮮な風に、少しでもあたりたいの。こうしてここまでやってきながら、あなたはまさか、それを拒んだりはしないでしょうね？ユードはわたしを枕に縛りつけて、なにも知らせてくれないけれど、あなたにはそんな気をつかう必要はないでしょう？」ヒューの思いがけない訪問が、くすんだ彼女の顔色にわずかでも生気をよみがえらせ、くぼんだ目にきらめきをもたらしていることに、彼はとっくに気づいていた。

彼は苦笑しながら言った。「たしかに、あちこちから知らせが入ります。おおむねは、王にとっては不安の種ですが。セント・オールバンズでは、非常にまずい事態になっています。エセックス伯がふたたびスティーブン王に背いて女帝と結ぼうと画策したのですが、半分くらいの諸侯がそれをとがめて、伯はロンドン塔をはじめ、エセックスにもつ城と土地とを明け渡さざるをえなくなったようなのです。そうしなければ絞首刑だと脅《おど》されて、伯はやむにやまれず、その命令に服したというわけです」

「ほんとうですか？　ジェフロワ・ド・マンデヴィルのような男には、さぞかしそれはこたえたでしょう」彼女はびっくりして言った。「亡くなった主人は、決してあの男を信用しませんでした。傲慢《ごうまん》で、横柄《おうへい》な男だと言って。あの男はこれまでにも何度も付く側を変えたような男ですから、またそれを変えても不思議ではありません。いつか追いつめられるのは、目に見えていますけど」

「そうなる寸前だったんですが、彼が土地をあきらめると、諸侯たちは彼を釈放したんです。彼は自分の出身地に舞い戻り、そこで荒くれ男どもをかき集めたんです。そしてケンブリッジを襲い、引き揚げるまでに、教会をはじめあらゆる場所を略奪しつくしたんです」

「ケンブリッジですって？」彼女は驚くと同時に半信半疑だった。「こともあろうに、ケンブリッジのような大きな町を襲ったんですか？　スティーブン王は兵を挙げざるをえないでしょう。あのような男に、好き勝手に略奪や放火を許しておくわけにはいかないはずです」

「ところが、それがなかなか困難なのです」ヒューは憂鬱そうに言った。「あの男は、東部のフェン地方なら自分の掌《てのひら》のようによく知っているんです。あそこから彼を引っ張りだして合戦に持ちこむのは、至難のわざなのです」

彼女は自分の足の動きで糸巻き棒がころがると、身をかがめてそれを拾い上げようとした。

羊毛をふたたび巻きつける彼女の手は、ものうそうで透き通り、大きな目に半分おおいかぶさったまぶたは大理石のように白く、スノードロップの花びらのような筋が見えた。痛みを感じても、彼女は決してそれを外に表わさなかったが、最大限の注意と努力を払って行動した。きりっと結ばれた唇は、沈黙と忍耐の強い意志のかたまりだった。

「わたしの息子がフェンにいるんです。下の息子ですが」静かに彼女は言った。「あなたもきっと覚えていると思います。あの子は、昨年の九月に修道士になる道を選んで、ラムゼーの修道院に入ったんです」

「ええ、よく覚えています。埋葬を行なうために、去年の三月に彼が父君の亡骸をここに運んできたときには、もしかしたら修道士の生活を考えなおしたのではないかと思いました。サリエンが修道士に向いているとは、とても思えませんでした。それまでのわたしの観察では、彼は世の中で生きるための、健全な欲望を持っていました。六カ月の修道士生活は、考えなおす糸口になったのではないかと思いました。しかし、そうではありませんでした。葬儀が終わると、彼はすぐに戻っていきました」

彼女は一瞬だまってヒューを見あげた。おおいかぶさるまぶたが回転するように上にあがったが、目は依然として輝いていた。かすかな微笑が唇に浮かび、ふたたび消えた。「いったん家に戻ったからには、そのままいてほしいと思いました。けれど、息子は戻っていってしまいました。神への奉仕の気持ちには変わりがなかったようでした」

それは、世間と妻と結婚生活を断固として捨てたルアルドを、どことなく髣髴《ほうふつ》とさせるところがあった。暗くなってきた中庭でユードに別れを告げ、馬にまたがって帰路についたときにも、そのことはいつまでもヒューの心に引っかかっていた。ケンブリッジからラムゼーまでは二十マイル足らずだ……ヒューは考えこんでいた。北西方向に二十マイルのそこは、ロンドンから少し離れたところで、スティーブン王の本拠地からもわずかな距離だった。フェン地方に少し入ったところにあるラムゼー……今は冬が近づいていた。ド・マンデヴィルのような狂った狼があのような踏みこみにくい荒れ地に根拠地をかまえたとなれば、それを叩き出すにはスティーブン王の全軍が必要となることだろう。

「陶工の畑」の耕作がつづくあいだ、カドフェルは何度かそこへ足を運んだが、予想外の発見は、それ以後なにもなかった。鋤係りと六頭の牛は土手の下で方向を変えるたびに、なにかびっくりするものが現われるのではないかと、細心の注意を払って掘り進んだ。だが、そのあとには黒々としたきれいな畝がつぎつぎとできあがるだけだった。(土地は無垢なものです。人の利用の仕方によってしか、汚されることはありません) ルアルドはそう言った。たしかにそうだ。土地だけではない。知識、さまざまなわざ、強さなど、そのほかの多くのものも人の使い方しだいで汚されるが、それ自体は無垢のものなのだ。秋色深い、ひんやりとした大きな美しい畑、両側を人手の入らない小高い丘に挟まれ、藪とイバラと木々の生える丘の上からなだらかに下る土地を見やりながら、カドフェルはぼんやりと考えこんだ。あの男はここに何年も働きつづけ、みずから耕した土地、粘土を採りつづけていた土地に対して弁明した。気さくでつつましい生活を送る男、働き者で正直な男……彼を知る者はみな、そう言うはずだった。だが、他人の生活がいったいどこまでわかるだろう？　かつては陶工であり、今はシュルーズベリの修道士になっているルアルドについては、すでにずいぶん異なった意見が表明されていた。風向きが変わるのには、長い時間は必要なかった。

というのも、陶工の畑の土の中から女の死体が見つかったという話は、すでに広く知られるところになっていた。とすれば、そこに十五年も暮らし、そのあとだれにもなにも言わずに姿を消した女が、噂の焦点になるのは当然だった。死体がその女ということになれば、修道士になるためにその女を見捨てた男に疑惑の目が注がれるのも、これまた理の当然ではなかろうか？

その死体がだれであれ、女はすでにシュルーズベリの修道院長の計らいで、修道院付属の墓地に葬られていた。名前こそつけることはできなかったが、葬儀に必要な儀式はすべて型どおりに行なわれた。教区を問題にするなら、ロングナーの荘園は一種特別な状況にあった。というのは、そこはもとチェスターの司教区に属し、かなり前に……近いということもあって……シュルーズベリのセント・チャド教会に与えられ、その教区になっていたからだった。だが、問題の女が果たしてセント・チャド教会の教区民だったのか、それとも単なる旅人にすぎなかったのかは不明だった。そこで、ラドルファスは彼女がもたらした多くの難題のうちの少なくともひとつを処理して物事を簡単にするために、彼女に自分の修道院の墓地を与えたのだった。

こうして、彼女は安息の地を得られた。だが、このことは、彼女以外のだれに対しても安息をもたらしはしなかった。

「きみはまだ、彼を拘束する動きはまったく見せていない」カドフェルはヒューに向かって言った。長い一日の終わりに、二人はカドフェルの仕事場の中にいた。「彼をきびしく問いつめることさえしていない」

「まだ必要ありません」ヒューは言った。「わたしが必要とするまで、彼は今の場所に安全にかくまわれています。逃げようとすることもないでしょう。あなたも見たでしょう。彼は今度のことすべてを、最悪の場合は神によって自分に与えられた正しい罰とみなし……といっても、それは殺しに対するものではなく、むしろ今回はじめて自覚した自分の過失に対するものです……最善の場合でも、自分の信仰と忍耐に対する試練として受けとめています。もしもわれわれがこぞって彼を責め立てれば、彼はむしろ感謝の気持ちでそれを受けとめ、じっと我慢するでしょう。彼はなにごとも、避けようとはしないでしょう。だから、それより今は、ここに入ってからの彼のすべての行動をひとつずつ調べあげることが、わたしのやるべきことです。その過程で彼に真の疑いが生じたときは、いつでも彼を尋問できます」

「それで、きみはまだ、そうした疑いは抱いていないのか？」

「わたしの疑いは、最初の日のときに抱いた以上でも、以下でもありません。ほかのどんな女も、行方不明にはなっていません。場所といい、可能な時間といい、二人の間の争いと怒りといい、すべてはルアルドに不利で、あの死体がジェネリーズである可能性を物語っています。しかし、ジェネリーズは彼がここに入ってからあとも元気に暮らしていましたし、彼が彼女にふたたび会ったときは、ブラザー・ポールと一緒だったときを除いては……これは二人が語ったとおりです……確認することができていません。にもかかわらず、彼がたった一度だけ、命令に背いてなにかの用事で彼女を訪ねたということはありえないでしょうか？ ルアルドが悲惨な状況に終止符を打ちたいと思っていたことは、確実だとわたしは思うのです。枠組みは……」ヒューは苛立って、疲れたように言った。「ルアルドとジェネリーズにあまりにもぴったりで、そこに当てはまる他の者は、まったく見いだすことができません」

「わしはきみの意見を信じるわけではないが、斥《しりぞ》けるつもりもない。これからも観察をつづけるつもりだ。ルアルドはこれからも同じだろう。たとえまわりの噂が彼に厳しいものになっても、ここにいれば危害を加えられることはない。たとえ、不正な非難が耳に入っても、彼は神の懲《こ》らしめと受けとめて、辛抱づよく重荷が取りのけられるのを待つにちがいない」

4

十月八日の朝は霧雨の降る灰色の朝だった。顔にはほとんど感じなかったが、しばらくすると濡れていることがわかった。門前通りの人びとは麻袋地の頭巾をかぶって立ち働いていた。その若者は馬市広場の横を通って重い足取りで街道をやってきたが、頭巾をまぶかにかぶっていたので、悪天候にもかかわらず外で働かねばならぬ他の人たちとまったく区別がつかなかった。若者はベネディクト派修道会の僧衣を着ていたが、それはとくに人目をひくことではなかった。彼はここの修道士のひとりと受け取られ、なにかの用事でセント・ジャイルズまで使いに出されでもして、盛式ミサと修士会の時間に間に合うようにそこから戻るところなのだろうと見なされた。歩幅は大きかったが、泥だらけの足が痛むのか、引きずるように歩いていた。ほとんど膝のところまでたくし上げられた僧衣の下には、すんなりとして形のよい、若者らしい筋肉質の足がみえ、くるぶしまで泥にまみれていた。セント・ジャイルズよりはずっと遠いところまで行って戻ってきたに違いなく、たどってきた道も門前通りよりはずっとさびれて荒れ果てた道だったに違いなかった。

　若者の背丈は中くらいだったが、ほっそりしていて、大人になりきっていない年齢特有のぎこちない身のこなしは、一年子の子馬そっくりだった。そんな若者が、痛々しさを感じさせながらも、しっかりと足を踏みしめ、決意をみなぎらせて進んでくる姿は、カドフェルの目には奇妙に映った。若者が正門のくぐり戸に向かって進んできたとき、カドフェルはちょうど自分の作業場に向かう途中で、庭園への小道へと入っていくところだった。彼には、なによりも先に若者の足どりが目についた。好奇心のおもむくままに新たに目を向けると、修道士に違いないその若者は、初めてここを訪れた者のように、だれか責任者に面会したいむねを門番に伝えているようだった。ここの修道士ではなさそうだったが、さらに注意して見てみると、そのことは明らかになった。くすんだ黒い僧衣はみな同じで、頭巾をかぶると識別はさらにむずかしかった。だが、ここの成員であるかぎり、聖歌隊員、見習い修道士、執事、聖職志願者を問わず、たとえ広場の突き当たりより離れていても、カドフェルには全員を見分けることができた。若者は顔見知りの一員ではなかった。だが、そのこと自体は、なにもおかしなことではなかった。同じ修道会に属するべつの修道院のメンバーが、なにかの用件でシュルーズベリに派遣されることは往々にしてある。だが、この若者には、どこかそれとは異なる雰囲気があった。彼は徒歩だったが、どこかの修道院からの正式な使いなら、馬で来るのが普通だった。しかも、みすぼらしく、疲れはて、足を引きずる姿は、一見して彼が、かなりの距離を歩いてきたことを示していた。

カドフェルは直ちに自分の用件を放り出して、広場を横切って正門へと向かったが、それは持ち前の旺盛な好奇心のためばかりとは言えなかった。ちょうど盛式ミサが始まる時刻だったし、雨のために出席者はみな駆け足で、いち早く濡れない場所に避難したから、その瞬間には来客の言づてを買って出たり、嘆願者の案内役を引き受ける者は、あたりにはひとりもいなかったのだ。とはいえ、好奇心がなかったかといえば、そうとは言えなかった。カドフェルは目を輝かせ、いつでも助言をするつもりで、正門の二人のところへ近づいていった。

「ブラザー、取りつぎ役がお入り用ですな。お役に立ちましょうか？」

「こちらのブラザーは所属の修道院長の命令で、まずじきじきにこちらの院長に面会するよう言われているそうです」門番が言った。「休息をとる前に、まず報告をすませたいと言っています」

「ラドルファス院長はまだ、院長宿舎にいる」カドフェルは言った。「ほんのちょっと前、わしはそこから退出したところだ。わしが案内役を引き受けよう。院長はいま、ひとりっきりだ。きみの用件がそれほど重要なものなら、すぐにも会ってくれるはずだ」

若者は濡れた頭巾をうしろにはね上げ、少し長めにのびた剃髪頭《トンスラ》にしみ通った水滴を払い落とした。頭頂には、暗褐色の縮れた金髪が、うぶ毛のようにおかしな格好にのびだしていた。所属の修道院がどこにあるかはわからぬが、辛抱づよく長い距離を歩き通してきたことは明らかだった。頭は卵形で、広い額と離れぎみの目から下にゆくにしたがって細くなり、頑固そうな、好奇心旺盛な感じの顎《あご》に達していた。頭頂と同様、その顎はすでに金色のうぶ毛でおおわれていた。足は痛そうで、若者はたしかに疲れていた。だが、それを除けば長い道中、なにごともなかったようだった。血色のよい頰はその証しだったし、カドフェルに向けられた澄んだ明るいブルーのまなざしは、微動だにせずに輝いていた。

「もしそうしていただけるなら、嬉しいことです」若者は言った。「旅のよごれを落とす必要もありますが、まず最初に院長にお目にかかって命じられた使命を果たし、肩の荷を降ろしたいのです。おっしゃるとおり、これはベネディクト会にとって非常に重要な用件です。わたしにとってもそうなのですが、これはたいしたことじゃありません」彼は濡れた頭巾と肩衣の湿り気を払うように、自分自身の懸念を払いのけてつけ加えた。

「院長がきみと同じように考えるとは必ずしもいえんが」カドフェルは言った。「まあよい、一緒に行って、院長の反応を確かめるとしよう」彼はきびきびと先に立って広場を横切り、院長の宿舎へと向かった。あとに残された門番はしつこい雨を避けて、そそくさと居心地のよい小屋の中へと引っこんだ。

「いったい何日くらい歩いてきたのか」足を引きずりながら脇についてくる若者に、カドフェルは訊いた。

「七日です」その声は低く、はっきりしていて、若者にふさわしかった。おそらく二十歳をそうは越えていないだろう、もしかしたら二十歳前かもしれない、とカドフェルは思った。

「それほど長い旅に、たったひとりで送り出されたというのか」カドフェルは驚いて言った。

「ブラザー、わたしたちは全員が送り出されたんです、ばらばらに。修道院長に話をする前にあなたに打ち明けることはできないんです。お許しください。わたしはできるだけ早く修道院長にすっかりお話して、あとはすべてお任せするつもりです」

「そのことなら院長を信頼してよい」カドフェルは請け合い、それ以上はなにも訊かなかった。若者の言葉のなかには危機感が漂い、抑制されてはいたが、若い声の調子にはじめて絶望感がみとめられた。

カドフェルは院長宿舎の戸口をさっさと通って控え室にはいり、半開きの居室のドアをノックした。仕事中とみえて声は上の空だったが、院長は部屋に入るように言った。ラドルファスは書類の束を広げ、長い人差し指でいま見ていたところを押さえながら、だれが入ってきたのかちらっと目をやった。

「ファーザー、ドアの外に若者が来ています。ベネディクト会の遠くの修道院からやってきた若者で、そこの院長からのじきじきの伝言を携《たずさ》えています。なにか重大な知らせのようです。彼を案内してもよろしいでしょうか？」

ラドルファスは相変わらずしかめっ面《つら》を浮かべながら、とりかかっていた仕事をあきらめ、思いもかけないカドフェルの言葉に注意を集中した。

「どこの修道院からだ？」

「それはまだ聞いていません。当人も話していません」カドフェルは言った。「すべてはあなたに話すようにと言われてきているのです。ここに来るまで七日かかったそうです」

「案内したまえ」院長はそう言って、羊皮紙を机の隅に片づけた。

若者は入ってくるなり、院長に深々とお辞儀をし、それから心と舌の封印が急に解けたように、大きく息を吸いこむと、一気にまくしたてた。言葉は血しぶきのようにほとばしった。

「ファーザー、わたしはラムゼーの修道院から最悪の知らせを持ってきました。ファーザー、エセックスとフェン地方では、人はみな悪魔になっています。ジェフロワ・ド・マンデヴィルはわれわれの修道院を占拠して砦に変え、かろうじて生き残ったわれわれを乞食のように追い払いました。ラムゼー修道院はいま、盗賊と殺人鬼の巣窟《そうくつ》になっています」

彼は話してよいという許可も待てず、質問に対する答えというかたちでひとつずつ順番に話をすることもできなかった。カドフェルはゆっくりと耳をそばだてながら、二人をあとに残してドアを閉めかかった。そのとき、若者の息せききった話し声をさえぎって、院長のするどい声が響いた。

「待て！　カドフェル、ここに残るのだ。すぐに使いが必要になるかもしれぬ」院長はそのあと間髪《かんはつ》を入れずに若者に言った。「わが息子《マイ・サン》よ、息をつけ。まず腰を下ろして、話をする前に考えをまとめ、わかりやすく話すのだ。ここまでたどりつくのに七日もかかったあとでは、数分の遅れはものの数に入らぬ。まず最初に言っておくが、わしらは今のいままで、きみが言ったことに関してなにも聞いておらぬ。きみがそれほど長い時間かかって、ここにたどりついたのが本当なら、どうしてもっと早く執行長官の耳に入らなかったのか、不思議でならぬ。その攻撃から抜け出すことができたのは、きみが最初だったのか？」

カドフェルが肩に手を置いてやると若者は一瞬ふるえたが、おとなしく院長の言葉に従って、壁ぎわに置かれたベンチの上に腰を下ろした。

「ファーザー、マンデヴィルの包囲を突破するのはたいへんでした。たぶん、ほかの者も同じ状況だったと思います。各地の王の執行長官のもとへ急派された者たちは、馬を使ったでしょうから、おそらくひとりも包囲網を突破することはできなかったと思います。マンデヴィルの兵士らは三つの州から、すべての馬と家畜と弓と剣を徴発していました。馬に乗った者は、たちまち狼のような兵士たちに襲われたはずです。襲撃をまぬがれて逃げ出せたのは、わたしが最初だと思います。価値のあるものを、なにも身につけていませんでしたから。ヒュー・ベリンガーは、まだ知らないはずです」

ヒューの名が自然に若者の口をついて出たので、カドフェルとラドルファスは驚いた。院長はするどく振り向いて、信頼しきって自分を見あげる若者の顔をじっと見つめた。

「きみはここの執行長官を知っているのか？　いったい、どうしてなのだ？」

「ファーザー、わたしがここに派遣されたのは、そのためなんです。少なくとも、それが理由のひとつでした。わたしはここの生まれで、サリエン・ブラウントといいます。兄はロングナーの荘園主です。あなたがたはわたしを見たことはないと思いますが、ヒュー・ベリンガーはわたしの一家をよく知っています」

（なるほどそうか）カドフェルは納得がいった。彼は若者の頭から足の先までを、あらためて観察した。目の前にいるのは、一年前にベネディクト会に入る決意を固め、去年の九月末に見習い修道士になるためにラムゼーの修道院に入った弟のほうだった。その時期は、彼の父親が陶工の畑をホーモンドに贈った時期とほぼ重なっていた。だが、なぜ彼は一家のお気に入りだった聖アウグスティノ会ではなく、ベネディクト会を選んだのか？　あの土地がホーモンドに渡ったときに彼もホーモンドに行けば、何事もない静かな生活が送れただろうに。だが、カドフェルは、湿った褐色の輪状の髪のなかに金褐色のうぶ毛が生えてきている若者のトンスラを眺めながら、かつて自分でも好きで選んだことがある行為に難癖をつけていいものだろうかと思った。この若者も、聖ベネディクトの中庸と良識と人間愛を好んだのだ。だが、こうした心地よい回想が、まったく別の、同じようにしつこくつきまとう疑問を提示することに、カドフェルは軽い当惑を覚えた。どうして、はるか離れたラムゼーでなければならなかったのか？　シュルーズベリでは、どうしていけなかったのか？

「ヒュー・ベリンガーには、きみの話のすべてを、すぐにわしから知らせる」院長は請け合った。「ド・マンデヴィルがラムゼーを占拠したというのだな。それはいつのことで、どのような方法によってだったのか？」

「九日前のことです。ド・マンデヴィルが以前の所有地に戻って、過去に家来だった者や、一帯に生きる荒くれ者やならず者に呼びかけ、それに呼応する者を集めていることは、われわれも土地の者も、みな知っていました。しかし、彼の軍勢がどこにいるのかはわからず、われわれに対してどのような意向を持っているのかも不明でした。ご存じのようにラムゼーは陸の孤島で、沼地を避けて近づく道はたった一本しかありません。あそこが俗世間を避ける適当な場所として最初に選ばれたのも、そのためでした」

「ド・マンデヴィルがそこを欲しがったのも、まさにその理由からだ」ラドルファスは厳しい表情で言った。「きみが言うように、そのことはわしらも知っている」

「しかし、その一本道を守らなければならない、どんな理由があったでしょう？　それに、たとえ襲撃を知っていたとしても、修道士のわれわれが武器をとるなど、どうしてできるでしょう？　彼らは何千という軍勢でした」敵の数をいくつと言えば自分の言葉を信じてもらえるか、サリエンがそれを考えたことは明らかだった。「そして、道を渡ってきて、修道院を占拠しました。彼らはわれわれを中庭に駆りだし、僧衣以外の持ち物をすべて奪ったうえで、門の外へと追いだしました。彼らは修道院の一部に火を放ちました。抗議の姿勢をみせた者は、むち打ちを加えられるか、さもなければその場で殺されました。暴力に訴えたわけでもないのに、とっくに修道院から離れていたのに、矢を浴びせられました。近くでぐずぐずしていた者は、武器と兵士で満たし、彼らは修道院をならず者と拷問者の住み家に変え、その砦から外に出かけては、盗みと略奪と殺しに狂奔《きょうほん》したのです。あたり数マイル一帯の住民の家には、畑を耕す道具はおろか、価値のあるものはもういっさいありません。ファーザー、これがあそこで起こったことで、わたしがこの目で見たことです」

「それで、きみたちの修道院長はどうなったのか？」ラドルファスは訊いた。

「ファーザー、ウォルター院長は雄々しい人です。つぎの日、彼は単身、彼らの野営地に乗りこみ、焚き火から燃えさしをつかみ取ると、それを振り回してテントのいくつかを焼き払ったのです。彼は侵入者全員に破門を宣告しました。驚いたことに、彼らは院長を殺さず、ただあざけるだけで、なんの危害も加えませんでした。ド・マンデヴィルは周辺にあった修道院の荘園をすべて没収して、有力な家来に与えてそこを守らせました。しかし、かなり離れた場所にあった荘園は無事でしたので、院長は大半の修道士たちを引き連れて、そこに向かうことにしました。わたしはピーターバラまで来たところで、院長と別れました。あの町は、まだ無事でした」

「院長はどうしてきみを、一緒に連れていかなかったのか？」ラドルファスは尋ねた。「だれであれ王の臣下の者に院長が使いを派遣するのは、わしにもよくわかる。だが、どうしてとくに、この州でなければならなかったのか？」

「ファーザー、わたしは道中いたるところで、こんどのことを知らせてきました。しかし、院長がわたしをこの修道院に派遣したのは、わたし個人のためもあったからです。わたしは問題を抱えているのです。むろん、そのことはずっと前に院長には話してありました」サリエンはためらいがちに言い、視線を落とした。「ところが、それが片づかないうちに今度の事件が起きたので、院長はわたしの身柄をあなたに預け、あなたから適当な助言なり、償いなり、罪の許しなりを受けるようにと計らったのです」

「それは、わしら二人で片づける事柄だ」ラドルファスは簡単に言った。「それに、あとに延ばすこともできる。それよりも、フェン地方の脅威の今後のなりゆきについて、知っているかぎり話してくれ。ケンブリッジのことはすでに知っている。だが、あの男がラムゼーに根拠地をかまえたとするなら、ほかにはどこが危機にさらされるだろう？」

「彼はラムゼーにやっと腰を落ちつけたばかりです」サリエンは言った。「まず最初に、周辺の村々が犠牲になりました。どの家も、なにがしかの戦利品がないというほど貧しくはありません。もしも本当になにもなければ、彼らは容赦なく住人を殺しました。いま思い出しましたが、修道院長のウォルターはイーリーのことを心配していました。あそこは豊かな町で、ド・マンデヴィルも知り尽くした場所に位置しているからです。彼はラムゼーに居つづけると思います。あそこなら、合戦に持ちこまれる恐れもないからです」

サリエンは頭をきりっともたげ、目を輝かせて自分の判断をのべた。それは見習い修道士というよりは、むしろ武人の卵にふさわしかった。ラドルファスもそれに気づき、若者の肩越しにカドフェルと長いあいだ目を見交わした。

「これで全貌がはっきりした！　もうこれ以上、きみに言うことがないなら、すぐにもこのことを、ひとつ残らずヒュー・ベリンガーに伝えることにしよう。カドフェル、使いに走ってくれないか？　ブラザー・サリエンはここに残していって、ポールをここに呼んでくれ。それから、馬を使って行ってくれ。そして戻ったら、ふたたびここに顔を出すように」

見習い修道士監督官のポールは半時間ほどで、みちがえるようになったサリエンを、ふたたび院長の居室に戻した。サリエンは道中の泥を洗い落とし、髭《ひげ》を剃り、乾いた僧衣を与えられた。縮れたうぶ毛までは手がまわらなかったが、髪はきれいに整えられていた。彼はラドルファスの前でおとなしく両手を組み、謙譲と敬意を表わしていたが、澄んだ青い目はあいかわらず自信ありげにまっすぐ院長に向けられていた。

「ポール、もう辞去してよい」ラドルファスはそう言ってから、出ていくポールの後ろで静かにドアが閉まると、サリエンに向かって言った。「きみは、朝食はとったのか？　食事の用意までには、まだしばらくの時間がある。今日はまだ食事をしていないのじゃないかね」

「そのとおりです、ファーザー。今日は夜明け前に出発しましたから。しかし、ブラザー・ポールがパンとエールを与えてくれました。感謝しています」

「では本論に入って、きみが悩んでいる事柄を聞くことにしよう。立ったままでいる必要はない。気楽にかまえて、自由に話せる状態がよい。ウォルター院長と話すときと同じ感じで、わしにも話してくれ」

サリエンは言われるままに腰を下ろした。だが、言葉と身ぶりでは激しいところを示したものの、心から身をゆだねることはできず、身体にはどこか固さがあった。彼は背筋をのばし、視線を落としていた。組み合わせた指は、こぶしのところで白くなっていた。

「ファーザー、わたしがラムゼーに聖職志願者として入ったのは、昨年の九月末のことでした。わたしは自分が誓ったことを忠実にやりとげようと努力しましたが、予想もしなかった困難にぶつかり、思いもかけない事態に直面することになりました。わたしが家を出たあと、父は王の軍勢に加わる決心をして、ウィルトンに行きました。父が王の退路を確保するために、しんがりを務めて戦死したことは、もうご存じのことと思います。わたしが父の遺体を受け取りにゆき、葬儀のために家に持ち帰ることになったのは今年の三月のことでした。わたしは修道院長の許可をもらい、約束の日までに修道院に戻りました。しかし……二つの家を持つことはむずかしいことです。ひとつはまだ完全にはあきらめきれず、もうひとつはまだ完全には受け入れられていない状態で、それを往復する羽目になったのですから。それに、ラムゼーではごく最近、内紛が持ち上がりました。その結果、ウォルター院長は一時期、ブラザー・ダニエルに職務を譲ったのですが、これはまったくの失敗でした。いまはもとの状態に戻りましたが、内輪もめの種はそのままです。わたしの見習い修道士の期間はもう終了まぢかですが、わたしはどうしたらいいのか、自分がなにをしたいのかもわからないのです。

わたしは修道院長に、最後の誓いをする前に少し猶予をくださいと頼みました。今度の災いがふりかかったのは、このような状態のときでした。そこで院長は、同じ修道会のこのシュルーズベリにわたしを預け、わたしがはっきりと自分の道を見つけることができるまで、あなたの監督と指導を受けるのがいちばんよいと考えたのです」

「きみは、聖職に対して確信が持てなくなったというのだな？」

「そうです、ファーザー。確信が持てなくなりました。二つの相反する選択に気持ちが引き裂かれています」

「ウォルター院長は、問題の解決をやさしくする道は選ばなかったということだ」ラドルファスは顔をしかめながら言った。「きみを悩ますその二つに、きみがこれまで以上に直面する場所に送りこんだわけなのだから」

「ファーザー、ウォルター院長の判断は正しかったと思います。わたしの家はこの近くにありますが、彼は〈家にもどれ〉とは言いませんでした。なおもわたしを修道院の規律のうちにとどめ、しかも土地と家族に対する愛着をわたしがいっそう感じる場所に送りこんだのですから。わたしの最終的な答えを正しいものにするために、どうして問題をやさしくする必要があるでしょう？」サリエンは急に、大きく見開いた青い目をあげた。そのまなざしは堂々としていたが、同時に深い悩みを宿していた。「しかし、わたしはまだ決心がつきません。過去を振り返ると恥ずかしい思いにとらわれるからです」

「その必要はない」ラドルファスは言った。「過去を振り返るのは、きみが最初でも最後でもない。志をひるがえすことも同様だ。人はすべて、たったひとつの命を与えられ、神への奉仕を自然に行なう本性を与えられている。だが、もしも神への奉仕がたったひとつのやり方でしかできないならば……つまり修道院に入って独身を通すしかないならば……人の誕生という出来事はなくなって、人はこの世から消え、結果として、神は教会の内においても外においても人の尊崇《そんすう》を受けることができなくなる。人はそれぞれ己の内を見つめ、この造物主からのたまものに可能なかぎりの献身をするのがよいのだ。かつて善と考えたものに疑問を抱いたからといって、それは悪ではない。きみは過去に縛られる必要はまったくない。わしらもきみを縛ろうとは思っていない。自由でない者が心からの素直な献身をすることなどありえないことだ」

サリエンはしばらく黙ったまま、院長の顔をじっと見ていた。イトシャジンのように青く澄み渡った目と、きりっと引き結んだ唇は、己を捜すというよりはむしろ助言者を捜していた。やがて彼は慎重に口をひらいた。「ファーザー、わたしはいま自分の行動にも自信がもてない状態ですが、修道会に入ろうとした理由そのものが、まちがっていたのではないかと考えています。いま捨て去ることを恥ずかしいと思うのは、そのためだと思うのです」

「わが子《マイ・サン》よ、そういう考え自体、修道会がきみを見捨てる十分な理由になる」ラドルファスは言った。「過去にも多くの者がまちがった理由から修道会に入ったが、のちに正しい理由を見つけて修道会に留まった。しかし、頑固さや高慢から、気質や真実に逆らってまでそこに留まることは、罪以外のなにものでもない」

どうしてよいかわからない当惑に、若者の水平な褐色の眉が引き寄せられるのをみて、ラドルファスは微笑した。

「さらにきみを混乱させたかな？　だがわしは、きみがなぜ修道会に入ったのか、その理由は聞かぬ。外の世界から逃げるためであり、内の世界を愛するためではなかったのだろうと、想像するだけだ。きみは若く、まだ外の世界を十分には見ていなかったか、見たとしても見誤ったのだ。いまは急ぐ必要はない。しばらくここに留まって、わしらと一緒の生活を送ればよい。ただし、見習い修道士に近づいてはならぬ。きみが抱える問題で、彼らを悩ましてはならぬ。何日か休息して、道が開かれるように祈りを絶やさず、かならずそれが与えられると信じることだ。選ぶのはそれからでよい。選択するのはきみで、その権利はほかのだれにも渡してはならぬ」

「最初にケンブリッジ、つぎにラムゼーか」城の中庭を大股で苛立ったように踏みしめて歩みながら、ヒューはフェン地方からの知らせを受け取った。「そしてイーリーが危機にさらされている！　彼の言うことは正しい。ド・マンデヴィルのような狼にとっては、絶好の獲物だ。カドフェル、冗談ではなく、わたしはすぐにも兵器庫の中の槍と剣と弓をしらべて、精鋭を選んで出陣の準備をする必要があるようだ。スティーブンはけしかけられないと、しばしば生来の怠惰癖から行動を起こすのが遅いが、今度ばかりは腰を上げざるをえまい。ド・マンデヴィルを捕らえていたときに、首をはねておくべきだったのだ。うんざりするくらい警告を受けていたのだから」

「王はきみに声をかけることはあるまい……」カドフェルは慎重に考えて言った。「狼どもを狩りだすために、たとえ軍勢をくりだす決心をしたとしてもだ。もっと近場の州に声をかければ、こと足りる。彼としても、迅速に兵がほしいところだ」

「その希望はすぐにもかなえられる」ヒューは暗い顔つきで言った。「連絡さえ来れば、こちらはすぐにも出陣できるからだ。たしかに、こんな辺境の州から兵を呼ぶ必要はない。そうでなくても、王はエセックス同様、チェシャーも信用できないと思っている。チェシャーが反旗をひるがえすのは時間の問題だろう。だが、どちらにしろ、わたしは準備だけは整えるつもりだ。カドフェル、これから修道院に戻ったら、いまの知らせに対するわたしからの感謝の気持ちを院長に伝えてくれ。わたしはこれから武具係と射手たちに声をかけ、馬の用意もさせる。最終的に出陣が取りやめになっても、それはそれでいい。ときにはあわてて準備をさせるのも、守備隊にとって悪いことではない」彼はカドフェルとともに外庭を通って、城門までついてきた。すでに混乱と危うさのまっただなかにあるイングランド、そのなかで新たに降ってわいた事件に、彼は顔をしかめて考えこんでいた。「しかしカドフェル、大事と小事とは、じつに奇妙な具合にからみあっているとは思わないか？　ド・マンデヴィルは東方で憂さを晴らし、その結果としてロングナーのあの若者は、ふたたびこの辺境に舞い戻らされることになった。運命はあの若者に味方したのだろうか？　もしかすると、そうかもしれない。あなたはこれまで、彼を知らなかったのでは？　彼が聖職志願者になるなんて、わたしにはとても想像できなかった」

「これはわしの推測だが」カドフェルは慎重に言った。「彼はまだ修道士としての最後の誓いはしていないと思う。彼はこう言ったのだ。自分には未解決の問題があり、その解決をこの修道院長に仰ぐように自分の修道院長に言われてきたと。いざ、時間が切迫してきたとき、彼は恐怖にかられたのではなかろうか？　よくあることだが！　わしは戻って、院長の意向を確かめてみることにする」

悩める若者のことを院長がどう考えているかは、カドフェルが命じられたとおりに院長の居室に顔をだすと、すぐに明らかになった。院長はひとりで机に向かっていた。若者は長途の旅の疲れをとり、同輩と同じ場所に……一緒にではなく……見張りつきで収容するために、ブラザー・ポールが連れ出したあとだった。

「彼には、数日の静かな休息が必要だ」ラドルファスは言った。「祈り、考える時間がな。彼はみずからの適性に迷いを生じている。じつを言えば、わしもそうだが。しかし、彼が修道院に入りたいと思った当時の心の状態や行動については、わしはなにも知らぬし、彼の動機が真摯《しんし》なものだったかどうか、それを今はどれほど保持しているかも、判断する立場にない。今度のことは、彼自身が決着をつけねばならぬ事柄だ。わしにできることは、彼がこれ以上の暗い出来事やショックに見舞われることがないよう、明晰な頭をいちばん必要としているときに気を散らされることがないよう、気を配ることだけだ。彼が始終ラムゼーのことを思いだし、その運命に思いをはせることはさせたくないし、同様の理由で、陶工の畑の出来事について話して、彼の心をかき乱したくはない。まずは、静穏と孤独のなかに置いて、みずからの問題への解決を見つけさせることが先決だ。ふたたびわしに会う準備が彼にととのったときには、すぐに連れてくるようにとブラザー・ヴァイタリスに伝えてある。しかし、しばらくのあいだは、礼拝のときを除いて他の修道士から彼を遠ざけるためにも、薬草園できみの手伝いをさせるのがいちばんよいだろう。食堂と僧坊ではポールが彼に目を光らせてくれるが、仕事の時間は、彼の状況をすでにわきまえているきみと一緒が、最善ではないかと思う」

「彼はルアルドがここにいることを知っています。わたしはいまずっと、そのことを考えていました」考えこむように額をこすりながら、カドフェルは言った。「彼が修道院に入る決心をしたのは、ルアルドがここに入ってから数カ月あとのことでした。ルアルドはブラウント家の終身借地人で、あの土地は荘園屋敷の近くでした。ヒューによれば、あのサリエンは小さいころからルアルドの仕事場に出入りしていて、ルアルドには子供がなかったので、可愛がられていたそうです。彼はルアルドのことを話題にしたり、ルアルドに会いたいとは言っていませんか？　彼はルアルドを捜したりしないでしょうか？」

「それならそれでよい。彼がそうしても当然だし、わしは彼を、長くかくまっておくつもりもない。しかし、彼はラムゼーのことと自分のことで頭がいっぱいで、ほかのことを考える余裕はまだないだろう。彼は、修道士としての最後の誓いも、まだ果たしていないのだ」若者をとらえる複雑な悩みについて、心配しながらもあきらめているようにラドルファスは言った。「わしらにできるのは、彼にしばしの平穏と避難所を与えることだけだ。彼の意志と行動はあくまでも彼のものだ。ルアルドにかかわる不吉な影については、それを無視しようとしてもなんの益にもならぬ。もしも彼らの関係がヒューの言ったとおりなら、それはあの若者に、もうひとつの苦悩と混乱をもたらすことになるだろう。できることなら、一日か二日は、彼がそれを耳にしないでいてくれたほうがよい。だが、耳に入るなら入るでよい。彼はもう一人前の大人だ。彼が引き受けるべき重荷を、わしらが取り除けるわけにもいかぬ」

サリエンがルアルドに面と向かうかたちで初めて出会ったのは、彼が来てから二日目の朝のことだった。そのときには、カドフェルしかそばにいなかった。礼拝の時間のたびごとに、サリエンは他の修道士たちに混じったルアルドの姿を見ていたし、一度か二度は目を見交わし、薄暗い内陣のなかで微笑を送った。だが、返ってきたのは、感情のこもらないまなざしだけだった。ルアルドはなにか大きな歓喜のなかに生きていて、そこではかつての関係は意味を持たないかのようだった。いま、二人は同時に回廊の南戸口をめざして、広場に出てきたところだった。サリエンは、カドフェルを一、二ヤードうしろにして庭園から、ルアルドは施薬所の方向からやってきた。足のまめも癒《い》えたサリエンは、若者らしい性急な足どりで背の高いツゲの垣根のところを急角度に曲がり、あやうく二人はぶつかるところだった。袖が触れ、二人は急に立ち止まって、ともに急いで一歩とびのいた。なにもさえぎるもののない開けた場所、朝日の黄金色のなごりが光の筋を残す空の下、そこで出くわした二人はまったく飾りのない生身の人間だった。

「サリエン！」ルアルドはにこやかな笑みを浮かべて両手を広げ、若者を抱きかかえて一瞬、ほおをすりよせた。「きのうは教会で姿を見かけました。嬉しいことです、あなたがここにいるというのは。しかも無事で！」

サリエンはルアルドを頭のてっぺんから足の先まで見まわし、一瞬だまったまま立ち尽くしていた。彼は、ルアルドの痩せた顔にあらわれた静けさと、自分の居場所を見つけたことからくるルアルドの不思議な落ちつきに気をとられていた。ルアルドは、手仕事や、自分の家や、結婚や、隣人たちのなかで、かつて感じたことがないほどの落ちつきと満足を、ここで感じているようにみえた。ツゲの垣根の曲がり角にたたずみ、二人に鋭い視線を走らせていたカドフェルは、サリエンが相手を見つめているあいだ、ルアルドをすばやく観察した。自分の思いどおりの道を選んだことに満足しているこの男は、近づく者すべてにその喜びをわかとうとしていた。彼の上にのしかかる暗い影や脅威を知らない者には、彼は完璧に幸福な男に見えるにちがいなかった。それはまったくの啓示といってよかった。じじつ、彼は幸福なのだ。驚くべきことだ！

「それであなたは？」相手から目を離さず、あいかわらず過去を振り返るようすでサリエンは言った。「あなたはどんな具合です？　元気ですか？　満足してますか？　ぼくの目にはそう見えますよ！」

「すべては順調です」ルアルドは言った。「すべては順調すぎて、これでいいのかと思うくらいです」彼はサリエンの袖をとり、二人は一緒に教会に向かった。カドフェルは歩調をゆるめて、二人の話が聞こえないくらいの距離をとった。ルアルドはごく卑近な事柄を機嫌よく話題にしているらしく、それはひとりの修道士がもうひとりの仲間に話しかけている姿だった。サリエンがラムゼーから逃れてきたことは、修道院ではもう周知のことで、彼も知っているはずだったが、サリエンが修道士生活に疑問を抱きはじめていることは、明らかに彼はまだ知ってはいなかった。ルアルドが、自分の身にふりかかっている疑惑と危機について、ひとことも言うつもりがないことも明らかだった。二人の後ろ姿は、軽い足どりの若者と、辛抱づよく重い足どりの中年男が肩を寄せあって歩むのに似て、まるで同じ仕事に連れだっておもむく父と子のようだった。父は自分の暗い運命が、息子の輝かしい未来に影を投げかけることがないことを願っていた。

「ラムゼーはきっと回復できます」ルアルドは確信をもって言った。「悪魔は追い払われると思います。それには長い辛抱がいるとは思いますが。わたしはラムゼーの修道院長と修道士たちのために祈っています」

「ぼくも道中ずっと祈りながら来た」サリエンは沈んだ声で言った。「あの恐怖から逃れることができて、ぼくは幸運だった。しかし、逃げる場所のない哀れな村びとたちは、悲惨だった」

「わたしらはみんなして、彼らのことも祈っています。回復はきっと訪れるし、悪には報いがあるはずです」

南戸口の影が二人の上にかかり、二人は立ち止まって別れぎわにぐずぐずしていた。ルアルドは内陣の自分の席に、サリエンは見習い修道士たちのところに向かうところだったが、その前にルアルドが言った。その声は平静でやわらかだったが、どこか心の中の深い井戸から汲み上げられたかのように、遠くで鳴り響く鐘のような、もの悲しい響きがあった。

「ジェネリーズからなにか便りをもらったことはないですか、彼女があそこからいなくなってから？　あるいは、ほかのだれかが便りをもらったというのを聞いたことは？」

「いいえ、まったくありません」サリエンは驚き、震えながら答えた。

「わたしもそうなのだ。そんな資格はむろんないのだが。だが、もしも彼女の消息がなにか得られたら、ぜひわたしに知らせてほしいのだ。彼女はきみが赤ん坊のときから、きみが好きだった。だからもしかしたら……と思ったのだ。彼女が無事に生きていることを、わたしはなんとしても知りたい」

サリエンは視線を落として立ったまま、長いあいだ黙っていたが、それから声を落として言った。「ぼくもそうなのです。その気持ちがどれほど強いかはだれにもわからないと思います！」

5

ブラザー・ジェロームは、こと修道院の中の出来事で、わずかでも自分に知らされずに事が運ぶのは、おもしろくなかった。ラムゼーから逃れてきた見習い修道士に関しては、必ずしもすべてが明らかにはされていないと彼は感じた。たしかに、院長ラドルファスは、ラムゼーを襲った運命とフェン地方の恐怖について修士会ではっきりと説明し、ここまで逃れてきて、その知らせをもたらしたサリエンという見習い修道士に対して、ショックからの回復のために、しばしの平穏と静けさを与えてやりたいと述べた。それ自体はもっともであり、思いやりのある処遇でもあった。だが、サリエンの素性が明らかになった今となっては、修道院じゅうのだれもが、彼の帰還を陶工の畑で見つかった女の死体と結びつけ、ブラザー・ルアルドにふりかかる疑惑と関連づけないではすまなかった。そして、サリエンはその悲劇の全容をまだ知らされていないのではなかろうか、もしも知らされたなら、どんなことになるだろうかと訝しんだ。いったい彼は、かつて彼の一家の借地人だった男について、どう考えているのだろうか？　院長が彼に平穏と静けさを与えてやるように頼み、あまり他の者と一緒にならない仕事を割り当てたのは、そのための配慮だったのではなかろうか？　そもそも、サリエンとルアルドが会ったなら、二人はどんな態度をとり、二人のあいだにはどんなやりとりが交わされるだろうか？

その二人が顔を合わせたことは、いまや明らかになった。盛式ミサのときに、二人は静かに話をしながら並んで教会に入ってきた。どちらの顔つきにも変化は見られず、二人はそれぞれの席へとわかれ、そのあとも足どりや顔つきにはなんの動揺もなく、それぞれの役割を果たしていた。ジェロームは注意深く見守っていたが、収穫といえるようなものはなにもなかった。彼にとって、それは我慢ならないことだった。修道院内と周辺での出来事についてはすべて把握していることを誇りにしていたから、ひとつでも不確かな状態のままにしておくことは、名声にも関わることだった。それだけではなく、このままでは副院長ロバートとのあいだに、すきま風さえ吹きかねなかった。気位が高いロバートは自分からいかがわしいと思われることに首を突っ込むことはなかったが、すべてを知らされないことにはやはり満足しなかった。信頼をおいている情報源が結局たよりにならなかったということが明らかになれば、ロバートのほっそりした銀色の眉が不機嫌そうに上につりあがることは間違いなかった。

カドフェルはその日の午後、セント・ジャイルズの施療院の新しい患者を訪問し、あわせてそこの薬品棚を補充するために、薬をいっぱいに詰めた袋を手にしてそそくさと出かけていった。こうして薬草園は二人の助手にまかされた。ブラザー・ウィンフリッドが冬に備えて野菜畑を掘り起こしている姿が見えた。ジェロームはその機を逃さず、自分から薬草園にはいっていった。

彼が用事もなく自分からそこに行くことはなかった。たまたまそのときは、ブラザー・ペトラスが、院長に出す料理用にタマネギがほしいと言ってきた。それらは収穫したばかりで、乾燥させるためにカドフェルの貯蔵小屋の中の盆の上にひろげられていた。普通なら、ジェロームはだれか他の者にその仕事を頼んだ。だがこのときばかりは、自分からわざわざ出向いた。

薬草園の作業場では、サリエンが乾燥した豆を前に、傷がついたり不適当と思われるものを取りのけて、来年の種まき用の豆を熱心に選ぶ作業をしていた。選んだ豆は陶器の壺に入れていたが、おそらくそれはブラザー・ルアルドが以前に作った壺にちがいなかった。ジェロームはその情景を見た瞬間、自分には完全には知らされていないことが進行していると直感した。まず第一に、サリエンの頭のてっぺんにはカールした明るい褐色の毛が、以前にもまして増え、ジェロームの規律の感覚からいえば、不謹慎きわまるものに感じられた。この若者はなぜ、他の者と同じように髪の毛を剃って身ぎれいにしないのか？　それに、ルアルドの口から話を聞かされているはずなのに、どうしてこれほど落ち着きはらって、単純な仕事に精をだすことができているのか？　二人が盛式ミサに出るために広場を横切って教会まで歩いてきたとき、あの女の死体について一言も口にされなかったとは、ジェロームには考えられなかった。死体が見つかった畑は、この若者の父親の所有地だったのであり、ルアルドはそこを借りていた本人だったのだから。この話は誰ひとり知らない者はない噂であり、憶測がとびかっている話題なのだ。どうして、それに触れずにいることなどできよう？　それに、もしもこの若者かその一家の者がルアルドの肩をもってくれるなら、ルアルドにとっては自分にふりかかる疑惑を解くために、これほど有力な支えはないではないか？　もしもジェロームが彼の立場にあったなら、それをなによりも望むだろうし、話す機会が訪れたなら、一気にすべてを打ち明けただろう。ルアルドがそうしただろうことは、ジェロームには自明のことに思われた。だが……目の前の得体のしれない若者は、心を占めることは他にもないかのごとくに、熱心に豆を選んでいる。ラムゼーでの緊張と苦悩さえも、すでに忘れ去ったかのようだ。

ジェロームの影が屋内にのびると、サリエンは振り返って、訪問者の顔をあおぎ見た。彼は黙ったまま、相手のことばを待った。彼には修道士の区別はまだつかず、このやせほそった小柄な相手とは、まだひとことも言葉をかわしたことがなかった。ほっそりした色つやの悪い顔と、ねこ背のために、ジェロームは年よりも老けて見えた。若い修道士は年長の修道士に対して、従順でなければならなかった。

ジェロームはタマネギを出すようにいった。サリエンは貯蔵小屋に入り、院長の食事用であることはわかっていたから、いちばん立派で大きなものを選んで持ってきた。ジェロームはやさしく口を開いた。

「ずいぶんつらい目にあったらしいが、ここの暮らしはどうかね？　ブラザー・カドフェルとはうまくいっているのか？」

「ええ、おかげさまで、たいへんうまくいっています」サリエンは慎重に答えた。目の前の訪問者が心配してくれているのはわかった。だが、その風采《ふうさい》はかならずしも安心できず、同情的なそぶりにもかかわらず声はかならずしもそうではなかったから、全幅の信頼をよせることはためらわれた。「ぼくは、ここにいられて幸せです。救われたことを神に感謝しています」

「それはなかなか見上げたことだ」ジェロームはへつらうように言った。「だが、この修道院にいても、悩みの種はつきないのではないか？　きみも、もっと平穏無事なときに、ここに来ることができたらよかったのに」

「まったく、そのとおりです！」サリエンは依然としてラムゼーのことを思い浮かべながら、勢いこんで答えた。

ジェロームは意を強くした。もしも同情をこめて促《うなが》すならば、この若者は結局、すべてを打ち明けるにちがいないと思われた。

「まったく、きみには同情するよ」彼は甘い口調で言った。「あれほどの試練のすえに家に帰り着いたと思ったら、そこにはいっそう悪い知らせが待っていたというわけだから、さぞショックだったろう。死の知らせが待っていて、なお悪いことには、ここにいる修道士のひとりに濃厚な嫌疑がかかっていて、しかもその者は、きみの一家がよく知っている者だったのだからな……」

ジェロームは得意になって本題にはいっていったため、サリエンの身体が固くなり、表情が急に失われたことにも気づかなかった。

「死？」若者は出し抜けに声をだした。「だれの死のことですか？」

鋭くことばを切られて、ジェロームは驚くと同時にあっけにとられた。そして、若者が欺こうとしているのではないかと思い、しかめ面をした目の前の若者の顔をじっとのぞきこんだ。何事かを隠そうとしている他人を見抜くことにかけては熟練している彼でさえ、大きく見開かれた澄んだ青いその目を見ては、若者の戸惑いがうそ偽りのないものだと思わざるをえなかった。

「では、ルアルドはきみに、なにも話していないというのだな？」ジェロームは半信半疑になっていた。

「ぼくになにを話すというのです？　死などという言葉は、まったく聞いていません！　ブラザー、あなたがなにを言おうとしているのか、さっぱりわかりません！」

「だが、きみは今朝、ミサに出るときに彼と一緒に歩いて来たではないか」ジェロームは確信を放棄するのをしぶりながら、反論した。「きみたち二人は一緒だった。たしかに、なにかを話しながらやってきた……」

「そのとおりです、ぼくたちは話を交わしました。でも、悪い知らせなんてなにも聞いていません、まして死についてなど。ルアルドのことは、ぼくが走り出すことができたころから知っています」サリエンは言った。「彼に会うことができ、彼が厚い信仰に生きて、いかにも幸せそうなのを見て、ぼくは嬉しかったんです。でも、あなたがいま言った死というのは、どんな意味ですか？　どうか、ぼくにわかるように言ってください！」

ジェロームは相手から話を聞くつもりだったが、予期に反して自分が話を聞かせる立場になっていることを知った。

「きみはもう、とっくにこのことを知っていると思っていた。実は、わが修道院の作業班が陶工の畑の土起こしをはじめたその初日、土の中に女の死体が埋まっているのを発見したのだ。彼女は葬儀も行なわれず、不法に埋められていた……執行長官は殺されたものと考えている。まず最初に浮かんだのは、その女はブラザー・ルアルドの元の妻にちがいないという憶測だった。きみはてっきり、彼からそのことを知らされたものとばかり、わしは思っていた。彼はまったくそのことには触れなかったのか？」

「ええ、なにも言いませんでした」サリエンは言った。

その声は抑揚がなく上の空で、心はあげて、不吉な真実と格闘しているかのようだった。

彼は深く自分の内部に沈潜し、その意味するところについて早急に結論を出すことを抑えていた。青い不明瞭な目はじっとジェロームに注がれて、まばたきひとつしなかった。「ちがいない……とあなたは言いましたね。でも、はっきりはしていないと。ルアルドもふくめて、誰も身元を確認することはできなかったのですか？」

「彼女が誰かという判定は不可能だったろう。なんの品物も発見されなかったのだ。見つかったのは、ただ骨だけだった」死をまぬがれない人の運命の歴然とした証拠を思い浮かべただけで、ジェロームのつやのない顔がひるんだ。「死んでから少なくとも一年はたっている、というのが大方の判断だった。あるいは、もっと……もしかすると五年くらいたっているかもしれぬ。土によって、死体はずいぶん異なった作用を受けるものだからだ」

サリエンはまるで仮面のような表情を浮かべて身を固くしていた。とうとう、彼は口を開いた。「それで、あなたはその死をめぐって、この修道院のひとりの修道士に嫌疑がかけられていると言いたいのですね？　その修道士はルアルドだと？」

「どうして、それが避けられよう？」ジェロームの言い分は筋が通っていた。「もしもその死体が彼女だったとするなら、まず最初に目が向けられるのは彼ということになる。あのあたりにしばしば姿を見せたほかの女には、わしらは心当たりがない。しかも、彼女は誰にもなにも言わずに、姿を消したのだ。以来、生きているのか、死んでいるのか、誰にもわかっていないのだ」

「でも、それはありえません」サリエンはきっぱり言い切った。「ルアルドは彼女が姿を消す以前、すでにひと月かそれ以上も、この修道院で暮らしていたのですから。ヒュー・ベリンガーもそれは知っています」

「そして、彼はそれを認めることにやぶさかではなかろう。だからといって、ルアルドの嫌疑が晴れるわけではない。彼はそのあと二度、残してきた所有物の件を片づけるために、ブラザー・ポールとともに彼女を訪れている。彼がひとりであそこを訪れることはなかったと、だれが言い切れる？ 彼は囚人というわけではない。ゲイエその他の修道院の所有地で作業をするために、彼は他の者と一緒に何度も外に出かけている。彼がほかの者の視線を逃れることがなかったなどと、誰が言い切れるだろう？ ともあれ……」ジェロームは筋道だった自分の言い方に、ひそかにほくそ笑みながら、つけ加えた。「執行長官は、ルアルドがなりたての見習い修道士だったころに、使いで外に出されたときのことを、しらみつぶしに調べている。もしも、ルアルドが彼女とひそかに会ったこともなく、言い争いをしたこともないとわかれば、執行長官も満足するだろう。もしもそうではないとわかっても、ルアルドはここにいるのだから安心だ。逃げることはできないのだから」

「ばかげたことです」若者は急に静かな力をこめて言った。「たとえ、多くの証人が現われたとしても、ぼくにはルアルドが彼女に危害をおよぼしたなんて信じられません。そんなことを言う人は、嘘つきに決まってます。そんなこと、彼にできるわけありません。彼はそんなことしていません！」サリエンはくりかえし、ジェロームの顔を挑戦的な青い目でにらみすえた。

「ブラザー、きみは生意気がすぎる！」ジェロームは不十分な身長をできるだけ高くしてみせたが、なおかつ相手より頭ひとつ小さかった。「個人的な愛情に踊らされるのは、罪以外のなにものでもない。真実と正義は、誤った性向によって曇らされてはならぬ。これは宗規の第六十九条にはっきりとうたわれている。むろん、そのくらいは知らねばならぬ事柄だし、きみも知っているはずだが、そうとすれば、依怙贔屓《えこひいき》が罪にあたることはわかっているはずだ」

この難詰をまえに、サリエンが挑むような目を下にさげたかどうか、あるいは頭を垂れたかどうかは、はっきりしなかった。だが、もしもジェロームの鋭い耳がその瞬間、カドフェルの声を聞きつけなかったとしたら、サリエンはさらに長々しい説教を聞かされていたはずだった。その声はかなり遠くから聞こえ、鋤をきれいにして道具類をしまおうとしていたブラザー・ウィンフリッドと、短い元気な挨拶をかわしている声だった。ジェロームは第三者に割りこまれて、ただでさえ不十分な会話をいっそう紛糾させられるのは望まなかった。まして相手がカドフェルだとわかれば、なおさらだった。おそらく、この訓練不行き届きの若者には、あまりに急いで多くのことを知らせないほうがよいという判断から、カドフェルに助手として託されたにちがいなかった。これ以上、ことを荒立てずに立ち去るにしくはなかった。

「だが、多少は大目にみてやろう」彼はあわてて寛大なところをみせた。「なんといっても、きみにはあまりに突然の知らせだったし、つらい目に遭った直後のことでもあるのだからな。わしも、これ以上は言うつもりはない！」

ジェロームはそそくさと、なおかつ威厳を失うことなく、その場をあとにし、外に出て十数歩進んだところでカドフェルと鉢合わせした。二人は短い挨拶をかわしたが、ふりかえってカドフェルは奇異の感にとらわれた。ジェロームのそんなしかつめらしい挨拶は、罪の意識とまではいわないまでも、多少の戸惑いを示していた。

カドフェルが作業場に入っていくと、サリエンは取りのけた豆を堆肥《たいひ》に加えるために深鉢に拾い集めていた。彼はカドフェルが入ってきても、振り向かなかった。彼はカドフェルの声はむろん、足音も知っているはずだった。

「ジェロームはどんな用事で来たのかね？」カドフェルは穏やかに訊いた。

「タマネギを取りにきたんです。ブラザー・ペトラスに言われたそうです」

副院長ロバートより下の者で、ブラザー・ジェロームに使いを頼む者などいるわけはなかった。ジェロームはそれをすることで引き立てられ、結局は自分の益になること以外は、自分から引き受けることはなかった。院長の料理番は赤毛の喧嘩っぱやい北方生まれの男で、たとえ好意を抱いていたとしても……事実はその逆だったが、ジェロームになにかの益をもたらすことなどありえなかった。

「ブラザー・ペトラスがタマネギを必要としたことはよくわかる。だが、ジェロームはなにが目当てだったのか？」

「ぼくがあなたと一緒に、ここで元気にやっているかどうかと訊いたんです」サリエンは慎重に答えた。「それだけです、あの人が訊いたのは。カドフェル、ぼくがどんな状態にあるか、あなたにはわかっているはずです。ぼくはどうしていいか、確信が持てないんです。でも、ここから去るにしても留まるにしても、いちど修道院長と話をするべき時期だと思っています。院長はぼくがその必要を感じたときは、いつでも申し出るようにと言ってくれました」

「きみがそう思うなら、今すぐにでも行くがよい」カドフェルは簡単に言った。そして、ベンチの上のごみをひっきりなしに払いのける若者の手と、深刻な表情の顔をなるべく見せないようにしている姿を、じっと注意ぶかく見つめていた。「夕べの祈り《ヴェスパー》までには、まだ時間がある」

院長ラドルファスは距離をおいた忍耐づよいまなざしで、サリエンをじっとながめた。三日のあいだに、若者は目にみえて変化していた。憔悴したようすはなくなり、足どりは元気を取り戻してしっかりし、表情にあらわれた疲れと緊張はほぐれ、身に迫る危険と恐怖の思いはその目から消え去っていた。この休息が、問題の解決に有効だったかどうかは定かではなかった。だが、若者のふるまいにも、立派に突きだした顎のあたりにも、どっちつかずのところはもうなかった。

「ファーザー」彼は率直に言った。「ぼくは家にもどり、家族の者たちに会いにゆく許しをもらいにまいりました。ぼくは内と外の風を同じように受けても差し支えはないのではないかと考えます」

「きみがここにやってきたのは、問題が解決して気持ちが定まったためではないかとわしは思った」ラドルファスは穏やかに言った。「きみの表情はそう見えた。だがどうやら、わしは早まったようだ」

「そうではないのです、ファーザー。ぼくはまだ決心がつかないのです。確信がもてるまでは、ぼくは行動に移れません」

「それで、きみは方針を決めるまえに、ロングナーの空気を吸い、きみの一家の者や親族たちの話を聞きたいというのだな……ここでわしらの話を聞いたと同じように。きみの心づもりはそういうことだろう」院長は言った。「むろん、わしは反対はしない。行ってよい。ロングナーで一晩すごし、むこうで暮らすことの是非をじっくり考えなおしてみることだ。きみには、もう少し時間が必要だ。心の区切りができ確信がもてたら、ここに戻ってきて、どちらの道を選んだのか、わしに聞かせてくれ」

「そうするつもりです、ファーザー」サリエンは言った。その口調はここ一年ほどのあいだ……なかでもラムゼーでの見習い修道士の期間に……慣れっこになった言い方で、あくまでも従順、まじめ、謙虚だったが、どこか落ちつきのない目は、他人にはうかがい知れない遠い目標を見すえているようだった。少なくともラドルファスには、そうみえた。サリエンは修道士特有のその顔つきの下に、心の内をうまく隠しおおせていた。だが、それを見抜くのは、老練な院長にはそれほどむずかしいことではなかった。

「さあ行きなさい、すぐに立ちたいと思っているなら」院長は目の前の若者がつい先ごろ、長い距離を歩いてここにたどり着いたことを思い出して、もうひとつ譲歩した。「急ぐなら、厩からラバを出してもらい、それに乗っていくとよい。それなら、まだ日があるうちに着けるはずだ。それからブラザー・カドフェルには、今晩はむこうに一泊する許しをえたと伝えるように」

「そうします、ファーザー！」

サリエンはお辞儀をすると、きびきびとした足どりで立ち去った。ラドルファスはおもしろいと思うと同時に、さびしくもあった。できれば、ここに置いておきたい若者だった……修道院にとどまる決心が固いなら。だが、ラドルファスはすでに、彼を失ったと思いはじめていた。サリエンは修道士になる決心をしてからあとに、一度だけ家にもどっていた。ウィルトンでの敗走のあと、父親の遺体を家に運んで埋葬するためだった。そのときは数日間そここにとどまり、ふたたび修道士の生活にもどったのだ。そのときから数えれば、もう七カ月もの時が過ぎていた。そしていま、一家に対する特別な義務もなくなっているときに、急にロングナーに行きたいと言い出した。ラドルファスには、若者の心がほとんど決まったことを示す証拠と思われた。

カドフェルがサリエンに呼び止められ、話を聞かされたのは、夕べの祈りに出ようと広場を横切って教会に向かっていたときだった。

「母親と兄さんに会いたいと思うのはもっともだ」カドフェルは快活に返事した。「気をつけてな。きみがどう決心しようと、神の祝福あれだ」

そうは言ったものの、正門から出ていく若者を見送りながら、カドフェルが抱いたのは院長とまったく同じ予測だった。サリエン・ブラウントはどうみても、修道院生活むきにはできていない。誤った選択に固執してどれほど頑張ってみたところで、結果はみえていた。家にもどって自分のベッドに一晩横になり、一家の者と顔を合わせれば、おのずと結論は出るはずだった。

夕べの祈りのあいだ、カドフェルの念頭には、しつこい疑念がまとわりついて離れなかった。いったいぜんたい、最初にあの若者を修道院におもむかせた原因はなんだったのか？

翌日、サリエンは盛式ミサにまにあうように戻ってきた。きまじめな表情と決然とした物腰は、いっぱしの大人の雰囲気を漂わせていた。恐怖と苦難から逃れてようやくたどりついたときに比べれば、一挙に何歳も大人に近づいたかのようだった。カドフェルの助手として過ごした二日間は、寡黙《かもく》で傷つきやすい若者だった。だが、ミサのあとカドフェルに近づいてきたその若者は、ロングナーから帰って、はっきりとした生き方をもった男に変わっていた。まだ、僧衣はつけたままだった。だが、伸びすぎた褐色の髪の輪とてっぺんのカールした少し明るい髪がつくるトンスラは、若者の深刻そうな表情とちぐはぐで、まるであざけっているようにみえた。この若者は、自分が所属するところにもどるのにちょうどいい時期だ……愛情をおぼえはじめた目で見やりながら、カドフェルはそう感じた。

「修道院長に会いにいくところなのです」サリエンは言った。

「そうだろうと思ったよ」カドフェルはうなずいた。

「一緒に行ってもらえますか？」

「必要かな？　きみの話は、きみと院長とのあいだのことだ。それに、院長はきみの話を聞いても驚きはしないはずだ」

「修道院長には、もっと別の話もあるんです」サリエンは、にこりともしないで言った。「ぼくがはじめて修道院長のところにうかがったとき、あなたはそこに同席しました。そして、ぼくの話を残らず執行長官に知らせる役目をしてくれました。兄と話して、あなたがヒュー・ベリンガーと親しいことを知りましたし、これまで知らなかった事実を知りました。

土起こしがはじまったときに、なにが起こったか、陶工の畑からなにが見つかったかも知りました。ぼくは信じませんが、みんながなにを考え、どんなことを言っているかも知りました。ラドルファス院長のところへ一緒に行ってください。あなたには、前と同じように証人になってほしいんです。それに、修道院長は今度も、使いが必要と思うにちがいありません」

サリエンはずいぶん急《せ》いていて、要望も単刀直入だったから、カドフェルはそれ以上なにも訊かなかった。「きみと院長がそう望むならいいだろう。さあ行こう!」

二人はなにも訊かれることなく、院長の居室に通された。ミサが終わり次第、サリエンが拝謁《はいえつ》を求めてくることは、ラドルファスにはとっくにわかっていた。若者がカドフェルを連れてきたことは予想外だったとしても、院長は表情にも声にも、それを出すことはなかった。カドフェルが付いてきたのは、若者の決意を弁護するためなのか、それともたんに面倒をみることを任せられた者としての几帳面な義務感からなのかはわからなかった。

「息子《マイ・サン》よ、ロングナーはどうだったかね? 自分の道を決めるのに役立ったかね?」

「ファーザー、たいへん役に立ちました」院長の前で、サリエンは少し硬くなっていた。だが、青白い顔の中のまっすぐに見すえた目は、輝きを帯びて、どこまでも真剣だった。「ぼくは修道院を去って、世間にもどる許しをいただきにまいりました」

「それは熟慮のすえの選択なのか?」院長の声は同じように穏やかだった。「今度こそ、迷いはないのか？」

「ありません、ファーザー。ぼくが修道院に入ろうとしたことは、間違いでした。いま、それがわかりました。自分だけの平安を求めて、ぼくは世間の義務をなおざりにしたのです。ファーザー、あなたはぼくの決心が、ほんとうに自分が選んだものでなければならぬとおっしゃいました」

「それは今も変わらぬ」院長は言った。「わしはきみを咎《とが》めるつもりなどない。きみはまだ若い。だが、はじめて修道院に避難所を求めたときからすれば、すでに一年以上は過ぎている。きみはずっと賢くなったものと、わしは思う。疑念を抱きながらここに留まるよりも、別の場所で全身全霊を打ちこめるなら、そのほうがはるかによい。だが、きみはまだ僧衣を脱いでないな」院長はそう言って微笑した。

「まだできません、ファーザー！」その言葉に若い自尊心が傷つけられたらしく、サリエンは少しむっとした。「どうして、そんなことができるでしょう？　まだ許しを得てもいないのに。あなたが解放してくれなければ、ぼくは自由にはなれません」

「むろん、わしはきみを解放する。きみがここに留まる決心をしたならば、わしは嬉しかったろう。だが、そうでない選択をしたきみはこれでよい。世間もそれを喜ぶだろう。さあ、行きたまえ。心がおもむくところで働きたまえ」

たしかに、院長は急ぎのそぶりは見せなかったし、はっきりした合図を送りもしなかったが、拝謁はこれで終わりとばかりに、処理すべき日常業務が待ち受ける自分の机のほうへと向きなおった。だが、サリエンはその場に留まったままで、じっと院長に目を注いでいた。視線に気づいたラドルファスは動きをとめ、もう一度、いま解放したばかりの若者に目をむけた。

「まだ、なにか頼みごとがあるのかね？　わしらはこぞって、きみを祝福するつもりだが」

「ファーザー」もはや過去のものとなった呼称が、自然にサリエンの口をついて出た。「ぼく自身の問題はこれで解決しました。しかし、ほかの人たちの問題に、ぼくは直面することになったのです。ロングナーでぼくは兄から、ここでは……たまたまだったのか、それとも意識してかはわかりませんが……聞かされなかった話を耳にしました。ぼくの父が昨年ホーモンドに贈り、そのあと今から二カ月前に、別の土地との交換でこの修道院の持ち物となったあの土地のことです。あそこで土起こしが始まったとき、かなり前に埋められたと思われる女の死体が発見されたというではありませんか。かなり前といっても、埋葬のされ方や、埋められた時期や、死因が不問にされるほど前のことではありません。その死体は、ブラザー・ルアルドが修道院に入るときに、置き去りにした妻だというのが、もっぱらの噂です」

「たしかに、そういう噂はあるかもしれぬ」眉根を寄せ、真剣な表情で若者の顔を見つめながら院長は言った。「だが、なにもはっきりしたことはわかっていない。彼女が何者かを指摘できた者はいない。いまのところ、どういう原因で死に至ったのかを知る手だてもないのだ」

「しかし、この壁の外側で人の口にのぼり、あるいは信じられていることは、それとはまったく異なっています」サリエンはたじろがなかった。「そんな恐ろしい発見がひとたび知れわたれば、人の考えがおもむくところは、ひとつしかありません。その死体は、ひとりの女が誰にもなにも告げずにいなくなった場所で見つかったのです。とすれば、それを同一人物と考えるのは当然です。たしかに、みんなが間違っているのかもしれません。そうにちがいありません！　しかし、聞くところによれば、ヒュー・ベリンガーも同じ考えを抱いているというのです。無理もありませんが！　ファーザー、これが意味するところは、ルアルドに嫌疑の目が向けられているということです。これも一家の者から聞いたことですが、すでに、噂では彼が下手人にされていて、命さえ危うくなっているというのです」

「噂にはなんの確たる根拠もないし、そんな必要もない」院長は忍耐づよく言った。「むろん、執行長官の代弁をするはずもない。彼がブラザー・ルアルドの行動や動きを調べているにしても、それは義務からやっていることにすぎない。他の者の場合でも、それは同じことだ。ルアルドはこのことについては、きみになにも言わなかったはずだ。そうでなければ、ロングナーできみがはじめて聞くということもなかったからだ。もしも彼がなにも悩んでいないとすれば、きみが彼のために悩む必要があるかね？」

「しかし、ファーザー。それこそぼくが言わなければならないことなのです！」サリエンは顔を紅潮させて勢いこんだ。「誰も彼のために悩む必要はありません。あなたがおっしゃったように、誰もその死体がルアルドの妻であると言うことはできませんでした。それは当然のことなのです。ぼくは、ルアルドの妻のジェネリーズが元気に生きている、いいえ生きていたという証拠をもっているんです……少なくとも三週間前には」

「きみは彼女を見たというのか？」興奮にかられた若者の顔を半信半疑で見ながらラドルファスは言った。

「いいえ、そういうことではないんです！　でも、それよりもっと根拠があることなんです」

サリエンは僧衣の胸元から片手を突っ込み、首にまわした紐《ひも》につけて隠していた小さな物を引っ張りだした。そして首から紐を外すと、それを掌の上にのせた。ごく平凡な銀の指輪で、ウェールズや国境地帯でときどき見つかる小さな黄色い石がはめこまれていた。それ自体には大した価値はなかったが、サリエンが口にした言葉は驚くべきものだった。「ファーザー、これを身につけていたのは、たしかに宗規違反です。でも誓って、ラムゼーではそんなことはしていません。手にとって、内側を見てください！」

ラドルファスは長いあいだ、訝しげな表情でサリエンを見ていたが、手を伸ばして指輪を受け取り、裏返しにして内側に光をあてた。眉間にしわが寄った。サリエンが見てもらいたいと言ったものが、そこにあった。

「GとRの文字を組み合わせたものだな。へたな文字だが、それははっきりわかる。しかも古いものだ。角はとれて丸くなっているが、彫りは深い」院長はサリエンの熱を帯びた顔をみあげた。「これを、どこで手に入れたのか？」

「ピーターバラの銀細工師からです。ぼくたちがラムゼーから逃れ、ウォルター院長がここへ向かうようにとぼくに命じたあとのことです。まったくの偶然でした。ピーターバラでは、ド・マンデヴィルの軍勢が迫っているという噂に、浮足だっている商人たちがいました。何人かは商品を売り払って、店をたたもうとしていました。しかし、肝のすわった者もいて、居座るつもりの者もいました。ぼくが町に着いたときは、もう夜でした。ぼくは銀細工師のところを訪ねました。そこに泊めてもらうことになっていたんです。気丈な男で、ならず者や泥棒なんかにはびくともしない男でした。ラムゼー修道院の有力な後援者だったんです。金目のものはすでに隠していましたが、店に残っていたがらくたの中に、この指輪があったんです」

「そして、これを知っていたというのか？」院長は訊いた。

「昔からです。ぼくが子供だったときから。この文字を確認しなくても、見まちがうはずはありません。ぼくは銀細工師に訊きました。これをどこで、いつ手に入れたのかと。すると彼は、ひとりの女が十日ほど前に売りにきたのだと言いました。その女は夫と相談のうえ、ド・マンデヴィルの魔手から逃れるために町を出ることに決め、持ち物をできるだけ金に換えて、どこか遠くに落ちつくつもりなのだと言ったそうです。町と深い関わりをもたない者は、すでに多くがそのようにしていました。ぼくはさらに、その女の特徴を訊きました。その説明はもう、間違いようのないものでした。ファーザー、三週間たらず前には、ジェネリーズはピーターバラで元気に生きていたんです」

「それで、きみはどうやって、これを手に入れたのか」ラドルファスは穏やかに訊いたが、射抜くような鋭い目は、若者の顔に釘付けになったままだった。「きみはなぜ、そうした？　そのときのきみには、これが特別に重要な意味をもつことになろうとは、夢想だにできなかったはずだ」

「まったく、おっしゃるとおりです」サリエンの頬がかすかに紅潮していくのをカドフェルは認めた。だが、しっかりと見すえた青い目はあくまでも澄んで大きく見開かれ、疑念や非難に挑戦するかのようだった。「あなたはぼくを解放してくれましたから、ぼくはもう、外の世界の人間として話しても差し支えないと思います。ルアルドとジェネリーズは、ぼくの子供時代からの友だちでした。その時期が過ぎたとき、ぼくの彼女に対する愛着はべつのものに変化しました。世間の噂はもうお聞きでしょうが、彼女はたしかに美人でした。でも、ぼくの感情は彼女には伝わりませんでした。彼女はまったく、それを知りませんでした。彼女が立ち去ったあとのことです、ぼくが悩んだすえに……それは間違った考えでしたが……彼修道院に入って心の平静を取り戻そうと考えたのは。ぼくはその代償を忠実に支払うつもりでしたが、あなたはそれを免除してくれました。彼女のものとわかったその指輪を手にとったとき、ぼくはそれを欲しいと思ったんです。それだけのことでした」

「だが、きみにはこれを買う金はなかったはずだ」ラドルファスは咎めだてをひかえ、平静さをたもって言った。

「銀細工師がぼくにくれたんです。ぼくは彼に、いまあなたに話したとまったく同じことを話しました。いえ、さらに多くのことを話したはずです」サリエンの瞳《ひとみ》にほんの一瞬だけ、笑みがきらめいた。「ぼくたちは一夜だけの付き合いでした。ぼくが彼と会うことは二度となく、彼も同じでした。そんなときには、互いの母親に話すときよりも多くの打ち明け話をしてしまいます。そのあと彼は、その指輪をぼくにくれたんです」

「だが、なぜきみは、これをルアルドに戻さなかったのか」院長はなおも端的に訊いた。

「ルアルドに遭《あ》ったとき、なぜきみは、これをすぐに見せて、その話をしなかったのだ」

「ぼくが銀細工師に頼んでこれを手に入れたのは、ルアルドのためではなく、ぼく自身の慰めのためでした」サリエンはあっさりと言った。「それを彼に見せ、どうやって手に入れたか、どこで手に入れたかを話すことについていえば、ぼくは今になるまで、彼が疑われていることを知らなかったんです。もちろん、女の人の死体が見つかって、それが最近ここに葬られたことも、それがジェネリーズだと思われていることもです。ここに来てから、ぼくはたった一度しか彼と話をしていません。それもほんの数分間で、ミサに出ようと教会にむかう途中のことでした。ルアルドは幸せそうで、満足しているようにしか見えませんでした。

どうして古い記憶を急いで持ち出す必要があるでしょう？　ここに入るのは、彼には喜びであると同時に苦痛でもあったはずです。ぼくは、彼の今の喜びをそっとしておいてやりたかったんです。しかし、いまや彼はこのことを知るべきです。ファーザー、まるでぼくは、その指輪を持ち帰るために、ここにやってきたような気がします。指輪はあなたに預けます。ぼくにとっては、それはもう必要ないものになりました」

しばらくの休止があった。ラドルファスは、今ここにいる者と、いない者にとって、これが意味することを考えていた。それから、カドフェルにむかって言った。「ブラザー、ヒュー・ベリンガーのところへ行き、一緒に馬に乗ってここまで来るように言ってくれ。彼がすぐに見つからないときには、伝言を置いてきてもらいたい。彼にこの話を聞かせるまでは、ブラザー・ルアルドもふくめて、誰にもこのことを言ってはならぬ。サリエン、きみはもうここの修道士ではないが、しばらく客としてここに留まって、もう一度、わしのいる前で、今の話を執行長官にしてもらいたい」

6

ヒューは城の武器庫にいて、部下にむかって鋼《はがね》にまつわる話を聞かせているところだった。無政府状態のエセックスへ、出陣することになるかもしれないと思っているにちがいなかった。彼はとっくに前兆を感じとり、王からの依頼さえあれば、すぐにでも出発できる準備をととのえていた。その用意には抜かりはなく、彼自身、その状態にはほぼ満足していた。もしも呼び出しがかかれば数時間のうちに、かなりの数の精鋭の兵士を出陣させることができるだろう。壊滅的な打撃を受けたフェン地方からこれほど隔たった州の長官には、その機会はなさそうだったが、もしということは常にありえた。ジェフロワ・ド・マンデヴィルのような男の存在は、それだけでヒューの秩序と常識の感覚に対する侮辱にひとしかった。

彼はカドフェルを少し上の空で迎え、武具係が剣を鍛えるのを、あいかわらず注意深く見つめていた。修道院長が来てほしいと言っていることを伝えても、ヒューはまるで聞き流すようだったが、カドフェルがつぎにつけ加えた言葉を聞いたとたん、急に聞き耳を立てた。「陶工の畑で見つかった死体に関係のあることなのだ。事情が変わったのを知ることになるはずだ」

ヒューは鋭く首《こうべ》をめぐらした。「どう変わったのか？」

「それは当人のあの若者から聞くほうがよい。サリエン・ブラウントがフェン地方から持ち帰ったのは、悪い知らせだけではなかったということだ。院長は、きみが若者から、じかにその話を聞くことを望んでいる。彼自身も、もういちど聞きたいのだ。彼がつかまえそこなった重要な事柄がふくまれていても、きみなら気づくかもしれないと思っている。そのあと二人で話をすればよい。きみにだって、わからない側面もあるはずだ。さあ、馬のところに行って、すぐ一緒に出発しよう」

だが、町を抜け、橋を越えて門前通りへと入っていく道中、カドフェルはこれからヒューが聞くことになる話について、やはり多少の予備知識をあたえたほうがよいと考えた。

「どうやら、サリエンは世間にもどる決心をしたようだ。修道士にはむいていないという、きみの判断は正しかった。彼は青春をあまり浪費することなく、同じ結論に達したのだ」

「それで、ラドルファス院長は同意したんですか？」ヒューは驚いて訊いた。

「あの若者は、院長の予測より先んじていた。なかなかの若者だ。彼はベストをつくした。だが、彼は間違った動機から修道院に入ったと、自分でみとめた。いまや、彼は自分にあった生き方にもどろうとしている。すべてが決まってしまわないうちに、彼をきみの守備隊にスカウトすることを考えてみてはどうかね？　ひとつの道をあきらめたとしても、彼には熱中できる別の道が必要だ。彼は兄貴の土地でぶらぶらして暮らすようなタイプじゃない」

「それに、ユードは結婚したばかりだから、一年か二年後には息子も生まれるだろう」ヒューは言った。「跡継ぎがはっきりすれば、弟のいる場所はなくなる。たしかにそれはよい考えだと、わたしも思う。有望な若者だし、体格もよく、腕も長い。それに馬に乗ったときの姿がいい」

「あの子の母親は彼がもどれば、きっと喜ぶにちがいない」カドフェルは思い出した。「きみから聞いたかぎりでは、彼女は幸せな暮らしを送っているとは思えないからな。息子がもどれば、よい影響があるだろう」

ヒューがカドフェルをあとに従えて院長の居室に入っていくと、若者はまだ院長と一緒だった。二人はずいぶん打ち解けているようにみえた。だが、両肩を板壁につけて姿勢を正し、きちんとすわるサリエンからは、多少の緊張が感じられた。役目はまだ半分しか終わっていなかったから、彼は注意を怠らずに目を大きく見開いて待っていた。

「このサリエンには、あなたに聞いてもらいたい大事な話がある」院長は言った。「あなたには直接、彼の口から聞いてもらうほうがよいと思ったのだ。そうすれば、わしには考えつかなかった疑問もわくかもしれない」

「それはどうでしょうか」ヒューはそう言ってから、窓からの明かりで若者の顔がよく見える位置に腰を下ろした。昼を少しまわったところで、曇りの日ではいちばん明るい時間だった。「はやばやと知らせていただいて、感謝しています。どうやら、この話はあの女の死体に関係がありそうですね。カドフェルはそれ以上のことはなにも言いませんでした。サリエン、さあ聞かせてくれ。きみの話というのは、どんなことか?」

サリエンはもう一度、話を繰り返した。前よりは簡潔だったが、事実に関わるところでは、その言葉にはほとんど異同がなく、むろん矛盾もなかった。しかも、前もって言う言葉を考えていて、それを復唱したというものでもなかった。活発できびきびした話し方のうちに、言葉は自然に口をついて出た。ひととおり話し終わると、彼は大きなため息をついてすわりなおし、最後にこう言った。「だから、ブラザー・ルアルドに疑惑が生じるなんて、ありえないことなんです。彼がジェネリーズ以外の女性と悶着《もんちゃく》を起こしたことがあるでしょうか? そのジェネリーズは元気に暮らしているんです。見つかった女性が誰であるにしろ、ジェネリーズでないことだけは確かです」

ヒューは指輪を掌にのせ、刻まれたイニシアルがはっきりと見えるようにした。そして訝しげに眉根にしわをつくって、それを見おろしていた。

「その銀細工師のところに行くようにと言ったのは、修道院長だったのか?」

「そうです。彼はラムゼー修道院のよき後援者として知られてました」

「銀細工師の名前は? その店は町のどこにあったのか?」

「ジョン・ハインドという名です。店はプリーストゲートにありました。大聖堂からそんなに離れていないところです」答えはたちどころになされ、そこには熱意さえこめられていた。「サリエン、きみはこのたびの謎と死に対するルアルドの関わりを、完全に払拭《ふっしょく》したようだ。わたしからは容疑者のひとりを取り除いてくれたわけだ……もしもわたしがそう思っていたとするならばな。だが実のところは、彼はおよそ犯人には似つかわしくない。むろん、人というものは……修道士とて変わらぬが……必要と怒りと人里はなれた場所と機会さえ与えられるなら、他の者を殺さぬものでもない。そうした可能性は常にある！　それが否定されて残念ということなど、むろんない。どうやら、どこか別のところで、行方不明の女を探す必要があるようだ。しかし、ルアルドはいまの話をもう聞いているんですか？」ヒューは院長を見あげて訊いた。

「いや、まだだ」

「いますぐに、彼を呼んでください」ヒューは言った。

「ブラザー」院長はカドフェルに向きなおって言った。「ルアルドを探して、連れてきてくれ」

カドフェルは考えこみながらルアルドを捜しに行った。いま明らかになった事柄は、ヒューにとっては振り出しにもどることを意味し、できることなら当面、力を注ぎたいと思っていた王の執行長官としての政務の仕事から、注意をそらされることを意味した。死んだ女の身元については、彼があらゆる可能性を探っていたことは間違いなかったが、姿を消したジエネリーズが最有力候補だったことも否めなかった。いっぽう、この予期しなかった展開によって、シュルーズベリ修道院は少しは平穏を取り戻すはずだった。ルアルドも自分のためというよりは、むしろその死んだ女のために今度のことに感謝し、喜びを感じるにちがいなかった。彼の心の平穏は、普通の修道士たちには夢想もできない完全な至福の高みにあって、つねに驚異の的であった。彼にとっては、神が彼に命じたり行なったりすることは、それが苦悩と辱《はずかし》めをもたらし、たとえ死を意味することになろうと、つねによきことを意味した。殉教することになってさえ、彼の心は変わることはないだろう。

カドフェルは食堂の半地下の丸天井におおわれた場所で、ルアルドを見つけた。そこはブラザー・マシューが管理する広い倉庫になっていた。ルアルドは学問や芸術のいとなみよりも、手を使う仕事にむいていたから、この食糧保管係につくように言われたのだった。院長の居室まで出向くようにカドフェルから言われると、彼は手のほこりを払い、ただちに目録づくりの作業を中止した。そして南側の一画の小さな事務室にいるブラザー・マシューのところに行って、行き先と用件を伝え、おとなしくカドフェルにつき従った。彼のいまの状況を思えば、聖俗の二人の権威者が一緒の場所にならんで立ち、いかめしい顔つきをして彼を見つめているところを目にすれば、心は沈むにちがいなかった。だが、なにかを自分のほうから聞いたり、驚きを表わしたりはしないだろうとカドフェルは思った。実際、院長の居室の入口で、二人の裁判官がまるで入廷を待っているかのような光景を見たとき、さすがの彼も平静さを失ったはずだったが、態度や表情にはそれはまったく表われなかった。彼は落ちついてお辞儀をし、声がかけられるのを待った。彼の背後でカドフェルは扉を閉めた。

「ブラザー、きみを呼んだのはほかでもない」院長は言った。「新しい発見があって、きみにそれを見てもらいたいからだ」

ヒューは掌を広げて指輪を見せた。「きみはこれを知っているか？　さあ、手にとって、調べてくれ」

それはほとんど必要なかった。ルアルドはヒューの手にあるものを見た瞬間、すでに答えを口に出していた。だが、彼はおとなしくそれを手に取り、すぐにそれを傾けて、内側に彫られた拙《つたな》い頭文字の組み合わせに光が当たるようにした。そうしたのは、持ち主を確かめたいからではなかった。むしろ彼はその文字を自分の目で見て、失われた調和と、未来の和解と許しの印として、感謝の心で受けとめたかったのだ。やせた顔にはりついた忍耐づよい表情が、わずかに崩れてやわらぐのにカドフェルは気づいた。

「閣下、わたしはこれをよく知っています。これはわたしの女房のものです。結婚する前にウェールズで女房に贈った品物です。石もウェールズ産のものです。それがどうしてここに？」

「その前に、まずはっきりさせておきたい。これは確かにきみの女房のものか？　似たようなものが、ほかにあることはないか？」

「ありえません。これと同じイニシアルをもつ夫婦は、ほかにもいるでしょう。しかし、この文字はわたしが彫ったものです、彫り師でもないこのわたしが。だから、すべての線、あちこちにある曲がりやおかしなところ、みな覚えています。何年もたつうちに輝きもさめ、黒ずんでしまったんです。もちろん、ジェネリーズの手にはまっているのを見たのが最後です。誓って、これほど確かなものはありません。女房はどこにいるんですか？　もどってきたんですか？　わたしが話をすることはできますか？」

「いや、彼女はここにはいない」ヒューは言った。「その指輪はピーターバラの銀細工師の店で見つかったのだ。彼はおよそ十日ほど前に、ひとりの女からそれを買ったと証言した。フェン地方が無政府状態になったのを知って、彼女は町を去ってどこか安全な場所に行こうと決心して、それを換金しようとしたのだ。彼の言葉からすれば、その女はまさにきみの女房とそっくりの特徴をもっていた」

ルアルドの平凡そのものの顔には、おそるおそるにせよ、すでに希望の輝きがほの見えていたが、この言葉を聞いたとたん、すべての暗雲は吹き飛んだ。彼はラドルファスにむかって輝くばかりの顔つきを振り向けた。ちょうど窓辺から弱々しい日の光が射しこんだところだったが、それは彼の喜びの反映としか映らなかった。

「では女房は生きているんですね！　元気に！　ファーザー、もっと聞いてもいいですか？　なんて素晴らしいことなんだ！」

「むろんだ。それにたしかに素晴らしい！」院長は答えた。

「執行長官閣下、この指輪はどうしてここに来たんですか？　ピーターバラで売り買いがされたとしたら」

「最近あの地方からここにやってきた者がもってきた。きみがもう会っている、あのサリエン・ブラウントだ。彼は旅の途中に、その銀細工師のところに一泊した。そして、店にその指輪があるのを見たのだ。古いよしみから……」ヒューは慎重な言い方をした。「彼はそれを手に入れたいと思った。彼はそのようにした。こうして、それはいま、きみの手にあるというわけだ」

ルアルドはその言葉が終わらないうちに、少し離れて目立たないようにしていた若者のほうをじっと見つめていた。サリエンは姿を見られたくないと思いながらも、部屋が狭すぎるのでそれもできず、じっとすることで注目を避け、目立つ顔色ときらきら光る目をできるだけ影の中に置いていた。二人のあいだに探りあうような不思議な視線がかわされ、誰もその緊張を破って動いたり声を出したりできなかった。カドフェルは二人のあいだに交わされた言葉を心の中でつぶやいた……どうしてきみはその指輪をわたしに見せなかったのか？　たとえ気が進まなかったとしても、女房の消息をつかんだこと、彼女が無事に生きていることだけでもどうして教えてくれなかったのか？

だが、サリエンの顔から目を離さずにルアルドの口から出た言葉はこうだった。「これを身につけることは、わたしにはできない。持ち物を放棄した身分だからだ。しかし、これを目にすることができたこと、ジェネリーズが無事に生きているということがわかったこと、これはまさに神の恵みだ。これからも彼女に神の加護があるよう、わたしは祈りを捧げよう」

「アーメン！」ほとんど聞き取れなかったが、サリエンはそう口にした。カドフェルは張りつめた唇が震えて、動くのを見た。

「ブラザー、身につけることはかなわなくとも、人にあげるのはきみの自由だ」推し量るような鋭い目で二人を見すえ、裁断を下すことはひかえて、院長は言った。若者はすでに、なぜその指輪を手に入れたのか、なぜそれをもっていたのかを告白していた。それ自体は大したものではなかったが、意味するものは大きかった。だが、それはすでに役割を果たし、重要なものではなくなっていた。あとは誰がそれを所持するのかということしか、たぶん問題ではなかった。

「きみは自分がふさわしいと思う人に、これをあげてよいのだ」ラドルファスは言った。

「執行長官閣下がもう必要ないということならば、わたしはこれをサリエンにもどそうと思います」ルアルドは言った。「見つけたのは彼ですから。彼はわたしに願ってもない素晴らしい知らせをもたらしてくれました。この修道院でさえ癒《いや》してはくれなかった、わたしの心の不安を取り除いてくれたのです」彼は急に笑みを浮かべ、細面《ほそおもて》の顔をぱっと明るくして、指輪をサリエンに差し出した。サリエンはしぶしぶながら手を出して、それを受け取ろうとした。二人の手が触れ合ったとき、鮮やかな赤味が一瞬の炎のようにサリエンの顔にのぼった。彼はそれを見られまいと、顔を光から遠ざけようとした。

なるほど、そういうことだったのか。カドフェルは納得がいった。二人のあいだにやりとりはなにもなかったが、それは必要がないからだった。ルアルドは自分の地主の下の息子が、ほとんど生まれたときから、自分の作業場や家に出たり入ったりするのを見てきた。子供はいつのまにか思春期の悩みをもつ青年になり、その側にはいつも、不思議な魅力をふりまく圧倒するような女性がいた。彼女は彼にとって決して見知らぬ人ではなかったし、他人に対してと違って、彼に距離を置くようなことはなかった。彼女は誰からも美人といわれていた。だが、彼に対してほど近しく親切にすることは、誰に対してもなかったのだ。子供は、他人には近づけない場所に入りこむ特権を与えられている。彼女にはなんの影響も及ぼさなかったし、彼女はなにも知らなかった……とサリエンは言った。だが、ルアルドは知っていたのだ。いまや、サリエンはあえて動機を言いつくろう必要はなかったし、心に大事にしていることを守ろうとして選んだ手段について弁解する必要もなかった。

「よし、もうこれでよい」ヒューはきっぱりと言った。「もうこれ以上、訊くことはない。ルアルド、きみの心が安心したと知って、わたしも嬉しい。この件に関しては、もうきみは思い悩むことはない。きみも、この修道院も、この件で脅《おびや》かされるおそれはなくなった。

わたしはどこか他のところを当たってみなければなるまい。ところでサリエン、きみは修道院を去る道を選んだそうだな。とすれば当面のあいだは、もしもきみと話がしたいと思ったときには、ロングナーを訪れればいいということだな？」

「そうです」威厳を守ろうとして、まだ少し固くなったままサリエンは答えた。「ぼくはあそこにいます、必要になったときにはいつでも」

院長は軽い祝福の身ぶりとともに、ルアルドとサリエンに立ち去るように言い、二人は一緒に部屋を出ていった。それにしても……とカドフェルは思った……なぜサリエンは「必要になったときにはいつでも」という言い方をしたのだろう？　このような場合、「もしも用事ができたときには」というほうが自然ではなかろうか？　彼はいつか、なにかの理由で、自分がさらに追及されることがあるという予感をもったのだろうか？

「彼が彼女に恋愛感情を抱いたことはまちがいない」部屋にいるのが三人だけになるとヒューは言った。「よくあることだ！　彼の母親がもう八年以上も病気をかかえ、だんだんと憔悴して今に至っていることを忘れてはならない。母親の病気がはじまったとき、彼はいくつだったろう？　おそらく十歳足らずだったのだ。もちろん、サリエンはそのずっと前から、ルアルドの小屋に出入りして好かれていた。親切できれいな女性に無邪気に甘えていた子供が、急に自分の身体と心の中の男に目覚めた。そしてある日、そのどちらかが勝利を収めた。

これはわたしの想像だが、彼は心によって感情を支配し、恋心を壇上に祭り上げた……いや、むしろ祭壇といったほうがよいかもしれない。ファーザー、もしもこういう言い方が許されるとするなら……そして、沈黙の内に彼女を崇拝したのだ」

「彼自身、自分の言葉でそれを認めた」ラドルファスは即座に同意した。「彼女はそれを知らなかった……これも彼の言葉だ」

「わたしはそれを信じたい気持ちです。いまご覧になったように、彼はルアルドにすっかり心の中を見すかされたと知って、まるで牡丹《ぼたん》のように真っ赤になりました。しかし、ルアルドは嫉妬しなかったのでしょうか？ 彼の妻が美人だということは衆知の事実でした。それとも、サリエンは終始彼らのまわりにいましたから、ルアルドは慣れっこになって、彼のことをまったく無害だと思っていたのでしょうか？」

「あらゆる状況からみて、むしろ、ルアルドは自分の妻が裏切ることはないと知っていたのだ」カドフェルは重々しく言った。

「しかし噂では、最後に彼が彼女のもとを去ろうと決心したとき、彼女は自分には愛人がいると彼に言ったというではないですか」

「それはたんなる噂ではない」院長は割ってはいった。「彼自身、そう言ったのだ。ブラザー・ポールと一緒に彼が最後に彼女を訪れたとき、彼女は彼にむかってこう言ったという。わたしには、あなたなんかよりずっと愛する価値のある人がいる、あなたに抱いてきたわたしの愛情のすべてを、あなたは自分から葬ったんだわ……と」

「彼女がそう言ったのは確かでしょう」カドフェルは言った。「ですが、それは真実でしょうか？　しかしもう一方で思い出されるのは、彼女が銀細工師に言った彼女自身と彼女の愛人についての言葉です」

「まったく、なにが本当なのか？」ヒューは力不足を認めるように手をあげた。「彼女は、なんでも手近のものを手にして、夫に殴《なぐ》りかかったとしてもおかしくはなかったのだ。だが、銀細工師に対しては、嘘をいう必要はなかったはずだ。唯一たしかなことは、あの死体はジェネリーズのものではないということだ。もうルアルドのことは忘れていいし、ジェネリーズと悶着を起こしたことがある他の男についても同様だ。わたしは他の女を探すことにしよう。殺しの理由についても、別のものを見つけなければならない」

「だが、なお心に引っかかるものがある」カドフェルとならんで正門へと向かいながらヒューは言った。「彼はなぜ、ルアルドと遭ったとき、すぐに彼女が元気でいると伝えなかったのか？　ルアルドほどそれを知る正当な権利のある者はいない。たとえいまは修道士になっているにしろ、以前は彼女の夫だったのだ。あの若者が彼を目にした瞬間に、それ以上に緊急を要する知らせなどあったろうか？」

「だがそのとき、彼はまだ死んだ女のことを知らなかった。むろん、ルアルドに嫌疑がかかっていることもだ」カドフェルは言った。だが、自分の耳にさえわかる、その言葉がもつ不確かな響きに気づいて愕然《がくぜん》とした。

「たしかにそれは認める。しかし、ルアルドがいつも彼女のことを気にかけていて、彼女はどうしているか、はたして生きているのか死んでいるのかと、思いわずらっていることは、彼も知っていたはず。彼の姿を見た瞬間に、まず口をついて出るべきなのは、ジェネリーズについては心配はいらない、彼女は元気にやっている、という言葉だったはずだ。ルアルドが知りたいのはそれだけだった。それさえわかれば、満足したはずなのだ」

「サリエンは彼女に恋していた」カドフェルはなおも推測をたくましくした。「その点から考えると、彼はルアルドが満足するのをねたんだのかもしれない」

「彼はねたみ深いたちに見えますか？」

「こう言ってもよいかもしれん。彼の心は依然としてラムゼーの略奪とそこからの脱出のことでいっぱいで、そのほかのことは一切、心になかったのだと」

「指輪のことはたしかに、ラムゼーのことよりもあとで思い出した。そのときには、彼の心をすっかり占めるほど重大な問題になった」

「そうだ。だが、正直なところを言えば、わしはなお疑問を感じている。精神的な圧迫を受けている人間の考え出すことなど、誰が満足に説明できるだろう？　重要なのは、指輪そのものだ。それはジェネリーズのものだった。それはルアルドが贈ったものだったから、彼には即座にそれとわかった。彼女は必要からそれを売り払った。サリエンの性向やふるまいにどんな常軌を逸した点があろうと、彼が証拠を差しだしたことは確かだ。ジェネリーズは生きている。だから、ルアルドはどこからも後ろ指を差されることはない。それ以上、なにを知る必要があるだろう?」

「つぎは、どこに目を向ければいいのか」ヒューは憂鬱そうに言った。

「なにも手がかりはないのか? ホーモンドがあの土地をユードから贈られたあと、あそこを貸した未亡人については?」

「彼女にはもう会いました。いまは娘と一緒に、この町の西の橋からそれほど遠くないところに住んでいます。彼女があそこにいたのは、ほんの短い期間でした。転んで怪我をしてしまったので、娘の夫が自分の家まで運び、あそこは空き家になりました。しかし、家の中はきちんと片づいていたそうです。彼女が住んでいたあいだには、おかしなことはなにも見たり聞いたりしていません。見知らぬ者が入って来たこともないそうです。あそこは街道から引っ込んでいますから。しかし噂では、祭りのときなどに、行商人などがあそこに潜りこんで一夜を明かすこともあったようです。ロングナーのユードは一家の者みんなに、あそこで過去になにか不埒《ふらち》な動きがなかったかどうか、聞いてみるつもりだとわたしに約束しました。まだ、なにもこれという知らせは受けていませんが」

「あそこでなにかの噂が明るみに出たとすれば」カドフェルは言った。「彼自身の話とは別に、サリエンが持ち帰ったはずだ」

「ということは、もっと広い範囲で手がかりを探らなければならぬということです」ヒューはとっくの昔に、手先にそれを命じていた。ただし、彼の注意はかなりの程度、突然わきおこった執行長官としての急務によって反《そ》らされていたことも事実だった。

「少なくとも時間については、限定することができる」カドフェルはよく考えて言った。「その未亡人があそこにいたあいだは、誰もあのあたりでおかしなことをするわけにはいかなかっただろう。あそこを仮の宿にすることも不可能だった。街道からは隔たっているから、よそ者が紛れこむということも考えにくい。静かなしとねを欲しがる恋人どうしにしても、広々とした草原があるのに、わざわざ人が住む場所を選ぶはずもない。だが、いったん無人になってからと、あそこに未亡人が住むようになる以前は、あそこはどんな怪しい目的にも利用可能だった……ジェネリーズが扉を開けたまま、かまどの灰もそのままにして、あそこからいなくなった日は、はっきりわかっているのかね？」

「三日の内のどの日かは、はっきりしません」正門わきのくぐり戸のところに立ち止まってヒューは言った。「ロングナーの牛飼い女が六月二十七日にあそこの川岸を通りかかり、彼女が庭にいたのを目撃しています。三十日には北の丘のむこうに住む女が……それがいちばん近い隣人で、一マイルは優に離れていたんですが……渡し場に向かう途中に寄り道をしてあそこに行ってます。おそらくゴシップ好きな女で、なにか新しい種があるんではないかと、のぞきに寄ったものと思われます。すると、扉は開いたままで、誰もいず、かまども冷たくなっていたというわけです。それ以後、ルアルドの女房の姿をこのあたりで見かけた者はいません」

「あそこをホーモンドに贈ることを決めた証文が書かれ、それが署名されたのは十月のことだった。何日だったかね？　きみも副署人のひとりだったはずだ」

「七日のことでした」ヒューは答えた。「そして、鍛冶屋《かじ》の未亡人があそこに入ったのは、その三日後でした。手入れの必要があったんです。すでにそのときには何者かがあそこに侵入していて、料理鍋とか、ベッド用の毛布とかが持ち去られ、扉の錠は壊れていました。たしかに、何人かの者が忍びこんでいました。しかし、大した被害はありませんでした。あそこが洗いざらい略奪されたのは、ずっとあとになってからです」

「ということは、六月三十日から十月十日までか……」カドフェルは思いにふけるように言った。「あそこで殺しがあり、死体が埋められたのは……そのことに誰も気づかなかったとすれば。ところで、その未亡人が町の娘のところに引き取られたのはいつだったのか？」

「冬のことです。クリスマスのころ、霜が降りたときに、彼女は転倒したんです。さいわい、娘のつれ合いが善良な男で、厳しい季節がはじまると彼女のことに気を配ってくれて、寝たきりになると家に引き取ったのです。そのときから、あそこはまったくの空き家になりました」

「それでは今年の初めからの時期も、誰にも見られずに、あそこで人の息の根をとめることができたことになる。だが」とカドフェルは言った。「わしは思うのだが、あの死体は間違いなく一年以上はあそこに埋まっていたはずだ。短時間で簡単に土を掘ることができた時期、つまり凍結していなかったときに埋められたものだ。今年の春？　そうは思えない。あまりに最近すぎる。ヒュー、もっと以前に目をつける必要がある。これが行なわれたのは、昨年の六月末から十月十日までのあいだだと思う。それなら土も落ちつく時間があったことになるし、植物の根がしっかり張るだけの時間もあったことになる。それに、ふらふらと紛れこんだ宿なしがあの小屋を利用することがあったとしても、誰があんな土手の下の藪の中にわざわざ入っていったりするだろう？　わしは思うのだが、死体を埋めた人物はいつかあそこの土地が耕されることを予期して、それでも見つからない場所を選んだのだ。鋤を回したときに、もうほんのちょっと慎重だったなら、わしらが死体を発見することはなかったはずだ」

「むしろ、そうだったらよかったのにと思うほどだ」ヒューは苦笑しながら正直に言った。

「しかし、あなたは彼女を発見した。彼女はかつて生きていて、いまは死んでいる。彼女が誰であろうと、もう彼女に安息はない。彼女が誰かを調べ、あそこに彼女を埋めた人物に説明を求めることが、いったいどれほど重要なことなのか、わたしにはわからない。しかし、それがなされないことには、わたしもあなたも落ちつけないことは確かだ」

町中にわきおこる噂を別にすれば、周辺部からの噂はすべてまず、町の東方半マイルほどのところに位置するセント・ジャイルズの施療院に届くというのは、よく知られた事実だった。この慈善施設によくやってくる人びとは、もの乞いや季節労働者などの定住場所のない連中、ひと息入れようというスリや、こそ泥や、ペテン師、施《ほどこ》しに生きる足の不自由な人や、病に冒された人、治療を受けにくるハンセン病患者などだった。旅の途上で彼らが刈り集めてくる唯一の収穫は新しい噂であり、彼らは自分に興味をもってもらうための通貨としてそれを利用した。この施療院の監督には門前通りに住む俗人が任命されていたが、ほとんど名目だけで顔も出さず、実際にはブラザー・オズウィンが取りしきっていた。彼はもうこの人の出入りにもすっかり慣れて、本物の哀れむべき不幸な人びとと、取るに足らない小悪人とをしっかり区別できるようになっていた。どこも悪くないのに足の不自由な者に化けてやってくる者もまれにあったが、彼にはすでにそれを見抜く目ができていた。カドフェルの薬草園で手伝った時期に、彼はたんなる軟膏や洗浄剤の調合の仕方以上のものをカドフェルから学んだのだった。

サリエンが予想外の事実を明らかにしてから三日後、カドフェルはオズウィンから要望があった薬品類を袋いっぱいに詰めて、セント・ジャイルズへと向かった。これは必要に応じて、二週か三週おきに行なっている定期の仕事だった。秋も深まったいま、街道を行き来して暮らしている人びとは、どこで厳しい季節をやり過ごそうかと思いをめぐらしているころだった。ホームレスの数がめだって増えたということはなかったが、転々と移動している人たちはみな、生き残る計画を思案しているはずだった。カドフェルは戸外に出ている人びとと挨拶を交わし、気まぐれな陽光のなかで、犬と一緒に遊ぶ子供たちのいつもどおりの光景を好ましいと思いながら、ゆっくりと門前通りを歩いていった。秋の気配と散りゆく落ち葉に歩調を合わせるように、少し内省的になっていた。彼はしばらくのあいだヒューが抱える問題を押しのけて、いくぶんの罪の意識を感じつつ、日々の聖務日課と自分の義務に没頭した。心の内に巣くっていた小さないくつかの疑問は、しばしのあいだにせよ、後ろに追いやられていた。

街道が二股に分かれる地点まで来ると、ゆるやかな草地と編み垣のむこうに、施療院の低くて長い屋根があらわれ、小さな教会に付属するうずくまるような塔がその上にのぞいていた。オズウィンの大柄な身体が彼を迎えに玄関にあらわれた。いつもながら元気いっぱい、ごわごわした頭頂の毛を逆立てて……おそらく果樹の低い枝をくぐったためだろう……腕には晩生《おくて》の固い小ぶりの西洋梨をいれた籠を抱えていた。その梨はクリスマスのころまでもつ種類だった。はじめてカドフェルの薬草園に助手として送りこまれて以来、彼はありあまる力と血気さかんな心を制御することを学び、いまでは熱意に駆られて急ぐあまりに物を壊したり、自分の足につまずいたりすることもなくなっていた。実際、彼はこの施療院に来て以来、カドフェルの予想をはるかに越える活躍をみせていた。たしかに、大きな手と頑丈な腕は、小さな錠剤を扱ったり丸薬を丸めるよりも、病人や手足の不自由な人を助けたり、喧嘩っぱやい連中を静かにさせるのに適していたが、カドフェルが持参する薬をほどこすことにかけては非常に有能だった。いまや彼は快活で、よく気のつく看護人であり、いちばん扱いにくく、感謝の心を知らない患者にも腹を立てることはなくなっていた。

二人は一緒に薬品棚に薬をしまい、扉をしめて錠をかけてから、広間へと入っていった。もう十一月もまぢかなので、火が燃やされていた。そこには自由に動きまわれなくなった、弱った人たちがいた。こうした人のうちの何人かは、もうここを離れることはなく、そのうちに墓地へと運ばれた。丈夫な者たちはみな果樹園に出かけて、最後の採り入れに精を出していた。

「新入りの患者がいましてね」オズウィンは言った。「ぼくの処置が適切かどうか、あなたにひと目、見ていただきたいんです。年とった、始末におえない男で、言葉づかいもひどいものです。ここに来たときあまりに腫《は》れ物がひどかったので、他の者から離して納屋の一画に収容したんです。いまはもう、身体を洗って着替えもしていますが、他の者には近づけないほうがいいと思っているんです。腫れ物がうつるおそれがあるんです。それに、憎悪に満ちた口つきは、きっと他の者に悪い影響をあたえます。その男は世間全体を恨んでいるんです」

「さぞかし世間全体から、ひどい仕打ちを受けた結果であろう」カドフェルは憂鬱そうに言った。「だが、自分よりもさらに悲惨な人たちにむかって当たり散らすとは、哀れなものだ。憎悪の塊のような者は、いつもいる。その男はどこから来たのかね？」

「四日前に片足を引きずりながらやってきたんです。男のいうには、物乞いをしながら森の中に点在する村々を渡り歩いていたそうです。たぶん、施しが足りないときには、盗みくらいはしたでしょう。祭りのときには、あちこちで仕事もしたと言ってますが、おそらくはスリという意味だと思います。顔つきを見ればわかりますが、まともな商人なら雇うはずもない男です。こっちへ来て、いちど見てください！」

施療院の納屋は広くて、居心地がよいといってもいいくらいだった。中は暖かく、夏に刈り入れた干し草の香りと、保存用のリンゴの熟れた匂いが充満していた。来た当時よりは身ぎれいになっているはずだが、依然よごれた感じのその男は、車付きのベッドをすきま風のいちばん来ない一画に据えつけて、まるで卵をかえす鳥のように背を丸めてすわりこんでいた。白髪の混じったもじゃもじゃ頭は、かつて頑健だったであろう両肩のなかに沈みこんでいた。訪問者を見て、不敵に顔をしかめたようすからして、腐った性根《しようね》はなにも変わっていないようだった。しなびた顔は猜疑心《さいぎしん》と侮蔑《ぶべつ》に凝《こ》り固まり、治りかけた腫れ物あとのあいだから、悪意と抜け目のなさに満ちた小さな目がのぞいていた。大きすぎるガウンは、男がゆっくりでき、しわくちゃの喉や肩に残る腫れ物に当たらないですむようにと、ここの者が選んで着せてやったものにちがいなかった。腫れ物の場所にはリネンの布があてられ、ウールとの接触をやわらげていた。

「腫れ物はいくぶん治《おさ》まったようです」オズウィンはカドフェルの耳にささやいた。そして男に近づくと、「やあ、いい朝だが、気分はどんな具合だね？」と声をかけた。

男は、老けてはいるが鋭い視線を斜めにむけて、しばらくカドフェルを見つめていた。と、その尾羽打ち枯らしたような外見からは予想もできない、声量のある力のこもった声がほとばしった。

「ひとりじゃなくって二人もお出ましじゃ、気分もすぐれるわけはない」彼は不思議そうな顔つきでベッドの端ににじりより、カドフェルの顔をのぞきこんだ。そして「あんたのことは知ってますぜ」と言い、にやっと笑った。嬉しいという顔ではなく、いざとなれば相手よりも優位に立てるぞという確信を得た顔つきだった。

「おまえのその言葉で、どうやらわしも、おまえにどこかで会ったことがあるような気がしてきた」相手の顔から目を離さずにカドフェルは言った。「だが、もしそうだとしても、おまえは今よりずっとましだったはずだ。さあ、顔を明るいほうへ向けてみろ！」カドフェルが調べたのは腫れ物の状態だったが、男の顔の輪郭と、しわくちゃな眼窩《がんか》の中からじっと見つめつづける黄色味がかった目は、いやでも目にはいった。腫れ物の周辺部には、かすかに形が変わってかさぶた状になったところがあり、それは治《なお》ったばかりの場所だった。

「おまえはどうして不平ばかり鳴らすのか。こんなに暖かなところで、飯にもありつくことができているのに。ブラザー・オズウィンは親切にしてくれているではないか。腫れ物はよくなっているし、それはおまえにもよくわかっているはずだ。あと二、三週間我慢すれば、すっかりよくなる」

「そのあとは、外にほっぽりだすという寸法ですかい？」不満たらたらの、力のある声だった。「あんたたちのやり方はわかってるんだ！　この世じゃ、それが俺の役まわりなんだ。腫れ物を治して、また外にほっぽりだす。また腫れ物をこしらえて、もっとひどくなるようにな。どこに行ってもおんなじなんだ。たまに俺が一夜の仮の宿りを屋根の下に見つけたとしても、どこかのいけ好かない野郎がやってきて、この俺を追っぱらう」

「ここには、そんなことをする者はいない」カドフェルは穏やかに言い、やせこけた首に巻きつけられたリネンの布の位置をなおしてやった。「ブラザー・オズウィンがきちんと監督しているからな。このオズウィンに任せて、すっかりよくなるまでは、どこに寝ようとか、どこで飯にありつこうかなんて考える必要はない。そんなことを考えるのは、そのあとのことだ」

「立派な話よ。だが、結果は同じなんだ。幸運なんておれには縁がねえ。おまえなんかいい気なもんだ……」カドフェルをにらみつけて、男は言った。「あそこの正門でパン屑の施しをしていればすむんだからな。てめえにはありあまる食い物があって、立派な屋根と乾いたベッドがある。あとはてめえが、どんなに敬虔かを神さまに伝えればいいってことさ。その同じ夜に、俺たち哀れな連中がどんな屋根の下に寝ているか、もっとそのへんを考えてもらいてえってんだ」

「そうか、わしがおまえを見たのはそのときだ」カドフェルは急に思い出して言った。「祭りの前日だ」

「あんたを俺が見たのも同じときさ。俺がそのとき、なにをもらったと思う？　パンとスープとファージング貨一枚よ」

「そして、エールにありついたというわけだ」カドフェルは微笑した。「だが、その晩、おまえはどこに寝た？　祭りのあいだじゅう、どこに宿を見つけたのだ。おまえと同じような境遇の連中は、修道院の納屋に気持ちよく寝ることができたのだ」

「あんたの修道院に寝るなんてまっぴらさ」彼はいくぶん言いよどんだ。「俺はそんなに遠くないところに、誰も人が住んでない空き家があるのを知っていた。俺は去年はそこにいたんだ……赤い髪の行商人野郎が売女と一緒にやってきて、俺を追い出すまではな。そのとき俺はどこに寝たと思う？　すぐ近くの生け垣の下さ。かまどのそばの片隅さえ、俺が占領するのをそいつは許さなかった。売女といちゃいちゃするために、そいつは空き家を全部ひとりじめにしたんだ。そいつらはほとんど一晩じゅう、山猫みてえに喧嘩のしどおしよ。俺には全部聞き取れた」カドフェルが急に黙りこくったことにも気づかず、彼は不機嫌そうにつづけた。「今年は俺が使えそうだった。だが、もっと事態はわるかった。空き家は崩れてしまってて、もう寝ることもできなかった。俺が触るもんは、みんな腐ってしまいやがる」

「そのかまどのあった空き家というのは……場所はいったいどこなんだ？」カドフェルはゆっくりと言った。

「川の向こう側で、ロングナーの近くだ。いまはもう、誰もあそこで働いてる者はいねえ。あるのは空き家の残骸だけだ！」

「それで、おまえは今年の祭りのときも、夜はそこに寝たのか？」

「もう雨漏りがひどくって」男は憂鬱そうに言った。「去年はちゃんとしたもんだった。だから、利用できると思った。だが、俺のくじはこんなもんだ。いつも迷い犬みてえにのけ者にされて、生け垣の下に落ちつくしかねえ」

「去年のことを聞かせてくれ」カドフェルは言った。「おまえを追い出したその行商人は、商売をしに祭りにやってきたのか？　その男は祭りのあいだ、ずっとその空き家にいたのか？」

「ずっと、女と一緒だった」男は自分の話がどうやらここでは重要なことであるのを機敏に察し、それを利用しようとするよりは、むしろ単純な興味にかられていた。「あばずれの黒髪の女で、男に劣らずひどい女だった。まったく！　俺がそっと戻ろうとすると、俺に向かって冷たい水をぶっかけたのだ」

「二人が立ち去るところは見たのか？　二人は一緒じゃなかったのか？」

「いや、見てない。俺が最後に見たときは、二人はまだあそこにいた。俺は仲間の男と一緒にベイストンに行商に行くことになったんだ。そいつはひとりでさばききれないほど、商品を買ってしまってな」

「それで今年は？　その男の姿は今年の祭りでも見かけたのか？」

「見かけた。そいつは今年も来ていた」男はあまり関心がなさそうに言った。「俺はそいつとは関わらないようにしたんだ。見たのは確かだが」

「去年の女と、また一緒だったのか？」

「いや、女のほうは見てはいねえ。ひとりっきりでいるところしか見ていねえし、若いもんと酒場にいるところも見ていねえ。いったい、どこに寝泊まりしてたんだか！　あそこの焼き物師の空き家は、あいつも今年はあきらめたはずだ。ところでな、その女のことだが、なんでも大道芸人で、軽わざとか歌を歌ったりする女だということだ。女の名前は聞いていねえが」

男が、最後の「女の」のところに少し力を入れたのを、カドフェルの耳は聞き逃さなかった。彼はなにが出てくるか見当がつかぬ壺の蓋をとるような気持ちで、おそるおそる訊いてみた。「だが、男の名前は知っているというのだな？」

「もちろんのことよ。屋台まわりや酒場じゃあ、知らないもんはいねえ。ブライトリックってんだ、あいつの名前は。ルイトンの出身だ。町の市場でいろんな物を買っちゃあ、この州内やウェールズくんだりまで出かけて売りさばいてる。しょっちゅう移動してるが、そんなに遠くまで行くことはねえ。聞くところじゃ、商売はうまくいってるらしい！」

「そういうことなら、その男の無事を祈ってやるんだな。おまえの魂もそれで救われるってもんだ」ほっと長い息を吐きながらカドフェルは言った。「おまえの暮らしもたいへんだろうが、そのブライトリックも似たようなもので、おまえより決して気楽な暮らしをしてるわけじゃない。とりあえず、おまえはここで食わしてもらって休息をとり、ブラザー・オズウィンの言うことに従うのだ。そうすれば、おまえの荷もすぐに軽くなる。みんながそうなることをわしらと一緒に祈るんだ」

男は二人の修道士が出ていくのを、ベッドの上にうずくまりながら不思議そうに見つめていた。カドフェルが扉の取っ手に手をかけたとき、奇妙によく通る声が二人の後ろから追いかけてきた。

「あいつのためにこれだけは言っとくがよ、あの女はべっぴんだった。呪われた女だったにしてもな！」

7

とうとう真実の名前がひとつ明らかになった。名前は強力な魔術さながらに、記憶を喚起する呪文といってよい。カドフェルがセント・ジャイルズからもどり、その日のうちにヒューに一部始終をあまさず伝えてから二日後には、ルイトン出身の行商人については、年代記が埋まるほどの詳しい情報が得られていた。

市場や馬市広場であてずっぽうにブライトリックの名を口にしただけで、人びとの口はたちまち開き、舌は軽快に動いた。唯一、人びとが知らなかったのは、昨年の祭りのときに、彼が「陶工の畑」の空き家を寝場所にしていたということくらいだった。当時はまだ、そこが空き家になってからひと月もたってなくて、家はほとんど傷《いた》んでいなかった。隣家のロングナーの者さえ、そのことは知らなかった。不法侵入の男は、日中は商品をかついで外に出ていたはずだし、女も大道芸で食っていたとすれば、男と同じ行動をとったはずだった。むろん、扉を閉め、きちんとまわりを片づけるくらいの慎重さは、忘れなかったろう。そして、セント・ジャイルズの男が言ったごとく、二人は喧嘩《けんか》のしどおしだったとしても、決して外でやることはなかったのだ。ジェネリーズがいなくなってからは、ロングナーの者もだれひとり、打ち捨てられた空き家を見にはこなかった。人がいたときを知っている者には、そこは冷たさとわびしさしか残らぬ場所であり、彼らはできるだけ近寄らないよう、見ないようにしていた。そこに潜《もぐ》りこんだのは、宿なしには好都合と思ったあの哀れな男くらいのものだったが、じつは腕っ節の強い先客がいて、結局は追い払われたのだ。

駒鳥みたいなくりくり目をした、小柄でやせぎすの例の鍛冶屋の未亡人は、ブライトリックという名前を聞くなり、耳をそばだてた。

「ええ、知ってるわ。わたしが夫と一緒にサットンで鍛冶屋をしていたとき、もう数年前の話だけれど、あの男は荷物をかついで定期的にやってきたわ。はじめは商売もすごく小規模だったけど、村々をめぐり歩いてたのよ。村の人たちは毎週、町に出るなんてできないでしょう？　わたしはよく彼から塩を買ったわ。なかなか商売上手で、一生懸命はたらくのを苦にしてなかった……しらふのときはね。けど、飲むと乱暴になったわ。去年の祭りのとき見かけたけど、そのときは話はしなかった。彼が陶工の畑で寝起きしていたなんて、まったく知らなかったわ。そのときまで、わたしはあそこを見たことはなかったの。ホーモンドの修道院長がわたしにあそこで暮らすようにと言ったのは、それから二カ月あとだった。わたしの夫は春の終わりに死んでいて、わたしは院長に働く場所をさがしてくれるように頼んでいたのよ。夫は生きていたとき、修道院のためにずいぶん働いたのよ。院長はわたしの頼みを、むげにはしないと思ったの」

「ところで、その女のことだが」ヒューは言った。「なんでも軽わざ師で、黒髪の美人だったと聞いているんだが。あんたは彼が女と一緒のところは見なかったのか？」

「たしかに、彼には女がいたわ」一瞬考えてから彼女は言った。「ある日、わたしがワットの酒場のそばの魚屋で買い物をしていたとき、馬市広場の角のところにあるあの酒場に、女が彼を連れ去りにやってきたのよ。女はこう言ったわ……自分の稼ぎばっかりじゃなくって、あたしの稼ぎの半分まで酒につぎこんじゃうんだから、って。よく覚えているわ。二人はすごい大声だったから。男はもうかなり入っていて怒りっぽくなっていたけど、女も負けていなかった。しばらく怒鳴りあっていたけど、やがて二人は身を寄せあって仲直りしたみたいに立ち去った。女は男がつまずかないように、身体のあたりを支えてやっていた。それでも、悪口を浴びせるのはやめなかったわ。美人だって？」未亡人はしばらく考えたあと、鼻であしらった。「そんなふうに思う人もあったでしょうね。けど、不作法で、大股に歩いて、ただ目が黒かっただけのことよ。まるで柳みたいにやせて貧相だったわ」

「ブライトリックは今年も、祭りのときに姿を見せたそうだ」ヒューは言った。「彼を見たか？」

「見たわ。ひとめで、立派に成功しているのがわかった。行商ってのは、やる気さえあればうまい商売だっていうのが、もっぱらの噂だわ。たぶん、あと一年か二年したら、彼は屋台を借りるまでに出世して、修道院に賃料を納めることになっているはずだわ」

「情婦のほうはどうなった？　彼と一緒じゃなかったのか？」

「わたしが見たときは、いなかったわ」彼女は馬鹿ではなかった。いまやシュルーズベリの周辺一マイルの範囲では、ひとりの身元不明の女の死体が発見されたこと、そして誰でも簡単に思いつく女が、どうやらその死体ではないらしいということは、知らぬ者とてなかった。というのは、なおも捜索が続行され、前よりもむしろ厳しくなっていたからだった。「今年の祭りの三日間は、わたしはたった一回しか門前通りに行かなかったわ」と彼女は言った。「ずっとあそこにいた人がいるはずよ。そういう人なら、きっと知っているでしょうね。でも、わたしは女の姿は見なかった。彼が女とどうなったかは、神のみぞ知るってことね」未亡人はそう言って、落ちついて十字を切り、すべての悪い予兆を遠ざけた。「でも、去年の聖ペテロ祭からあとには、あの女の姿を見た者はいないんじゃないかと、わたしは思うわ」

「ああ、あの男のことですか！」平信徒の世話役マスター・ウィリアム・リードは言った。彼は恒例の祭りのときにやってくる商人や職人たちから、商品持ちこみ税や屋台の賃料を徴収する役目を担っていた。「その男のことは、よく知ってますよ。ちょっとばかりやくざですけど、もっと悪い奴はいくらでもいます。ここで商売をする以上、商品持ちこみ税を払うのは当然なんですが、あいつはヘラクレスみたいに荷をかついでくるくせに、払わないで逃げおおせているんです。ご存じのように、屋台を張って三日間ここで商売をする連中については、ことは簡単です。ずっと同じところにいますから、きちんと賃料を取ることができます。時間も無駄になりません。ところが、商品を肩にかついでくるような連中は、遠くからわしらを見ると、たちまち雲隠れしてしまいます。そんな連中を追いかけまわしてみても、取り立てる額は所詮、労力には釣り合いません。百もある屋台のあいだで鬼ごっこ、しかもどの屋台も売り買いの人でごったがえしているんです。結局、あいつは無罪放免ってわけです。大した被害じゃありません。それに、あいつの商売はうまくいってるようですから、そのうち屋台をかまえることになるでしょう。わしが彼について知ってるのは、そんなところです」

「今年の彼は女と一緒じゃなかったのか？」ヒューは訊いた。「黒髪の美人で、軽わざ師の女と？」

「わしは気づきませんでした。去年はたしかに女がいて、一緒に食ったり飲んだりしてました。たぶん、あなたがおっしゃるのは、その女のことでしょうな。よく覚えてますが、わしが近寄っていくのに気づくと、その女は彼に合図を送って、あいつを逃がしてやってました。それも一度じゃありません。ですが、今年は見かけませんでした。今年のあいつは、去年よりずっと多くの商品を運んできました。たぶん、あいつはワットの酒場に宿をとったんじゃないでしょうか？　どこかに商品を預ける必要があったはずですから。あそこに行けば、きっとなにかわかりますよ」

ワット、ことウォルター・リーノルドは軽々と転がしていった樽を店の隅にちょうど据えつけ終わったところで、腕まくりした逞しい両腕を樽の上に組んで、落ち着き払った態度でヒューのほうをながめた。

「ブライトリックだって？　ああ、やつなら祭りのあいだ、わしのところに泊まっていた。今年は特別に重い荷をかついできた。わしは屋根裏を物置に使わせてやった。なにも問題はなかろう？　やつが修道院に払うべき金を払ってないことは、わしも知っていた。だが、修道院が困るほどの金じゃない。やつのような小物については修道院長も大目にみていたんだ。といっても、ブライトリックはどこから見てもちっぽけな男じゃない。赤い髪をした、でっかくて逞しい男で、飲むと少し喧嘩っぱやくなった。だが全体として見れば、それほど悪い奴じゃなかった」

「去年は、ブライトリックは女連れだった。わたしはそう聞いている」ヒューは言った。「そのときは、彼はあんたの店には泊まらなかった。だが、彼があんたのところに飲みに立ち寄ったなら、二人が一緒のところを見ているはずだ。女のことを覚えているか？」

ワットは明らかに、女のことを思い出していた。しかも面白がるようなそぶりを見せた。

「あの女のことですか！　いちど見たら、忘れやしません。まるで柳の枝のように身体をくねらせ、三月の子羊みたいに跳《は》ねまわり、ちっちゃな笛を吹くんでさ。笛なら持ち運びは楽だし、弦の音が耳ざわりな、へたなレベックを聞かされるよりずっとましというもんです。結婚をおまけに、あの女は抜け目がなくて、二人で稼いだ金はがっちりと管理してました。結婚を口にしてましたが、彼氏を教会の扉まで連れていくことはできなかったでしょう。おそらく、迫りすぎたんでしょうな、今年のやつは女を連れてませんでした。女をどこに残してきたのかは、わかりません。ですが、あの女なら、どこでも食うに困ることはありませんがね」

およその見当をつけていたヒューにとっては、その言葉は不吉な響きとなって聞こえた。鍛冶屋の未亡人の場合とちがって、ワットの念頭には巷《ちまた》の噂との関連は浮かんでいないようだった。だが、ヒューがさらに質問をするまえに、ワットがふと漏らした言葉はいっそう衝撃的だった。

「ガニルド、やつはその女をそう呼んでいた。女がどこの出身かはわしにもわからなかったし……やつがそれを知ってたかどうかも怪しい。だが、女はたしかに美人だった」

むき出しの骨を思い浮かべたヒューには、この言葉も不思議な響きに聞こえた。死体の骨はヒューの想像の中で、ぐんぐん生身の人間の形にふくれあがり、野性的でたくましい生活力をもつ、大道芸で暮らす宿なし女の姿をとりはじめた。その女は、一年以上もたっているのに、この中年の酒場のあるじの目を輝かせるほど、怪しい魅力を放つ女だったのだ。

「それ以後は、女の姿は見ていないというのだな？　ここでも、どこかよそでも？」

「よそですって？　わしがよそに行くことなんて滅多にありませんぜ」ワットは陽気に応えた。「昔は、よくふらついたもんですがね。いまはここで満足してるんでさ。誓って、わしはあの女を二度と見てません。それに思い返せば、今年はやつが、あの女の名を口にするのを聞いてもいません。あの女に対する去年のやつの夢中になりようから思えば、まるで女は死んでしまったとでも言わんばかりです」ワットはそれも仕方ないという感じで言った。

「やっと、ここまでたどり着きました」ヒューは言った。薬草園の作業場に二人だけでこもり、カドフェルにかいつまんで話を聞かせ終わったところだった。「ブライトリックがルアルドの小屋を根城にしていたことは、はっきりしました。ほかにもそんな連中がいたかもしれませんが、これまでのところは浮かんできていません。それだけでなく、ブライトリックは女と一緒でした。二人は激しく愛し合っていたようです。女は結婚を迫りましたが、ブライトリックのほうはしぶとく同意しなかったようです。これが、一年以上も前のことです。そして今年、ブライトリックはたったひとりで祭りに顔を見せました。しかし、女の姿はありませんでした。祭りや、市場や、結婚式や、お祭り騒ぎのときは、女にとっての稼ぎどきなのにです。まだなにも証明されたわけじゃありませんが、調べが必要なのは明らかです」

「しかも、ガニルドという女の名前まで明らかになった」カドフェルは思案するように言った。「ただし住所は不明だが。どこからともなくやってきて、またどこかへ消える女だ。こうなれば、きみは二人を根気よく追いかけるしかない。男のほうが、見つけるのはずっと易しいだろうがな。きみのことだから、さっそくその男を見つけるように、もう部下には手配ずみだろう」

「州内はもちろん、その外へも手配ずみです」ヒューは冷静だった。「あの男はそんなに遠くまでは足をのばさないようです。塩や香辛料を仕入れに遠くの町まで出かけるときを別にすれば」

「もう、十一月に入ろうとしている。祭りや市場の季節は終わりだ。だが、しばらくは天気も穏やかで雨も少ないから、彼はまだ村めぐりをつづけるに違いない。といっても……」カドフェルは考えこむようだった。「そんなに遠くに行くことはあるまい。もしも彼がまだルイトンに足がかりを残しているなら、厳しい寒気や雪が来たときには、きっとそこに足を向けるはずだ。食糧が底をついたときのことも考えて、彼はルイトンからあまり離れたくないと思うに違いない」

「この季節になれば、彼はルイトンにいる母親のことを思い出して、そこで冬を過ごそうとするでしょう」

「それで、きみは部下に、ルイトンで彼を待ち受けるように命じたというわけだ」

「運がよければ、それよりも前に彼を見つけることができるはずです」ヒューは言った。「ルイトンはわたしも知っています。シュルーズベリからわずか八マイルほどしか離れていません。彼はウェールズの村を予定どおりめぐり歩いて、それから東に方向を変えてノッキンを通って、まっすぐ家に向かうはずです。あのあたりには多くの村が密集していますから、彼は天候が変化するまでひきつづき商品を売りさばきながら、徐々に家に向かうことができるわけです。きっと、あのあたりのどこかで、彼を見つけることができるでしょう」

その言葉どおり、ヒューの部下は三日後にはブライトリックを見つけた。ひとりの部下が、ウェールズ側で商売をしている彼を発見したのである。だが、ヒューの部下たちはあわてることなく、彼が国境を越えてイングランド側のミーレスブルックをめざし、そこからノッキン経由でルイトンへと足を向けるまで待った。なにかと騒ぎを起こしがちなウェールズのポウイスについては、ヒューは厳重な監視を怠らなかった。彼はイングランドの法を破ることを許さないと同時に、少なくとも彼らが先に暗黙の了解を無視しないかぎり、ウェールズの法をこちらから破って、彼らにつけいる隙を与えることがないよう用心していた。同じウェールズでも北西を統治するオエイン・グウィネズとの関係は、互いに気心が知れていて、おおむね良好だった。だが、ポウイスのウェールズ人は礼儀をわきまえず、不安定で、刺激してはならないことはむろん、もしもこちらが挑発もしないのに問題を起こしたときには、決して大目に見るようなことがあってはならなかった。

そこでヒューの部下は、なにも知らないブライトリックが古くからの国境の標識となっている土手を越えるのを待った。土手はなかば崩れて、あたりでは無視されていたが、まだそれとわかる程度には残っていた。天候はあいかわらず穏やかで、街道を行くのは難儀ではなかった。だが、ブライトリックの荷はほとんど空だった。どうやら、儲《もう》けに満足して、寒気がやってくる前に家に帰り着こうという腹のようにみえた。彼がもしルイトンの家に商品の貯えを置いているなら、隣人たちにまだ売ることもできるし、近場の村くらいまでなら行商に出かけることもできるだろう。

彼は口笛を吹き、手にした棒切れで道端の草をなぎ払いながら、ミーレスブルックめざして州内に入ってきた。そして、村の少し手前で、パトロール中のシュルーズベリから来たヒューの二人の部下に見つかった。軽く武装した二人は両側から彼に近づき、たちまち彼の腕を両側から押さえ、落ちついてブライトリックかと訊いた。ブライトリックは二人より頭ひとつは大きな逞しい巨漢だったから、その気になれば振りほどいて逃げることもできたろう。だが、二人が何者かはすぐにわかったから、向こうみずなふるまいに出ることは思いとどまった。彼は注意ぶかく慎重な態度に出て、名前を呼ばれたことに機嫌よく応え、無邪気を装ってどんな用事かと訊いた。

二人は、シュルーズベリで執行長官が待っているということしか、彼に言わなかった。口の重い二人の態度と、へたな扱い方をみて、ブライトリックは協力を拒否して逃げようと考えたかもしれなかった。だが、すでに遅かった。どこからともなく彼らの二人の仲間が姿をあらわし、ぶらぶらと近づいてくるところだった。それだけでなく、二人とも手に弓を持ち、顔つきからして伊達《だて》に弓を持っているのでないことは明らかだった。背中に矢が突き刺さるのは、ごめんだった。ブライトリックはしぶしぶ、逃げるのをあきらめた。ウェールズまでわずか四分の一マイルしかないのは、悔しくもあった。だが、たとえ最悪の事態になったとしても、ここはおとなしく従えば、あとで逃げるチャンスが生まれないともかぎらなかった。

ヒューの部下たちは彼をノッキンまで連行し、急ぐためにそこで馬を調達した。暗くなる前に一行はシュルーズベリに到着し、ブライトリックは城の牢屋に入れられた。そのころには、彼は非常な不安に襲われていたが、中味の皆目《かいもく》はっきりしない、捕らえどころのない不安だった。無表情な顔つきの後ろで、彼はどんな悪事に対して申し開きをしなければならぬのか、そもそもどの悪事が露見したのかと思案していた。だが、もしもこの推測が正しいなら、たんなる驚きですむはずはなく、うろたえる結果となるに違いなかった。彼はヒューの部下たちから、なんとか手がかりを得ようと努めたが、すべて失敗に終わっていた。いまの彼にできることは待つことだけだった。どうやら、執行長官は城には不在のようだった。

ヒューはたまたま修道院長の宿舎で、副院長のロバートと、アプトンの荘園主とともに、夕食の最中だった。荘園主は自分の領地の境界をなすターン川での漁業権を、修道院に寄贈したところだった。このことを取り決めた文書はすでに書き上げられて、ヒューの立ち会いのもとに夕べの祈り《ヴェスパー》の前には封印も終わっていた。アプトンは王領だったから、こうした取り決めに執行長官の同意と許諾は不可欠だった。城からの使いは、一同がテーブルを離れるまで、礼儀正しく控えの間で待っていた。よい知らせは悪い知らせと同様、急ぐことはない。

それに、容疑者はすでに牢に入っている。

「それはきみが言っていた男なのか？」使いの者の言葉を耳にはさんで、ラドルファスは訊いた。「あの、ブラザー・ルアルドの小屋を昨年、無断で利用したという男なのか？」

「そうです」ヒューは言った。「より正確にいえば、あそこを無断で利用した者として、われわれが知っている唯一の男です。ファーザー、差し支えないなら、わたしはすぐに駆けつけて、その男を取り調べてみたいのですが。そいつが一息ついて、悪知恵を働かさないうちに」

「正義にかけては、わしはきみと同じように重大な関心がある」院長は言った。「といってもむろん、その男や他の者の命がほしいというわけじゃない。あの女性の命に関しての説明がほしいだけなのだ。ヒュー、むろんすぐに行ってくれ。今度こそ、いっそう真相に近づけるように祈る。それなしでは、魂も救うに救えない」

「ファーザー、ブラザー・カドフェルを貸してもらえないでしょうか？　その男のことを最初に知らせてくれたのは彼なのです。セント・ジャイルズの年とった男が言ったことを、彼はいちばんよく覚えています。わたしには気づかない細かい点も、彼なら聞き逃さないだろうと思うのです」

それを聞いた副院長のロバートは、貴族的な鼻に視線を走らせ、不同意のしるしに唇を横に長くひきむすんだ。カドフェルは、修道院の外に出て好き勝手なことをする許可を与えられすぎている、というのが彼の見方だった。宗規に厳格な彼からすれば、それは許しがたいことだった。だが、ラドルファスは同意を与えた。

「たしかに、鋭い第三者がいれば、見落としもないだろう。よろしい、彼を連れていくように。記憶は抜群だし、矛盾にはすぐに気がつく男だ。それに、この件については最初から関わっているから、いってみれば、最後まで手がける権利さえ持っていると言えなくもない」

そんなわけで、食事をすませて食堂から出てきたカドフェルは、朗読の行なわれる修士会場にいやいや向かう必要もなくなった。したがって、ブラザー・フランシスの眠気を催すような朗読の最中に……今日は彼が担当だった……それから逃げるために、仕事場で緊急を要するあれこれに思いをはせる必要もなくなった。彼はヒューと一緒に町を抜けて城まで行き、囚人と対面するよう言われ、ふたたび日常の義務から解放された。

セント・ジャイルズの男の話どおり、ブライトリックは赤い髪をした大男で、かさぶただらけの年とった風来坊はむろんのこと、もっとはるかに強力な侵入者でも追い払うだけの体力はありそうだった。偏見のない目でみれば、男ぶりもなかなかで、これなら威勢がよくて独立心旺盛で、同じくらいに世情に通じた女が魅力を感じても不思議はなかった。少なくとも、少しのあいだなら。もしも二人が喧嘩をはじめるほど長く一緒にいたとするなら、この男はその大きくて逞しい手をしばしば使ったに相違なく、だとすれば意図せずに女を死に至らしめたとしてもおかしくはなかった。燃えるような赤い髪さながら、この男が本当に烈火のごとく怒りに駆られたなら、殺すことさえしかねない感じだった。

独房に入れられた男は、幅広の両肩を壁にぴったりともたせかけ、石の壁のように緊張した顔つきをして、なにを訊かれるのだろうかと姿勢を正していた。だが、その目はじっと相手に注がれて、どんな質問にも、どんな質問者にも答えまいとするかのように警戒していた。（前にも、似たような状況に陥ったことがあるに違いない、しかも一度ならず。そしてなんとかうまくやり過ごしたのだ）カドフェルはそう判断した。だが、大した罪ではなかったに相違ない。あちこちで鹿を密猟するとか、鶏を失敬するとか、裁きの場に引っ張り出されても、なんとか言い逃れができる程度のものだったはずだ。秩序の乱れたいまの状況では、王の森の監視官も、法を厳格に守らせるだけの時間も余裕もないのが実状だった。

男の状況からは、その心の内にどんな恐れがめばえ、どんな思案が浮かんでいるのか、まただどこまで推測しているのか、皆目見当がつかなかった。むろん、これから訊かれると思っていることに対して、男がどれほどの嘘八百を並べてみせる用意をしているかも不明だった。男はなにも言わずに待っていた。緊張のあまり髪が逆立って、震えるのではないかと思われるほどだった。

「ブライトリック……ヒューは独房の扉を閉め、ゆっくりと男のほうに向きなおった。そうだな、おまえの名は？　おまえはこの二年間、修道院の祭りのときにやってきた、これは間違いなかろうな？」

「もっと古くからです」声は低くて、用心ぶかげで、必要最小限の言葉しか使うつもりはなさそうだった。「六年になります」

彼はそう答えてから、不安げな視線をちらと横に走らせ、独房の隅で静かにしている僧衣のカドフェルに気づいた。おそらく、彼は払うべき金を修道院に払わなかったことを思い出し、修道院がもはや小さな目こぼしに目をつぶることが、できなくなったのではなかろうかとでも考えているようだった。

「われわれが関心を持っているのは去年のことだ。それほど前のことではないから、おまえも忘れているはずはない。聖ペテロ祭の前夜祭とそのあとの三日間、おまえは店を出していた。そのとき、おまえはどこに寝泊まりしていたか」

ブライトリックは戸惑い、いっそう用心ぶかくなったが、不必要な躊躇《ちゅうちょ》を見せずにすぐに答えた。

「わしは一軒の小屋が空き家になっているのを知ったんです。市場の連中が話してました。ひとりの陶工が修道士になりたくて修道院に入ったこと、女房は家を捨てたため、そこは空き家になっていること。なんでも、川の向こうのロングナーのそばだということでした。わしは思いました。そこなら潜り込んでも差し支えなかろうと。ですが、わしがここまで連行されたのは、そのためですかい？　しかし、どうして今ごろになって？　ずいぶん前のことなのに。わしはなにも盗んじゃいません。物に手をつけたりはしてません。わしには雨露をふせぐ屋根だけ、ゆっくり寝られる場所だけあればよかったんで」

「ひとりでか？」ヒューは訊いた。

今度はたちどころに返事が返った。彼はもうとっくに、自分がこうして訊かれる前に同じ質問が他の者にも向けられたに違いないと見当をつけていた。「女と一緒でした。ガニルドとみんなに呼ばれていた女です。祭りや市《いち》の立つ場所を旅して歩いて、大道芸で食っている女です。わしはコヴェントリーでめぐり会い、それからしばらく一緒に旅してました」

「祭りが終わったのはいつだった？　去年は？　おまえはその女と一緒にここを立ち、そのあとも一緒の行動をとったのか？」

ブライトリックは鋭く目を細めてヒューの顔とカドフェルの顔を見やったが、なにも手助けにはならなかった。彼はゆっくりと言った。

「いいや、わしは女と別れて別の道をたどった。わしは西をめざした。わしの商売でよい稼ぎになるのは、州境ぞいの村なんで」

「女とは、いつ、どこで別れた」

「わしは夜を一緒に過ごしたあそこの小屋に女を置いて出ました。八月四日の朝早くです。出発したのは、まだ薄暗いころでした。女はそこから東に向かうつもりでした。川を渡る必要は、女にはありませんでした」

「これまで調べたかぎりでは、町の者も門前通りの者も、その女をふたたび見た者はひとりもない」ヒューは慎重に言った。

「それはそうでしょう」ブライトリックは言った。「いま言ったように、女は東に向かったんです」

「で、それ以来、おまえも彼女を見ていないというのだな？　昔のよしみがあるのに探そうともしなかったと？」

「そんな機会もありませんでした」意味はわからなかったが、彼は汗をかきはじめていた。「偶然遭っただけで、それだけのことなんです。あの女はあの女の道を行き、わしはわしの道をたどった」

「それで、喧嘩したことはなかったのか？　殴りつけたことは？　口喧嘩もしなかったのか？　二人はいつも穏やかで、仲良くしてたというのか、どうなんだ、ブライトリック？おまえたち二人については、まったく違う証言もあるのだ」とヒューは言った。「あそこの小屋に泊まろうとした別の男がいた。おまえも覚えているはずだ。その老いぼれを、おまえは追い払った。だが、その男は遠くへは行かなかった。おまえたち二人が喧嘩をしていたとき、それを聞いていたのだ。すごい相棒どうしだ、彼はおまえたち二人のことをそういった。それに、女はおまえに結婚を迫っていた。そうじゃないか？　おまえは気に染まなかったようだが。それでどうなった？　女はおまえにうんざりしたのか？　それとも凶暴になったのか？　おまえのそのこぶしなら、女の口か喉《のど》のあたりに一発みまえば、それきり黙らせることも簡単だったろう」

ブライトリックは追いつめられた獣のように、後ろの石壁に頭を激しく打ちつけた。額には玉の汗が吹き出て、赤い髪の下で震えていた。歯を食いしばり、彼は必死に声をだしたが、息が切れて声は喉につまった。「そ、そんなばかな……ばかな……誓って、わしが立ち去ったとき、あの女はいびきをかいていた。前と同じに元気いっぱいだった。こ、これはどういうことだ？　わしをどう考えてるんだ？　わしがなにをしたっていうんだ？」

「ブライトリック、聞かせてやろう。おまえがやったとわたしが考えていることを。今年の祭りにガニルドの姿はなかった。そうだろう？　おまえが彼女をルアルドの小屋に置き去りにしたあと、シュルーズベリの住人は誰ひとり彼女の姿を見ていない。おまえたち二人はあそこにいた晩……たぶん最後の晩だろうが、激しい喧嘩をして、ガニルドはそれで死んだのだ。おまえは夜のうちに彼女を埋めた。あそこの土手の下の揚所にだ。今年の秋、修道院の鋤《すき》がそれを掘り起こした！　ブライトリック、女の骨が見つかったのだ。黒い髪もだ。頭蓋骨にはまだ、黒髪がついていた」

ブライトリックは鉄のこぶしで殴られたみたいに、小さく、息を呑《の》みこむような声を発して、それから激しく息を吐き出した。なんとか発音ができるようになると、彼はくりかえし同じ言葉を吐きつづけた。「ちがう……ちがう……ちがう！　ガニルドじゃない！　ちがう！」声は喉に引っかかり、それは音によってというより、口の形でかろうじてわかる言葉だった。

ヒューはそのまま放っておき、ブライトリックがまともに息がつけるようになり、自分の状況について落ちついて考えをめぐらせるようになるだけの時間を与えた。この男なら、そうしてやればすぐに自分を取り戻すだろう。そして、ヒューが嘘をついていないという事実をみとめ、自分が逮捕されて牢にぶちこまれた理由を正確に知り、なんとかして自分を守ろうとするだろう。

「わしは、あの女に危害を加えてなどいない」彼はようやく、ゆっくりと力をこめて言った。「わしはあの女が眠っているうちに出発した。それからあとは、一度も見ていない。あの女は元気だったのだ」

「ブライトリック、女の死体は埋められて一年はたっていた。黒髪だった。ガニルドも黒髪だったというじゃないか」

「それはたしかだった。いや、どこに生きているにしろ、それは今もたしかだ。しかし、このあたりには、黒髪の女はたくさんいる。あんたが見つけた骨はガニルドのものなんかじゃない」

ヒューはとっくの昔に、見つかったのは骨だけで、それだけでは顔つきも体つきも誰のものやらまったく見当がつかなかったと、口をすべらしてしまっていた。ブライトリックは逃《のが》れられない証拠を突きつけられているわけではないと、すでに見抜いていた。

「閣下、ほんとうです」彼はいっそう巧みに注意を払って言った。「わしがあの小屋に女を置き去りにしたときには、女はまちがいなく元気でした。女がわしを信じるようになっていたことはたしかです。女は男をほしいと思うもんですし、結局は厄介なことになるもんです。わしが早起きして、女がまだぐっすり眠っているあいだに、西に向かって出発したのも、そのためなんです。きーきー言われるのはかないませんから。わしは決して女に、危害など加えてません。見つかった哀れな死体というのは、だれか別の女に違いありません。ガニルドではないです」

「ほかの誰だと言うのだ、ブライトリック？　借り主はとっくにいなくなっていた、さびしい場所だ。誰がそんなところに近づく？　たとえそこで死ぬためだったとしても？」

「閣下、わしにも見当がつきません。あそこのことを知ったのも、去年の祭りの前夜のときがはじめてでした。川の向こうの住人については、なにも知りません。わしが欲しかったのは寝る場所だけだったんで」

ブライトリックはすっかり自分を取り戻していた。どんなに黒々とした黒髪がついていたとしても、ただの女の骨だけでは、確実な名前をつけることなど、どうやってもできっこないことはわかっていた。それが彼の救いになるわけでもなかったが、罪と女の死に対する責任をまぬがれさせてくれる多少の助けにはなった。彼はそれにしがみつくしかなく、必要なら何度でも倦《う》むことなく、否定をくりかえした。

「わしはガニルドに危害を加えてません。わしが立ち去ったときには元気でした」

「彼女について、きみはなにを知っている？」突然カドフェルは訊いた。あまりに急に話が飛んだので、ブライトリックは一瞬まごつき、単純に否定することばかりに向けていた注意力をはぐらかされた。「しばらく一緒に旅をしたというなら、彼女のことを知る機会があったはずだ。どこの出身か、親族はどこにいるのか、毎年、どんなコースを旅していたのか、というようなことだ。彼女は生きている、いや少なくともきみが立ち去ったときには生きていた。きみはそう言った。それを証明するには、いったいどこを探せばいいのか？」

「じつは、あの女は口数がすくなかったんです」ブライトリックはためらいがちで、自信がなさそうにみえ、明らかに女のことをほとんど知らないようだった。そうでなければ、協力の姿勢を見せるためにも、すぐにも洗いざらい話したに違いなかった。彼には、女があいかわらず放浪の暮らしをしていそうなはるか遠い場所をでっちあげて、注意をそらす余裕もなかった。「あの女に出会ったのはコヴェントリーでした。ここまでは一緒にやってきました。ですが、あまりしゃべらない女で。あの女はあそこより南には行ったことがないんではないかと思いました。ですが、どこの出身かは言いませんでしたし、親族についても、なにもしゃべりませんでした」

「きみが立ち去ったあと、彼女は東に向かうつもりだった、きみはそう言った。だが、どうしてそう言える？　彼女はあそこで別れることに同意はしていなかった。でなければ、きみも朝早く彼女を避けて、逃げるように立ち去る必要はなかったはずだ」

「言い方が少し軽率だったんです」ブライトリックは苦悩の表情を浮かべた。「それは認めます。わしは信じたんです……わしがいなくなっていることを知ったら、きっと東に向かうに違いないと。歌ったり芸をしたりするあの女をウェールズまで連れてっても、商売には役立ちません。ですが、これだけは本当です、わしは決して危害を加えてません。元気なままに残して、わしは立ち去ったんです」

そのあとのどんな質問に対しても、彼はその単純な答えを執拗《しつよう》にくりかえした。そして、我慢づよい否定のくりかえしの合間に、彼は哀願をくりかえした。

「閣下、どうかわしを公平に取り扱ってください。あの女を閣下が探していることをおおやけにして、旅人にもそのことを知らせてください。そして、女が生きている証しに、女からの知らせを閣下が待っていることを知らせてください。わしは嘘はついていません。あの女を殺した罪でわしが告発されているのを知ったら、あの女はきっと姿を現わすはずです。わしは危害を与えていません。あの女もきっとそう言うはずです」

「わたしは女の名前を公表して、女が姿を現わすかどうか見てみるつもりです」ヒューは言った。牢に錠を下ろし、ブライトリックを不安なままに放置してから、ヒューとカドフェルは城の門番小屋へと戻っていくところだった。「だが、ガニルドのような暮らしをしている女は、たとえブライトリックの命がかかっているとわかっても、われわれの前に姿を見せるかどうか疑わしい。あの男についてはどう思います？　否定はたんにそれだけのことで、それだけではなんの手がかりにもなりません。だが、たしかに彼には良心にやましいところがあります。それがあそこの小屋とあの女に関係することも明らかです。あの場所のことに話がおよぶと彼は、なにも盗んでない、物には手をつけてない、と叫びました。これは盗んだと言ってるようなもんだと思います。ガニルドが死んでいるかもしれないとわかると、彼は狼狽《ろうばい》しました。が、それもわたしが、見つかったのは骨だけだったと、うかつにも口をすべらせるまでのことでした。それからの彼はうまく立ち回り、われわれに彼女を捜してくれるようにと頼みはじめました。しごくもっともに聞こえますが、彼女が決して見つからないことを、彼は知っていたからではないでしょうか。だがもしかすると、彼は彼女がもう見つかっていることを知っていたのかもしれません。決してそうならないことを望んだにもかかわらず、です」

「それで、きみは彼を牢に閉じこめておくつもりか？」カドフェルは訊いた。

「むろんです！　そして、去年のあのとき以降に、やつがたどった足どりをくまなく洗ってみるつもりです。やつが関わりを持ったすべての宿屋や居酒屋の給仕、あるいは村の得意客などから話を聞くつもりです。どこかの誰かが、きっとやつの一時間とか二時間の行動の空白を埋めてくれるはずです……そしてむろん、あの女の足どりについても。どちらにしても、真実が明らかになるまでは、やつは監禁しておこうと思います。でも、どうしてそんなことを訊くんです？　なにか、わたしが見逃していることでもありますか？　なにか気になっていることがあるなら、どんなことでも言ってください」

「いや、ちょっとしたことだ」カドフェルは気乗り薄に言った。「もう一日か二日、あたためさせてくれ。そう長く待たなくても、真実が明らかになるかもしれぬということだ」

翌日の朝……たまたまそれは日曜日だった……サリエン・ブラウントはミサに出るためにロングナーから馬に乗ってやってきた。彼は埃《ほこり》をはらってブラシをかけ、きれいに折りたたんだ僧衣を携えていた。院長の許可をもらって家に帰ったときに、身につけていったものだった。いまは自分の上着とズボンを身につけ、リネンのシャツに良質の革靴という出で立ちだった。だが、一年以上もの見習い修道士生活から足を洗ったばかりで、僧衣の身なりに比べて、どこかしっくりしていなかった。足にからむ僧衣からも完全には解放されず、世間の若者らしい大股の奔放《ほんぽう》な歩き方を取り戻していなかった。不思議なことに、大決心をしたはずなのに、晴れ晴れした感じや、いっそう自由になった感じは見られなかった。立派なあごは重々しくひきしめられ、まっすぐな眉の間には、重大な思案でも抱えているのか、しわが寄っていた。ラムゼーからの旅の間にのびすぎた輪状の髪はきれいに手入れされ、剃髪部分に生えた金色にひかる産毛《うぶげ》はさすがに長くなって、褐色の髪にまじるようになっていた。サリエンはミサに出たが、くそまじめなところは修道院にいたときとまったく変わらなかった。彼はそのあと僧衣を返し、院長と副院長に挨拶をし、それからカドフェルを探して薬草園に入っていった。

「やあ、きみか！」カドフェルは言った。「ほどなくこちらに顔を出すだろうと思っていた。世間に出てみて、どんな感じかな？　また戻ろうという気には、ならなかったかね」

「まったく」若者はぶっきらぼうに答え、しばらく黙ったままだった。彼は高い壁に囲まれた畑を見まわした。きれいに模様わけされた区画は、葉が落ちたため痩せて透けすけになったようにみえ、タイムの藪は黒ずんだワイヤのようだった。「ぼくは、あなたと一緒にいたこの場所が好きでした。でも、ふたたび戻ることはありません。逃げようとしたのはまちがいでした。同じまちがいを繰り返したくはありません」

「きみの母親の具合はどうかね？」カドフェルは訊いた。サリエンは家をあとにしたが、母親のことはいつも気にかかっていたはずだった。彼くらいの若者が、絶えることのない苦痛を目のあたりにし、否応なく忍び寄る死と直面しなければならないのは、とうてい耐えられないことに違いなかった。その母親の状態については、ヒューがはっきりと知らせてくれていた。もしもそれが彼の変心の大きな原因だったとしたら、この若者はその償いをして、一家の責任の一端を引き受けようと心を決めたわけだから、母親のほうも少しは楽になっているはずだった。

「なにも変わりありません」その言い方はあっさりしていた。「でも、不平をこぼしてもいません。母の身体の中にはしつこい獣が住んでいて、そいつに内側から食われているみたいです。ときには、少しはましな日があるというような状態です」

「痛みには、わりとよく効く薬草がある」カドフェルは言った。「しばらく前のことだが、彼女はいっとき、それを用いたことがある」

「知っています。みんなでそれを奨《すす》めましたが、いまはそれを用いることを拒否しています。必要がないというんです。でも」サリエンはほっとしたように言った。「少しください。説得できるかもしれないですから」

彼はカドフェルについて作業場にはいり、木の長椅子に腰掛けた。天井の梁《はり》からつるされた薬草の束が、頭上でかさこそと乾いた音を立てた。カドフェルは東方産のケシからつくったシロップ剤を、薬瓶にそそいだ。それには痛みを取り除き、眠りをうながす効力があった。

「きみはまだ聞いてないだろうが……」カドフェルはサリエンに背を向けたまま言った。「執行長官は例の女性を殺した容疑者を捕まえて、城の牢に閉じこめている。わしらはあの死体をジェネリーズと考えたのだが、それはきみによって否定された。容疑者はブライトリックという名の行商人で、国境ぞいの村々をめぐり歩いている男だが、去年の聖ペテロ祭のときには、ずっとルアルドの小屋で寝起きしていたのだ」

カドフェルはかすかな身動きの音を背後に聞いた。サリエンの両肩が背中の板壁にこすれる音のようだった。だが、サリエンはなにも言わなかった。

「その男は女と一緒だった。ガニルドとかいう女で、祭りの市のなかで曲芸をしたり、歌を歌って聞かせる芸人だった。去年の祭りが終わってからあとは、誰ひとりその女を見かけていない。黒髪の女だったというし、わしらが見つけたのはその女かもしれないのだ。ヒュー・ベリンガーはそう思っている」

少し早口だったが、サリエンは落ちついて訊いた。「そのブライトリックという男は、それに対してどう言っていますか？　まさか、それを認めたわけではないでしょうね」

「彼の返事は予想どおりだった。祭りの終わった翌日の朝、彼はその女を残したまま立ち去ったという。女はそのとき元気で、なにも変わったところはなかったと。それからのちは、女の姿を見ていないというのだ」

「それは本当かもしれません」サリエンは言った。

「たぶんな。だが、それ以降、その女を見かけた者は誰ひとりいないのだ。誰もなにも知らない。それにこれは噂だが、二人はよく喧嘩をしていて、殴り合いになることもあったらしい。男のほうは腕っ節が強く、怒りっぽい性格だったというから、激怒に駆られて最悪の事態になったということもありえなくはない。わしなら彼と同じ立場には立ちたくはない」カドフェルはサリエンの反応に注意を集中して言った。「どうみても、彼に対する告発は成立しそうに見えるからだ。彼の命を救うのはむずかしい」

カドフェルはそのとき初めて振り向いた。サリエンはじっとすわったまま、カドフェルの顔を見つめていた。そして、第三者的な哀れみの調子で言った。「かわいそうに！　殺すつもりはなかったろうに。で、その女はなんという名でしたっけ？　その大道芸人の名は？」

「ガニルドだ。みんなはガニルドと呼んでいた」

「つらい暮らしでしょう、大道芸で食っていくというのは」サリエンは思い返すように言った。「とくに女であればよけいに。夏のあいだはまだましでも、冬はどうやって過ごすんでしょう？」

「そういう人たちはみな同じだ」カドフェルは言った。「この季節には、彼らは歌や芸を披《ひ》露《ろう》する代わりに、きびしい季節のあいだ滞在を許してくれそうな有望な荘園を探すことに血まなこになる。春の到来とともに、彼らはふたたび旅をつづけるのだ」

「たしかに、いったん雪が到来すれば、暖炉の火のそばと、どんなに貧しい食事でもそれにありつけることは、なにものにも代えがたいでしょう」サリエンはあまり関心がなさそうに言い、立ち上がってカドフェルが栓《せん》をしてくれた小さな薬瓶を受け取った。「ぼくはもう帰ろうと思います。兄は厩まわりの人手を必要としてるんです。カドフェル、あなたには感謝します。この薬についても、そのほかのことについても」

8

馬丁の乗った馬が城門にたどりつき、後ろに乗せた女を城の中庭に下ろしたのは、それから三日後のことだった。女は守衛にむかって、執行長官に会いたいといい、用件は重要なことであり、そのことを忘れずに取り次いでもらいたいと、落ち着き払って述べた。

ヒューはシャツに革の胴着という出で立ちで、鍛冶の火床の煙にまみれ、顔を紅潮させて武器庫から現われた。女は、あまりに若く、あまりに予想外の相手の出で立ちに、不思議そうな表情をつくってヒューを見やった。その点ではヒューも同じだった。女はこれまで執行長官を見たこともなかったから、ずっと年を食っていて、人前での威厳を気にする人物が現われると予想していた。だが、目の前に現われたのは、まだ二十代の、髪も眉も黒々とした均整のとれた細身の若者で、王の家臣というより武器庫係の徒弟《とてい》のように思われた。

「ご婦人、わたしに話したいことがあるとか」ヒューは言った。「さあ、中に入って、どんな用件かお話しください」

女は落ちついてヒューのあとに従い、城門の小さな控え室に足を踏み入れたが、腰を下ろすように言われると、ちょっとためらいを見せた。くつろぐ前に、とりあえず用件を説明するほうが先だと思っているようだった。

「閣下、噂が本当だとすれば、わたしに用件があるのはあなたのほうではないでしょうか」

女の声には田舎育ちの響きがあり、たんに使いすぎのためか、それとも緊張の中で使いつづけたためか、少しかすれて荒れたようなところがあった。年は、ヒューが初めて目にした瞬間に思ったほど若くはなく、三十五くらいに見えたが、姿勢はしゃきっとしていて、物腰は優雅だった。既婚婦人らしく上等の黒いガウンを羽織り、髪は後ろに束ねられて白の頭巾の下に隠れていた。それは都市の自由民の夫人……あるいは荘園主夫人の付きびと……にぴったりの出で立ちだった。ヒューには、自分の現在の問題とこの婦人がどこでどう関わるのか、すぐには推測もできなかった。そこで、相手の言葉を待った。

「それで、あなたがお聞きになった噂というのはどんなことですか」彼は訊いた。

「市場の噂では、あなたはブライトリックという名の行商人を捕まえたそうですね。昨年しばらくのあいだ連れだった女を殺した容疑で。それは本当ですか?」

「本当です」ヒューは答えた。「あなたはそのことでなにか言いたいというのですか」

「そうです、閣下!」長くて濃いまつげに半分隠れた目で、女はヒューの顔をちらっと見やった。「わたしはブライトリックに特別な好意を抱いているわけではありませんが、悪意を抱いているわけでもありません。しばらくのあいだ、彼はよい伴侶でしたし、わたしたちは喧嘩はしましたが、彼がやりもしていない殺しの罪に問われて縛り首になるのは望みません。それでここに顔を出したのです。わたしが生きていることを証明するために。わたしの名はガニルドです」

「みごとに証明されたというわけです！」数時間後、カドフェルの作業場で信じられないような話をいっさいぶちまけてヒューは言った。修道院は午後のひまな時間帯に入っていた。「その女がガニルドであることは間違いありません。女を彼のところに連れていったときの、やつの顔をあなたも見るべきでした。やつは上品な物腰の彼女を長いことじっと見つめ、それから顔をのぞきこみました。信じられなかったらしく、やつの口がぽかんと開きました。しかし、息ができるようになると、やつは〈ガニルド！〉と叫びました。たしかにガニルドだとわかったからです。しかし、あまりに変わってしまっていたので、やつも自分の目をすぐには信じられなかったのです。すぐに、やつの朝早くの逃亡の話は、やつが話したとおりではないこともわかりました。女が眠っているうちに、忍び出たことは確かです。そのときやつは、自分の稼ぎと一緒に女の稼ぎも持ち去ったんです。あなたは言いましたね、やつにはなにかやましいところがある、それもなにか女と関係することだと。そのとおりだったんです。やつは女が持っていた金目の物をすべて盗んだんです。たぶん、去年の秋から冬は、女は難儀したはずです」

「それだけ聞くと、今日の二人の顔合わせは無事ではすまなかったように思われるが」カドフェルは注意を集中して、驚くこともなく言った。

「そのことですが、やつのほうは彼女が現われたので大喜びでした。やつは二人の関係の修復に希望を抱き、懸命にこびへつらいました。女のほうは盗みを問題にはしませんでしたから、やつはもう一度、一緒に旅の生活をしようと女を口説くつもりだったようです。しかし、女は応じませんでした。断じて！　彼女は馬丁を呼びました。馬丁は女を馬の後ろに乗せ、そのまま立ち去りました」

「で、ブライトリックは？」カドフェルは手を伸ばして、火床にかけて煮詰めている鍋の中をゆっくりとかきまわした。ニガハッカの温かく湿った刺激臭が二人の鼻をついた。エドマンドの施薬所を訪れる年とった病弱な修道士のなかには、すでに咳こみ、風邪にかかった患者が出ていた。

「やつは釈放しました。もう、捕まえておく理由はなくなりましたから。すっかりしょんぼりしてましたが、どれほどそれが続くかは疑問です。これからは、やつの行動には目を光らせるつもりです。しかし、誠実に……いやほぼ誠実に！……商売に励むつもりなら、今度こそは法の網の目をくぐろうなどと考えなくなるでしょう。来年やつが祭りにやってきたときには、修道院にも規定の料金を払うはずです。しかしカドフェル、歴史は繰り返すとはよく言ったもので、われわれはひとりの容疑者を放免しただけでなく、二番目の容疑者も結局は放免することになってしまいました。こんなことってあるでしょうか？」

「ないわけではないが、そんなにたびたびあることでもない」カドフェルは用心ぶかく言った。

「こんどの件は信じますか？」

「それが起こったことは確かだ。だが、たまたまそうなったことなのかどうかはわからぬ。わしは二通りの可能性のあいだで迷っている。いや……」カドフェルは強く訂正して言った。「二通り以上だ」

「死んだと思われたひとりの女が生きていた。これは納得できます。でも、二番目の女も、そうでした。とすれば、三番目の女が見つかったとして、また同じことの繰り返しでしょうか？　一方には、正義が行なわれるのを待っている犠牲になった哀れな女がいます。たとえ他の者の死によって償われることはなくても、少なくとも名前くらいは明らかにしてやりたいものです。彼女は死に、説明を求めているのですから」

院長のラドルファスの口から出てもおかしくはない言葉が、若々しい世俗的な情熱とともに発せられるのを、カドフェルは好意と敬意を抱きながら聞いた。ヒューが怒りを見せることは滅多になかったし、まして声を大きくしてまでそうすることは、非常に珍しかった。

「ヒュー、その女はブライトリックをきみが捕まえていることを、どこでどのようにして知ったと言った？」

「はっきりしたことはわかりません。女は市場の噂で聞いたと言いましたが。わたしも、その点を確かめようとは考えませんでした」ヒューは苛立った。

「きみがブライトリックの容疑のことと、女の名前を公表したのは、たった三日前だった。ニュースは早く伝わるものだが、いったいどこまで伝わったのかが肝心なことだ。ガニルドは自分の境遇について説明したはずだと思うが、そうじゃないか？　彼女自身の運命の変化についてだ。きみはまだ、彼女がどこに住んでなにをしているか、わしに聞かせてくれていない」

「そのことですが、ブライトリックはルアルドの小屋に女を一文無しで置き去りにすることで、女によい結果をもたらしたのです。祭りが終わったときはもう八月で、それから稼ぐのは困難でした。女にはなにも蓄えがなくなり、秋の季節を生き延びるのもむずかしくなっていました。それに去年は……あなたが忘れるはずはありません！……冬の到来がいつもより早く、しかも厳しい冬でした。女は旅芸人がよくそうするように、おかかえの芸人となって冬をやり過ごすことができる荘園を早めに探しはじめたのです。誰でもそうする習慣ですが、よい荘園主に巡り合うかどうかはまったくの賭《か》けです」

「そのとおり」カドフェルはうなずいたが、それは友に対してというより、むしろ自分に対してだった。「わしはサリエンにもそのことを言った」

「彼女は幸運だったんです。十二月の雪の中、彼女はウイジントンの荘園に足を向けました。

元はフィッツアランの領地だったところですが、今は王の所領になっていて、ジャイルズ・オットミアが荘園主に収まっています。彼にはまだ小さな子供がいて、クリスマスに芸人は大歓迎でした。そこで彼女を家に引き入れたんです。しかし、もっと幸運だったのは、荘園主のまだ十七になったばかりの娘に彼女が気に入られたことです。これはガニルドが言ったことですが、彼女は髪の手入れがうまく、針仕事も得意でした。そこで、娘のほうは彼女を侍女に雇ったんです。ガニルドのいまの優雅な歩きぶりと、しとやかな態度は一見の価値があります。彼女は娘には有益で、自分のいまの境遇を気に入っています。いまの彼女は決して旅芸人にもどったり、祭りの場所にもどったりはしないでしょう。それくらいの賢さは十分に備えています。カドフェル、その目で彼女を見るべきでした」

「まったく、わしもそう思う」カドフェルは思案するように言った。「ところで、ウイジントンはここから遠い場所ではなく、アプトンのちょっと先だ。だが、ガニルド自身がここで開かれたきのうの市に顔を出したか、それとも他の誰かが今度の知らせをもって、たまたまウイジントンを訪れることがなかったなら、噂はただ草のあいだを縫い、川を渡ってあてもなく漂っていっただけだろう。たしかに、噂はときに飛ぶ鳥よりも速く広まる。とくに町中や門前通りのようなところではな。だが、町から離れた村まで伝わるには一日や二日はかかる。誰かが急いで伝えればべつだが」

「市から人づてに伝わったか、風に運ばれたかはともかく」ヒューは言った。「ウイジントンにそれが届いたことは間違いないようです。ブライトリックには幸運ということになりますが。おかげで、わたしはどこに目を向けたらいいのか、わからなくなりました。まあそれでも、無実の男を追いつめるよりはいいことですが。しかし、あきらめたり、このままで放置するのは無念です」

「そんなことを考えるのはまだ早すぎる」カドフェルは言った。「もう二、三日待って、きみはその間、王の仕事に心を振り向ければいい。まだ、手がかりの糸がまったくなくなったわけでもなさそうだから」

夕べの祈り《ヴェスパー》がはじまる前に、カドフェルは院長の宿舎を訪れ、面会を申し出た。宗規が是認するよりもずっとしばしば日課をまぬがれている彼は、要望を言い出すことに多少、気がとがめた。それでなくても、今回のもくろみは、はっきりしたあてがあるわけではなかった。院長の信頼は、それ自体がいくぶん重荷でさえあった。

「ファーザー、今日の午後にはヒュー・ベリンガーがあなたを訪れ、ブライトリックという男について、どういうことがあったかを話したことと思います。一年ほど前にその男と一緒に行動していた女が姿を消したのですが、それは死んだためではありませんでした。彼女は自分から姿を現わし、ブライトリックから危害を加えられたことはないと証言しました。そこで、ブライトリックは釈放されました」

「そのことなら、たしかに聞いた」ラドルファスは言った。「ヒューはわしのところで、一時間くらい話しこんでいった。その男の無実がわかり、釈放されたことは喜ぶべきことだ。だが、死者に対するわしらの責任は消滅したわけではない。そのことの調べは、これからも続行しなければならぬ」

「ファーザー、じつは、明日ちょっと外に出てもいいかどうか、その許可をいただきに来たのです。数時間あれば十分だと思います。このたび判明した事柄から、ぜひとも答えを探る必要のある疑問が生じたからなのです。ヒュー・ベリンガーに、このことを調べたほうがよいと勧めることはしませんでした。ひとつには、彼は王の仕事で頭がいっぱいということもありますが、もしかすると、わたしが見当ちがいをしているかもしれないと思ったからです。もしそうなら、わざわざ彼の手を煩わす必要はありません。そして、もしもわたしの推測が当たっていることがわかったら……」カドフェルは真剣な顔つきになった。「そのときには、すべてを彼の手に託して、彼の処置に任せればいいと思うのです」

「わしは聞かせてもらえるのかな……」院長はしばらく考えこんだあと、口元にかすかな苦笑を浮かべて訊いた。「その疑問とやらを？」

「じつはお話ししたくないのです」カドフェルは率直に言った。「正しいか正しくないか、わたしが自分で答えを得るまでは。もしもわたしが、なにもないところに企《たくら》みを嗅《か》ぎつけがちな疑い深い老人にすぎないとしたら、そんな無駄な考えで他の人の頭を混乱させたくないのです。まして、心にしまっておくより口に出してしまうほうがずっと易しい偽りの告発をすることなど、思いもよりません。明日まで、そのことは勘弁してください」

「では、ひとつだけ聞かせてくれ」ラドルファスは言った。「ふたたびブラザー・ルアルドに対して疑いがかかるようなことはないだろうな？」

「それはありません、ファーザー。彼とは無関係です」

「それならよい！　ルアルドがなにか悪いことをするとは信じられんのだ」

「彼はなにもしていません。わたしはそう確信しています」カドフェルはきっぱりと言った。

「少なくとも彼の心は安らかでいられます」

「そうは思わぬ」院長は射抜くような鋭い視線でカドフェルをみて言った。「この修道院の中に住む者はみな、名前もなく、死にぎわの罪の許しも葬儀も行なわれずにこの修道院の土地で死んだ者に対して、気遣いと悲しみを分かちあわねばならぬのだ。そのかぎりでは、この件が落着するまで、わしらには心の平穏はない」

ラドルファスはなおじっと、カドフェルを見つめたままだった。それから彼はやおら身動きして、実務的に言った。

「この件の解決にむけてなら、きみの行動は早ければ早いほどよい。きみの目的地が一日かかるほどの場所なら、厩からラバを引き出してもよい。いったいどこへ行くのか？　それくらいは訊いてもよかろうな？」

「遠いところではありません」カドフェルは言った。「しかし、ラバが利用できれば時間が節約できます。行き先はウイジントンの荘園なのです」

翌日の朝、早朝の祈り《プライム》が終わるとすぐに、カドフェルはラバに乗って、ガニルドがふとしたきっかけで住み着くことになった六マイル先の目的地に向かった。彼は上流のロングナーの地所から渡し舟で川を渡り、セヴァーン川にそそぐ小さな川ぞいに、起伏する畑を両脇に見ながら進んだ。四分の一マイルほどのあいだ、右手に木々と藪の固まりが長々と見えていた。その遠いほうの先には陶工の畑があって、いまは新しい開墾地が一段高い場所に開け、その下には草地がつづいているはずだった。小屋の残骸は取り払われ、菜園はきれいにされ、地ならしされているだろう。カドフェルはその後は一度も見ていなかった。

アプトンまではゆっくりした登りで、道は開けた畑に沿っていた。その先のウイジントンまでの二マイルほどは、よく使いこまれた道が、緑したたる平らな地面に延びていた。ウイジントンの家々のあいだには二本の小川がゆったりと流れ、村はずれで合流していた。この川はターン川に注ぐ。緑の中心には小さな教会があった。これはアプトンの教会と同様、いまはシュルーズベリ修道院に属していて、何年か前にド・クリントン司教が修道院に贈ったものだった。荘園屋敷は村のいちばん先のはずれの、小川から少し引っ込んだところにあった。低い柵がめぐらされ、納屋や牛小屋や厩が柵ぞいに輪状に配置されている。半地下には木材の梁がみえ、上階の玄関口まで急な短い階段がついている。もう仕事で忙しい時間なので、玄関の扉は開け放たれたままだった。パン焼きや乳搾《しぼ》りの女召使いたちは、忙しく立ち働いているはずだった。

カドフェルは門のところでラバから降り、まわりを見まわしながらゆっくりとラバを引いて入っていった。ミルクの入った大きなかめを牛小屋から加工所に運ぶところだった女召使いが彼に気づいて立ち止まったが、ちょうどそのときラバの手綱をとろうと、馬丁が厩から出てきたので、そのまま自分の仕事にもどった。

「ブラザー、早いお出かけで。どのようなご用でしょうか？　殿は朝早くローディントンまで馬で出かけてしまっておりますが。必要なら、呼びに行かせましょうか？　それとも、殿がもどるまでのんびりお待ちになるつもりでしたら、中におはいりください。聖職の身のかたには、いつでもここの扉はあいています」

「いや、忙しい人の日課を乱すようなことはしたくない」カドフェルは機嫌よく言った。「じつは、ある面倒なことで、こちらのお嬢さんに助けていただいたので、そのお礼にうかがっただけなのだ。だから、それさえすますことができれば、すぐにもシュルーズベリに戻るつもりでいる。だが、肝心の名前をわしは知らぬ。こちらの一家には、たくさんの子供がいると聞いたが。おそらく、わしが探しているのは、いちばん上のお嬢さんだろうと思う。ガニルドという召使いを使っている人だ」

その名を聞いても馬丁の態度は変わらず、ガニルドの地位がこの家ですでに確立し、受け入れられていることを示していた。どこの馬の骨ともつかない大道芸人が侍女に取り立てられたことについては、他の召使いのあいだでなにかと噂や陰口にのぼったろう。だが、すでにその時期は通り越していて、ガニルドという女の身の処し方の巧みさを証明していた。

「ああ、それならパーネル嬢のことです」馬丁はそう言い、通りかかった少年を呼び止めてラバの手綱をとらせ、面倒をみるように言いつけた。「お嬢さまは中にいます。ですが、奥方さまは殿と一緒に出かけました。もっとも途中までですが。奥方さまはローディントンの粉屋の女房に用事があったのです。さあ、中に。ガニルドを呼んできましょう」

二人が玄関への階段をのぼり始めると、庭先をゆきかう三々五々の声に代わって鋭い声と子供の笑い声が聞こえ、十二歳と八歳くらいの子供が開いたままの扉から飛び出してきた。二人は階段を二、三段ずつ飛び降りて、あやうくカドフェルにぶつかりそうになったが、息を切らしてなお叫び声をあげながら庭を走っていった。すぐあとに、今度は五歳か六歳くらいの女の子が飛び出してきた。丸々とした両手でスカートをつまみ、その子は兄たちにむかって、待ってと叫んでいた。馬丁はすばやくその子を受けとめて、階段の下に無事に降ろしてやった。その子は短い足を必死に動かして、二人のあとを全速力で追いかけていった。カドフェルは階段の上で振り返り、しばらくその子を目で追いかけた。それから、ふたたび階段をのぼろうと向きを変えると、玄関の扉を額縁にしたように、もっと年かさの娘が立っていて、笑みと驚きを浮かべてカドフェルを見おろしていた。

ガニルドではない。ガニルドが仕える、当の娘に違いなかった。十八歳になったばかりだ、とヒューは言った。十八で、まだ結婚していない。おそらく婚約もしていないであろう。その理由は、彼女の持参金がつつましいためか、それとも父親の親族がそれほど有力でないためだろうが、彼女が下の者の面倒をみなければならぬ長女であり、一家にとってなくてはならぬ存在であるためかもしれなかった。二人の元気な息子に恵まれて、家督の相続に問題はないのだから、二人の娘の面倒をみることはジャイルズ・オットミアにとっては税金のようなもので、急いで片づける必要はないのだろう。だが、彼女の品のよい顔立ちと明らかな気だてのよさをもってすれば、適当な若者さえ現われれば持参金の高は問題にならないに違いなかった。

背は大きくなかったが彼女はぽちゃぽちゃとしていて、からだ全体が輝きを発していた。目と口に笑みが浮かぶと、やわらかな褐色の髪から小さな足まで、まるで全身が笑みを浮かべるようにみえた。顔は丸く、離れぎみの両目はあどけない輝きをみせて見開かれていた。口は大きく豊かで情熱的であると同時に、引き締まっていたが、このときばかりは驚きで少し開いていた。その手には、床から拾い上げたばかりの、妹が放り投げた木の人形が握られていた。

「こちらがパーネル嬢です」馬丁は快活に言い、階段を一歩おりた。「お嬢さま、こちらのブラザーはあなたとお話がしたいそうです」

「わたしと？」目をいっそう大きく見開いて彼女は言った。「さあ、どうぞ。こちらへ。でも、用事があるのは本当にわたしなのですか？　母ではなくて？」

その声は彼女の発する輝きにふさわしく、高くて陽気で、まるで子供の声のようだったが、歌うような抑揚があった。

「わかりましたわ」彼女は笑った。「弟たちもいなくなりましたから、邪魔もなくお話はゆっくりできます。さあ中に入って、窓ぎわの長椅子におすわりください」

二人がすわったアルコーブになった一画は、雨戸が一部下ろされていたが、陰になったところは開け放たれていた。その朝はほとんど風はなく、空は曇っていたが、光は十分だった。娘の前にすわるのは、まるで輝くランプを前にするようだった。しばらくのあいだ、玄関間は二人で占領できそうだった。だが、カドフェルの耳には、通路や台所、あるいは外の忙しげな話し声が、混じりあって聞こえてきた。

「シュルーズベリからいらしたんですか」彼女は言った。

「そうです、あなたに感謝の言葉を伝えるために、修道院長の許可をもらって来たのです」カドフェルは言った。「あなたは侍女のガニルドを、すばやく執行長官のもとへ出向かせてくれたからです。おかげで、ガニルドを殺した容疑で牢に入れられていた男は釈放されました。修道院長と執行長官は、あなたに感謝しています。正義が行なわれることが、二人にとっての最大の関心事です。あなたは不正義が行なわれることを防いでくれたのです」

「でも、その必要を知ったときには、そうせざるを得ませんでした」彼女は簡単に言った。「なにも悪いことをしていない哀れな人を、一日でも長く牢に閉じこめたままにするなんて、できるわけありません」

「どのようにして、その必要とやらを知ったのですか」カドフェルは訊いた。この点を明らかにすることこそ、今度の訪問の目的だった。だが彼女は、自分の返事がもつ重要性には気づかず、元気よく率直に答えた。

「ある人から知らされたのです。もしも今度のことで感謝されるべき人がいるとすれば、それはわたしたちではなく、今度のことを知らせてくれた若者です。なぜって、その人はガニルドという名の女性が去年の冬、このあたりの荘園屋敷に滞在したことがないか、しらみつぶしに当たって調べていたからです。彼は、彼女が今でもこのあたりにいるとは考えもしなかったのです。だから、それを知ったときには、ほっとしたのです。わたしがしたことは、ガニルドに馬丁をつけて、シュルーズベリに出向かせたことだけです。彼はこのあたりを馬で行ったり来たりして、彼女の消息を聞きまわっていました。そして、彼女は死んだと思われているので、もしも生きていたら、出てきてそのことを証明してもらいたいのだと言いました」

「それほど正義に肩入れするとは、たしかにその若者は賞賛に値する」

「まったくですわ！」彼女は上気して相づちを打った。「わたしたちのところに来たのが最初というわけではないんです。彼はここに来る前に、遠くクレセッジまで足を延ばしていました」

「あなたはその若者の名前を知っていますか？」

「ここに姿を見せるまでは知りませんでした。彼はロングナーのサリエン・ブラウントと名乗りました」

「彼はとくにあなたを名指ししたのですか？」カドフェルは訊いた。

「いいえ、そんなことは！」彼女は驚き、おもしろがった。質問のしつこさに彼女が奇妙な思いを抱いたかどうかは、そのときのカドフェルには確信が持てなかった。彼女は躊躇《ちゅうちょ》することなく答えた。「彼は父を訪ねてきたのです。しかし、父は外に出て留守で、彼が馬で入ってきたとき、わたしはちょうど中庭にいたんです。彼がわたしに話しかけたのは、ほんの偶然でした」

（少なくとも彼には嬉しい偶然だったろう。困り果てたあげくに予期しない慰めが待ち受けていたのだから）とカドフェルは思った。

「それで、探している女をとうとう見つけたと知ったとき、彼はその女と話をしたいと言いましたか？　それとも、話はあなたに頼んだのですか」

「彼は彼女と話をしました。わたしの見ている前で、彼は彼女にその行商人がどうして牢に入れられたかを話して、彼女が出向いて自分が無事であることを証明しなければならないと説得しました。それで彼女も納得して、そのようにしたんです」

笑みこそなくなり彼女は真剣な顔つきになったが、それでもなお率直さと輝きは失われなかった。澄んだ目の輝きからみて、彼女がカドフェルの質問の裏にひそんだなにかの目的に気づき、その意味に関心を集中したことは明らかだった。かといって、彼女はなにかを隠したり、ごまかしたりしようとはしなかった。真実が害をおよぼすことはありえない、と彼女は信じていた。それをみて、カドフェルはためらうことなく最後の質問をぶつけた。

「彼には、彼女と二人だけで話す機会はあったのですか？」

「ええ、ありました」パーネルは言った。カドフェルの顔にじっと注がれた目は、髪の色よりもほのかな、金色がかった褐色だった。「彼女は彼に感謝して、彼が馬に乗って立ち去るとき、一緒に中庭に出て行きました。ちょうど弟たちが帰ってきたところだったので、わたしは家の中にいました。みんなの夕食の時間だったんです。でも、彼はそれ以上ここには留まりませんでした」

だが、彼女は彼を誘ったのだ。彼を気に入ったに違いなかった。そしていま、彼女は彼に好意を抱き、とくに不安を感じることもなく、目の前のシュルーズベリの修道士がサリエン・ブラウントの行動や寛大さや関心事について、いったいなにを本当は知りたがっているのだろうと思案をめぐらしていた。

「二人がなにを話したのかは、わたしは知りません。でも、不都合なことはなにもなかったと思います」

「それについては、だいたいの見当はついています」とカドフェルは言った。「彼は彼女に、城の執行長官のもとへ出頭したときは、彼女を捜しに彼がやってきたということには触れないように頼み、ブライトリックが苦境にあって、彼女が死んだと思われていることを世間の噂で知ったのでやってきた、と言うように頼んだのでしょう。噂は早く伝わります。だから早晩、今度のことは彼女の耳に達したはずです。しかし、これほど早くはなかったでしょう」

「彼が自分の善意に対して、なんの名誉も欲しがらなかったことは、そのとおりだと思います」パーネルは顔を紅潮させて言った。「でも、なぜでしょう？　彼女は彼の希望どおりにふるまったのですか？」

「そうです。そのことで彼女は責めを負うことはありません。彼が彼女にそう頼むことは正当なことでもあったのです」

たぶん、正当なだけでなく、その必要もあったのだ！　カドフェルは立ち上がり、時間を割いてくれたお礼を言って、立ち去ろうとした。だが、彼女は手を伸ばして彼を引き止めた。

「ブラザー、なにも召し上がらないで立ち去るなんていけません。昼食を一緒にすることまではできないなら、ガニルドを呼んでワインを持ってこさせるくらいはわたしにさせてください。今年の夏の祭りのときに、父はフランスのワインを買ったんです」

カドフェルが返事をする前に彼女は立ち上がり、玄関間を横切って網戸をはめた戸口までゆき、ガニルドを呼んでいた。これは公平というものだ、とカドフェルは思った。彼は彼女から欲しいものを手に入れた。彼女は出し惜しみも怖がりもしなかった。今度は彼女が彼からなにかを得る番だ。

「ガニルドにはなにも言う必要はありません」戻ってきた彼女は穏やかに言った。「彼女はずっと、きびしい暮らしを続けてきたんです。だから、それを思い出させるようなことはしたくないんです。彼女はわたしのよい友だちになり、召使いになってくれました。弟たちのことも愛してくれています」

ワインの入った透明な容器とグラスを手に台所から出てきた女は、背が高く、細身というよりむしろ痩せているというほうが当たっていた。だが、黒い簡素なガウンに包まれた身体の動きは、どこか優雅でしなやかだった。白い頭巾で縁取られた卵形の顔は、オリーブの肌のようになめらかだった。黒い目にはカドフェルに対する慎ましい好奇心とパーネルに対するあふれんばかりの愛情がみなぎっていたが、目元はすずしく美しかった。彼女はきびきびと二人にワインを出すと、静かに姿を消した。ガニルドは停泊地を見つけたのだ。少なくとも、ブライトリックのような宿なし同然の者の誘いに乗って、ふたたびそこから出航することはないだろう。たとえこのパーネルが結婚したとしても、まだ面倒をみなければならぬ下の娘がいる。おそらくはいつか、ガニルド自身も結婚するかもしれなかった。たぶんその相手は、長年一緒に同じ主人に仕えた従者で、残りの人生を一緒にやっていけると互いに認めあうことができた者だろう。

「ご覧のように、彼女はとても有能ですし、彼女自身もとても満足しています。ところで……」とパーネルは、自分にいちばん興味のあることを率直に切り出した。「サリエン・ブラウントのことを、もう少し話していただけませんか？　あなたならきっとご存じのはずです」

カドフェルは大きく息を吸いこみ、サリエンが一時ベネディクト派の見習い修道士だったこと、彼の家とその一家のこと、彼がふたたび世俗の生活を選んだことなど、彼女が知っておくのが望ましいと思われる事柄をすべて話した。陶工の畑については、それがブラウント家の持ち物から最終的にシュルーズベリ修道院の持ち物になった経緯と、そこを掘り返したときにひとりの女性の死体が見つかったこと、当局が身元の確認を急いでいることを、かいつまんで話すだけにとどめた。だがそれは、ブラウント家の息子がこの件に特別な関心をもち、無実の者の疑いを晴らそうと骨を折るわけを説明するには十分だった。それはまた、修道院長とその使いであるカドフェルが、この件に関心を示さざるをえないことも、こうしてカドフェルがパーネルと一緒に窓辺に腰を降ろし、ややこしいいきさつをかいつまんで話して聞かせる理由をも説明していた。

「それで、彼のお母様の具合はそんなに悪いんですか？」目に同情を浮かべ、じっと集中して耳を傾けながらパーネルは言った。「でも、彼が最後には家にもどる道を選んだことは、お母様にはどんなにか嬉しかったでしょうね」

「じつは、彼の兄は今年の夏に結婚したのです」カドフェルは言った。「だからいまは、一家には、母親の世話も焼いてくれて、その慰めにもなる若い嫁がいるんです。しかしむろん、母親はサリエンが帰ってくれたことを喜んだでしょう」

「あそこは、ここからそれほど遠いところではないんです」パーネルは半ば夢想するように言った。「ほとんど隣近所なんです。レディ・ドナータは訪問者を喜ぶくらいには元気なのでしょうか？　もしも外出ができないとしたら、寂しいこともあるでしょうね」

カドフェルは暇《いとま》ごいしたが、彼女の巧みな言い方はいつまでも耳の底に残っていた。しっかりした目的をもった温かく元気な声、加えて眼前に浮かぶ輝きと自信に満ちたその顔は、病気や孤独や苦痛とはまったく対極の世界のものだった。だがそもそも、なにか不都合があるだろうか？　たとえその訪問の目的が、彼女の気まぐれの恋心を刺激した若者を探すことであったとしても。彼女の若々しさと魅力は、やつれ果てたその母親にはきっとよい影響を与えるはずのものであるし、彼女が姿を見せるだけで奇跡を呼ばないともかぎらなかった。

カドフェルは秋色せまる畑地を縫って、ゆっくりとラバの背にゆられて戻った。そして、修道院の正門で折れて中に入らずに、そのまま橋を渡って町に入り、城にいるヒューのところへと足を向けた。

城へと向かう坂道にさしかかったとたん、なにかが持ち上がって、城の中が大騒ぎになっていることはすぐにわかった。二台の空っぽの荷車が、きしみながら坂道を勢いよく登ってゆき、塔の下のアーチをくぐっていくところで、城内は広間も厩も武器庫も貯蔵庫も、ありとあらゆる場所に人が忙しく行き来していた。カドフェルはラバの歩みを止め、目立たないようにその渦中にじっとして、しばらくのあいだ、眼前の騒ぎの意味をつかみとろうと努力した。混乱や無秩序は皆無だった。すべては的確で無駄な動きはなく、前もって計画され、計算された準備作業のクライマックスであることを示していた。彼はラバから降りた。すると、ヒューにいちばん古くから仕える執行官のウィル・ウォーデンが、カドフェルに気づいて近づいてきた。彼は荷車の御者に奥に進むように指示していたところだった。

「明日の朝、出陣です。知らせが来たのは、たった一時間前でした。ブラザー、中に入ってください。彼は城門の塔の上にいます」

ウィルはそれだけ言ってカドフェルのそばを離れた。彼は二番目の荷車の御者にアーチをくぐって奥に進むように言い、すばやく荷を積むのを見届けるためにそのあとについて中へと消えた。輸送隊は今日にも出発するに違いなかった。兵士たちは夜明けとともに、馬であとを追うのだろう。

カドフェルはラバを厩係りの少年に託し、城門の中にある衛兵室へつづく奥まった戸口へ足を向けた。ヒューはカドフェルの姿をみとめると、散らかった机から立ち上がり、書類をごちゃ混ぜにして片隅に押しのけた。

「予想はしてましたが、とうとうその時が来ました。王はあの男に対して腰を上げざるをえなくなったのです。面目を維持するためにも、もはやなにもしないでいることはできません。むろん王もわたしと同様、ジェフロワ・ド・マンデヴィルをそそのかして合戦に持ちこむことは無理だろうと思っています。たとえ奴がもうフェン地方からは小麦や牛を調達できなくなったとしても、エセックスの補給線は健在です。それに、沼地や水路が網の目のようになったあの荒涼とした一帯は、やつには自分の掌みたいになじみのある場所です。むろん、やつにかなりの損害を与えることはできますし、追い払うことはできなくても閉じこめることは可能でしょう。どうころぶにしても、スティーブン王はケンブリッジに兵を召集しました。わたしは一定の期間ですが、王と行動を共にするよう命じられました。わたしの隊はフランドルのどんな傭兵《ようへい》より優秀です。王がこのまま急に翻意《ほんい》することさえなければ……過去には何度もそんなことがありましたが……われわれは彼よりも先にケンブリッジに到着することになるでしょう」

ヒューは当面の日常の仕事から、解放されたというわけだった。それに関しては事前の手配はすんでいたから、とくに急ぐ必要はなかった。彼は友人の顔をのぞきこみ、重要な知らせを持ってくるのは王の使いばかりとはかぎらないことを改めて知った。

「そうですか！」彼は穏やかに言った。「王に劣らず、あなたも重要な知らせを持ってきたようですね。わたしはいま、すべての重荷をあなたひとりに任せて、出発しようとしています。さあ腰掛けて、なにがあったのか聞かせてください。行動に移るまでには、まだ時間は十分にあります」

9

「偶然はこの中で、なんの役割も果たしていない」カドフェルは組んだ両腕をテーブルの上に載せて言った。

「きみは正しかった。歴史は繰り返された。それを望んだ人物の手によって、後押しされることによってな。それも二度までだ！　わしは怪しいと思ったので、自分で確かめてみた。わしはあの若者に、今度の件で疑われているもうひとりの人物がいるということを教えてやった。しかも、ブライトリックは容易ならざる事態に直面していると、少し大げさに言ってな。そして、旅芸人は冬をやり過ごす場所を探して、そこに滞在するものだと聞かせてやった。するとどうだ。彼はわしが言ったことをそのまま信じて、ガニルドという名の女がどこか、この近くの荘園に滞在したことがないかどうか、捜しに出かけた。このことで忘れてならぬことは、彼はその女が生きているかどうかも知らず、わしが教えてやった以上のことはなにひとつ知らなかったということだ。幸運にも、彼はその女を見つけた。どういうことになると思う？　女の名前も知らず、顔を見たこともない彼が、なぜブライトリックを救おうと必死になったのか？」

「まったくおかしなことです」テーブルの向こうからカドフェルの目を見て、ヒューは相づちを打った。「ほかのことはともかく、少なくとも彼があの死体の女はガニルドではなく、ガニルドであるわけはないと知っていたということでなければ。さらに言えば、どうして彼はそのことを知りえたのでしょう？　もとから死体の女が何者か知っていて、その女になにが起こったのかを知っていたのでなければ」

「もしくは、知っていると信じていたのでなければ」カドフェルはあくまで注意ぶかかった。

「カドフェル、あの若者は非常に興味ぶかいものに見えてきました。もう一度、整理してみましょう。彼はルアルドの女房が失踪《しっそう》してまもなく、急に家を捨てて修道士になろうと思い立ちました。しかも、そのとき彼が選んだのは、あたりに顔見知りの多いあなたの修道院でもなく、彼の一家がずっとつきあってきたホーモンドの修道院でもなく、はるかに離れたラムゼーの修道院でした。彼にとって忘れがたい場所、見るのも苦しい場所、あるいは危険でさえある場所から逃れようとしたのでしょうか？　ラムゼーが略奪者の巣になったとき、彼はやむをえず家に帰ってきました。そしてたぶん、修道院に入ったことを後悔しはじめたのでしょう。彼はここでなにを知ることになったでしょうか？　女の死体が、かつて彼の一家の持ち物だった土地の土の中から発見され、それは姿を消したルアルドの女房ではないか、ルアルドが殺したのではないかと噂されていたことです。そのあとはなにをしたでしょう？

ジェネリーズが元気に生きていることを証明する話を、彼はしたのです。その彼女がいる場所は遠すぎて簡単に見つけるわけにもいかず、その地方の状況からすれば彼女自身が出頭することもできません。しかし、彼は証拠を持っていました。彼女の持ち物だった指輪です。それは、彼女がここから姿を消してずいぶんたってから、ピーターバラで売り払ったものでした。したがって、死体は彼女ではないということになったのです」

「指輪はまちがいなく彼女のもので、本物だった」カドフェルは言った。「ルアルドには、ひとめ見ただけでそれとわかった。そして、女房が生きていて、彼なしでも元気にやっていることを知って、それこそ大喜びして、そのことに感謝した。きみも彼を見たはずだ。彼には隠しだてする様子はなかったし、まったく正直だったとわしは信じている」

「わたしもそう思います。われわれはルアルドを疑う地点まで押し戻されたとは思いません。ジェネリーズのことは別かもしれませんが。でも、つぎに起こったことを思い起こしてください！　われわれの調べによって、もうひとりの男が浮かび上がり、その男はどこから見ても、これまた姿を消した別の女をまさにあの場所で殺した容疑が濃厚でした。すると、あなたからの話でこのことを知ったサリエン・ブラウントは、その女がやはり生きていることを証明しようと、自発的に女を捜しに出かけたのです。そしてなんという幸運か、実際に女を見つけました！　こうして、彼はルアルドと同様、ブライトリックをも危機から救ったのです。カドフェル、あなたはどう思います？　これらすべてはなにを語っているのでしょう？

あなたの考えを聞かせてください」

「その女が誰であれ、サリエン自身に罪があるということだ」カドフェルは正直にみとめた。「そして、ルアルド、ブライトリック、あるいは他の誰であれ、無実の者に罪をかぶせるのをいさぎよしとせず、一生その責めを自分で背負っていこうとしているのだ。思うに、これはあの若者の性格に合っている。彼は人を殺すかもしれない。だが、それで他人が縛り首になるのは許せないのだ」

「それがあなたの解釈ですか」ヒューは黒い眉をかしげ、口元に苦笑を浮かべながら、じっとカドフェルを観察した。

「そうだ」

「しかし、あなたはそれを信じてはいない！」

それは疑問の表明というより、たんなる言明にすぎず、ヒューの声に驚きはなかった。カドフェルとはもう長いつきあいだったから、カドフェルには自分でさえ気づいていない一種の癖があることを、ヒューは見抜いていた。カドフェルはしばらく黙りこみ、いまの自分の言葉を真剣に考えていた。そして、こう言った。

「ちょっと見には、わしの推論は筋が通っている。その可能性は否定できないし、ありそうなことにさえ思える。もしあの死体がジェネリーズとすれば……ふたたびその可能性は高くなっているわけだが……彼女が目立つ美人だったことは誰もが認めている事実だ。彼にとってはたしかに母親くらいの年齢だし、しかも幼いときからの知り合いだった。にもかかわらず、彼は彼女に恋心を抱き、その罪深さと苦痛からラムゼーに逃れたことを自分から認めた。思春期の若者が、年も離れ自分には手のとどかぬ存在の女性に、しかもよく知っていて、別のかたちの愛情を感じていた女性に恋心をおぼえ、はじめての激しい苦悩を味わうことはよくあることだ。だが、答えも見つからず癒すこともできぬその苦悩から、ただ逃げ出すだけではないなにかがあったとすればどうだろう？　その時の状況を考えてみたまえ。ジェネリーズが愛し信頼した夫は、むりやり身を引き離して彼女のもとを去った。彼女にとっては、生身《なまみ》を裂かれる思いだったろう。しかも、彼女には依然、自由はなく、孤独そのものだった！　捨てられたことに対する怒りと苦痛から、すべての男に対して復讐の念を抱いたとしてもおかしくはない。そんなときには、傷つきやすい若者でさえ例外ではない。彼を誘惑し、犬のような彼の尊敬のまなざしを見て彼女は自分を慰め、それから彼を捨てた。そのような侮辱《ぶじょく》は、はじめての試練の中にある若者にとっては致命的だ。だが、死に近かったのは、むしろ彼女のほうだったろう。彼があの場所から逃れ、世間からも逃れて遠い修道院に入り、彼女の家がある森の茂みさえ見えぬところに行こうとしたことは当然だった」

「たしかに筋が通ります。ありえることですし、説得力もあります」ヒューはほとんどカドフェルの言葉を繰り返した。

「わしの心の中にあるたったひとつの反論は、わしがそれを信じていないということだ。それなりの正当な理由があって、ありえないと考えているわけではない。信じられないだけなのだ」

「あなたの留保はいつも、わたしの行動を鈍らせ、慎重な行動をうながします。今度もそれは変わっていません！」ヒューは思案しながら言った。「しかし、わたしは別の考えも持っています。もしもサリエンがあの指輪を、彼が最後に彼女と別れたときから持っていたとしたら？　そのとき彼女が生きていたか、死んでいたかは不明ですが。もしも、あの指輪は彼女が彼に与えたものだとしたら？　捨てられた苦痛から、夫の愛の贈り物を、彼女がこれまでに得た最も純真で最も痛ましい愛人に無造作に投げ与えたのだとしたら。彼女は自分から、わたしには愛人がいると言いました」

「だが、もしも彼が彼女を殺したとすれば、その形見を持っていたりするだろうか？」

「それはありえます！　彼ならそうしかねません！　そういう例は実際にあります。激越な恋には悪魔的なところがあって、もうひとつの悪魔である憎しみを生みだし、そのあいだに相克《そうこく》が起こるのです。彼はラムゼーにいたとき、ほぼ一年にもわたって、修道院長や聴罪司祭やすべての人に隠して指輪を持っていたのではないでしょうか」

「ラドルファスに誓ったように、彼はそれはしていないだろう」カドフェルは突然思い出して言った。「むろん、彼とて嘘をつく。だが、しかるべき理由もなく、気ままに嘘をつくということはない」

「われわれは彼に、嘘をつく十分な理由を提供したんではないでしょうか？　もしも彼がずっと指輪を持っていて、ルアルドを救うためにはそれを証拠として提出するしかないと思ったとしたら、彼はそれをどこで手に入れたかについてのあのような作り話をでっち上げるほかなかったでしょう。もしもあれが作り話でない証拠さえあれば……」ヒューは偶然のきまぐれさに苛立ちながら言った。「サリエンのことはほとんど……ほとんど……忘れることができるんですが」

「もうひとつわからない点がある」カドフェルはゆっくりと言った。「彼はルアルドに遭ったとき、ピーターバラでジェネリーズの消息を聞いたこと、彼女が元気でいることを、どうしてすぐに伝えなかったのか？　指輪は自分のためにとっておきたかったという彼の言葉が本当だとしても、ルアルドを安心させ、ほっとさせることは、いくらでもできたはずだ。なのに、彼はそれをしなかった」

「しかし、そのときのサリエンは、われわれが死体を見つけたことも、ルアルドに嫌疑がかかっていることも知らなかったのです。ロングナーでの出来事を聞くまでは、ルアルドの女房の消息を彼に知らせる緊急性はなかったのです。おそらく、彼はルアルドがここで幸せに暮らしていることを知って、できることならそのままにしておいてやりたいと考えたのではないでしょうか？」

「わしにはどうも確信がもてないのだ……」薬草園でわずかのあいだサリエンを助手にして

いたときを思い返してカドフェルは言った。「つまり、彼は本当に家に帰るまで、今度のことを知らなかったのかどうかということだ。じつは、彼がロングナーに戻って一家の者に会う許しを院長に申し出た同じ日、ジェロームが薬草園で彼と会っていたのだ。ジェロームが立ち去るときにわしは鉢合わせしたのだが、彼は急いでいると同時に、いつになく変に礼儀正しい感じがした。思うにジェロームの口から、女の骨が発見されたことと、ひとりの修道士に嫌疑がかかっていることに関して、なにかが言われたのではなかろうか？　サリエンはその日の夕方、院長のところに行き、ロングナーに出かける許可を得た。その翌日、家から戻ってきた彼は、修道士から足を洗いたいと言い、同時にあの指輪を出して、どこでそれを手に入れたかを話したのだ」

ヒューはテーブルの上を指で軽く叩いていたが、目は細くなって考えに集中していた。

「そのうち、どっちが最初でした？」

「彼はまず最初に修道院から去りたいと申し出て、その許可をもらった」

「いつも正直な男にとっては、修道院長に嘘をつくのは、その許可のあとのほうが易しいのではないでしょうか。あなたはどう思います？」

「きみの考えは、わしとほとんど同じようだな」カドフェルは暗い表情で言った。

「二つのことは確実です」目下の関心を払いのけてヒューは言った。「サリエンの真意がどこにあるにせよ、われわれの二番目の疑惑が見当ちがいだったことは証明されました。われわれはガニルドに会い、話をしました。彼女は立派に生きていて、賢明にも、ふたたび旅芸人の生活に戻るつもりはありません。ブライトリックについては他の女は浮かんでこないので、彼の無実は証明されました。二人に幸運あれというもんです。カドフェル、もうひとつ確実なことは、この二番目の疑惑が見当ちがいだったというまさにそのことが、最初の疑惑をもう一度クローズアップするということです。われわれはジェネリーズを見ていません。指輪のことはどうあれ、彼女の姿をもういちど目にすることは、むずかしいのではないでしょうか？　にもかかわらず、あなたはその筋書きを信じていない！　いま推測したように、それ以外にはなさそうに見えるのにです！」

「さらにもうひとつ、確実なことがある」カドフェルはヒューに思い出させた。「きみは明日の朝、出かけねばならぬということだ。王の仕事はここでのわしらの仕事同様、待ってはくれぬ。ふたたびきみが指揮をとることができるまでのあいだ、なにかやっておいてほしいことはないかね？　きみの不在があまり長くならぬことを祈っているが」

二人は城門から勢いよく出ていく荷を満載した荷車の音を聞いて、すでに立ち上がっていた。石の床下から聞こえる音は、まるで洞窟からの音のように響いた。徒歩の射手の一隊も、この最初の輸送隊と一緒に出発した。彼らには後に合流する槍騎兵のために、コヴェントリーで元気な馬を徴集する仕事もあった。

「サリエンにも他の誰にも、なにも言わないでおいてください」ヒューは言った。「そして、なにが起こるかじっと見張っていてください。院長にどの程度を知らせるかは、あなたの判断におまかせします。彼は口の堅い人ですから。サリエンには休息を与えましょう。本人が休息できるかどうかはともかく。たとえわたしの眼前から殺しの犯人と思われる人物を消し去ることができたとしても、あるいは彼がそう願ったり、信じたり、祈ったりしたとしても、やはり安眠はできないのではないでしょうか？　今後、いつでもわたしが彼に用事があるときには、都合がつくかぎり彼は顔を見せてくれるはずです」

二人は城の外庭まで一緒に出てゆき、別れの挨拶をした。「むこうの滞在が長くなったときには、アラインを訪ねていただけますか？」ヒューは言った。

混乱状態にあるフェン地方のような場所では、ちょっとした小競り合いでも人は死ぬ。だが、ヒューはなにもアラインには言わなかったし、これからも口にすることはないだろう。サリエンの父のユード・ブラウントがウィルトンの待ち伏せのあと、王の後衛に立って戦死してから、まだ一年にもなっていなかった。変わり身が早く、いつも自分の価値を認めさせておくことに抜かりないジェフロワ・ド・マンデヴィルのような男は、できることなら王との戦いを避け、その直臣にあたるような人物を殺すまいと心がけるはずだった。だが、いくらそう願い、戦いの場所を熟知しているとしても、いざ交戦となれば完全に兵士たちを掌握しておくのはむずかしい。しかも、ヒューは決して兵士たちの後ろで指揮をとるような男ではなかった。

「むろんだ」カドフェルは誠意をこめて言った。「きみたち二人に神の加護を祈ろう。そして、きみと一緒に出かける兵士たちにも」

ヒューはカドフェルの肩に片手を置き、門のところまでついてきた。二人は背丈が同じくらいで、歩調を合わせるのも自然にできた。アーチの下で二人は立ち止まった。

「もうひとつの考えがあるんです」ヒューは言った。「口に出して言わなくても、たぶん、同じ考えをあなたも抱いているはずです。ケンブリッジからピーターバラまでは、そう離れてはいません」

「とうとうそのときが来たか！」

夕べの祈り《ヴェスパー》のあと、カドフェルがその日の行動を逐一《ちくいち》報告し終えると、ラドルファスは真剣な顔つきで言った。「ヒューが王の召集に応えるのは、リンカーン以来のことだ。成功に終わるとよいが。このことで、あまりに長く彼らが不在にならないことをわしは祈る」

今度の対決が簡単に終わるとはカドフェルには思えなかった。自分の目でラムゼーを見てはいなかったが、サリエンの説明によれば、そこは簡単には突破できない自然の壕《ほり》に守られた島で、進入路は細い土手道がひとつあるだけだという。とすれば、ほんの一握りの人数で守ることができるということであり、征服は容易ではなさそうだった。むろん、ド・マンデヴィルの兵士は必要な物資の調達のために、砦から外に略奪に出かける必要がある。しかし、彼らは荒涼とした沼地同然の一帯を熟知した土地の者ばかりだから、いざ敵の接近に遭遇しても、簡単に避難場所を見つけることができるに違いなかった。

「もう十一月で、冬も寸前ということを考えれば……」カドフェルは言った。「それら無法者たちをフェン地方に釘付けにして、彼らによる被害を最小限に食い止める以上のことはむずかしいと思います。たしかに、あの一帯に住む哀れな人たちを、これ以上放置するわけにはいきません。しかし、忠誠心に疑問のあるチェスター伯を近くにひかえるこちらのことを思えば、スティーブン王はこちらの州と辺境を守るために、ヒューとその兵士たちを手が空き次第、すぐにこちらに戻すはずです。王はすばやく攻撃して、ド・マンデヴィルを亡き者にすることを考えると思います。ド・マンデヴィルがいくら処世に巧みでも、今度こそはそれ以外の運命はなさそうです。彼は今回、王との関係を修復不可能なほど悪化させてしまったのです」

「ある者の死を望まねばならぬとは、気が滅入る」ラドルファスは暗い表情で言った。「だが、あの男は抵抗の手だてもない、つつましく暮らす多くの者を死に至らしめてきた。しかもむごい方法でだ。そうした人たちのことを考えれば、わしは彼の死を神に祈らずにはいられぬ。あの殺伐とした土地に平穏と勤勉をよびもどす方法が、はたしてほかにあろうか？ところでカドフェル、もっと身近に起こった死については、しばらくはわしらも動けないということだ。ヒューはアラン・ハーバードを城代として残したのか？」

ヒューの副官は若くて熱心で、有望だった。守備隊の統率にかけてはまだ未熟だったが、いざとなれば経験豊富な腕利きの目上の者の助力を期待できた。

「そうです。それにウィル・ウォーデンが聞き耳を立てて、新たな手がかりに注意を払っています。もっとも、彼はなにかを見つけてもわたしと似て、口をつぐみ、平然とした顔をするほうで、眠っている犬はなるべく寝かせておこうという方針の持ち主です。しかし、ファーザー。サリエンの勧めに応じてあの女が顔を見せたことによって、彼の最初の話には大きな疑惑が生じました。一度だけなら、信用できますし、疑問に思うこともありませんでした。しかし、同じ人間が、同じ事件に関わる二人の人物の無実を証明したのです！　これは偶然では片づけられませんし、簡単にそう信じることもできません。これは偶然とは関係がありません！　サリエンはルアルドにもブライトリックにも殺害者という烙印《らくいん》が押されてはならないと思い、それが不可能であることを証明しようと奔走したのです。彼ら二人が無実であると、どうして彼は確信できたのでしょう……彼が真犯人を知らないかぎり。あるいは、自分は知っていると信じていないかぎり」

ラドルファスは不可解な表情でカドフェルを見返して、カドフェルもヒューもまだ口には出さなかった言葉を率直に発した。

「あるいは、彼自身が犯人でないかぎりは！」

「それはまず最初にわたしにも浮かんだ考えで、まったく当然の結論です」とカドフェルは言った。「しかし、それを認めることはできませんでした。これまでのところ、せいぜいわたしに言えるのは、彼の行動が、あの死に関して……彼の無実とはいわないまでも……彼の無知に大きな疑問を投げかけるということです。ブライトリックの場合には疑問の余地はありません。たんなる人の証言以上のものがあるからです。あの女は自分から出てきて、話をしました。彼女は幸せに生きていて、それに感謝しています。彼女の姿を墓の中に捜す必要はありません。われわれがもういちど目を向けねばならぬのは、サリエンの最初のほうの話です。ジェネリーズが生きているという点に関しては、彼の言葉しか証拠がありません。彼女は顔を見せてもいませんし、むろん話をしてもいません。これまでのところ、証拠といえるものはすべて風聞にすぎません。ひとりの女に関する、あるいは指輪やその他もろもろのことに関する、ひとりの男の言葉でしかありません」

「彼に関してこれまでに知りえたことはわずかだが」ラドルファスは言った。「彼がもともと嘘つきとはとうてい思われぬ」

「わたしもそう思います。しかし、本来は嘘つきでなくても、やむにやまれぬ必要から嘘をつくことは誰にでもあります。ルアルドの疑惑を解くために、彼は嘘をついたのだと思います。しかも……」過ちを犯しやすい男たちとの外の世界での経験を思い起こしながら、カドフェルは確信をもって言った。「そうして追いつめられて嘘をつかねばならなくなったとき、そういう人たちは、軽く嘘をつく人よりもはるかにうまくやってのけるものです」

「きみはずいぶん経験があるものとみえる」ラドルファスはずばりと言ってのけたが、口元にはひそかな笑みが漂っていた。「ところで、ひとりの男の言葉がもう信用できないとすれば、どうやってきみの言う〈これまでのところ〉以上に調べを進めることができるだろう？　それよりは、ヒューがいない間は、放っておいたほうがよさそうだ。ロングナーの者にはなにも言わず、ブラザー・ルアルドにもなにも言わないほうがよい。静かにじっとしていれば、ささやきもはっきりと聞き取れるし、木の葉のそよぎも意味を帯びるというものだ」

「ヒューが最後に言った言葉を思い出します」食堂に向かおうと大きなため息をついて立ち上がりながら、カドフェルは言った。「ケンブリッジからピーターバラは遠いところではない、彼はそう言ったのです」


次の日は聖ウィニフレッドを祀《まつ》る日で、この聖女に関しては六月二十二日についで、シュルーズベリ修道院では重要な祝日だった。後者はこの聖女が移葬されて、ここの教会の祭壇に祀られた最も重要な日で、それに見合った大がかりな儀式が執り行なわれた。行列や祭りには、日が短く冬の到来が近い十一月三日よりも、天候にも恵まれ日も長い真夏の日のほうがずっとふさわしかった。

カドフェルは早朝の祈り《プライム》のはるか前に目を覚まし、サンダルをはき肩衣をつけて、暗い僧坊を抜け出した。夜半の祈り《マタン》や早暁の祈り《ラウズ》のときに用いる教会へとつづく夜間用の階段は、寝ぼけまなこでつまずかないように、一晩じゅう小さなランプが灯されていた。低い仕切り壁でいくつもの小区画にわけられた長細い僧坊には、低い人の声が充満して、穏やかな死霊に満ちた地下の納骨堂のようだった。ため息をつくようなかすかな寝息、郷愁に満ちた夢を見て、まるでむせび泣くように喉にかすれる声、熟睡できない者の身動きの音、その反対に夢も見ずに熟睡する頑健な者が立てるいびき……そして僧坊のいちばん端からは、副院長ロバートの寝息が聞こえた。それは、自分の行動と言葉に満足して、疑いにさいなまれることも夢におびえることもない、深く静かな寝息だった。彼はいつも熟睡していたから、こうして早起きして抜け出しても起こしてしまう気遣いはなかった。この朝ばかりは違ったが、カドフェルはこれまでにも、見つかったら具合が悪いときにも、しばしば抜け出していた。おそらく、熟睡している連中のうちにも、同じことをした者はいるに違いなかった。

彼は静かに階段を降りて、教会の中へと入っていった。中は暗く、がらんとしていて、祭壇に灯されたいくつかのランプだけが、円蓋に包まれた夜の小さな星のように輝いていた。これほど早起きして時間が十分にあるときには、カドフェルはいつもまず最初に聖ウィニフレッドの祭壇に出向いた。そして銀製の聖骨箱の前で立ち止まり、しばしのあいだ同郷の聖女に向かって尊敬と愛情をこめて話しかけた。彼はかならずウェールズ語を使った。なつかしい子供時代のアクセントで話をすると二人の親しみは増して、彼はなんでも彼女に頼むことができるように思い、拒絶されることはないと感じた。特別に懇願しなくても、彼女はケンブリッジにおもむくヒューを守ってくれるはずだったが、むろんそれを口に出しても彼女が気を悪くするはずはなかった。ウィニフレッドの細身の骨は、生前の彼女が布教にたずさわったウェールズの北方はるかに離れたグウィセリンの地中にいまもあるが、それは問題ではなかった。聖人は姿形をもつものではなく、その存在は精霊としてのものであり、慈悲と寛大さを示そうとするときには、どこにでも現われてくれる。

この特別な日の朝には、カドフェルはジェネリーズのためにも、ひとこと祈りたかった。彼にとっては見知らぬ黒髪の女だったが、彼女もやはりウェールズ出身で、その美しい姿は人を不安におとしいれる影となって、彼女を捨てた夫はむろんのこと、他の多くの人びとにもつきまとっていた。果たして彼女は故郷から遠く離れた見知らぬ土地で、見知らぬ人びとのあいだでいまも生きつづけているのか、それともこの修道院の墓地の、あの片隅にやはり静かに眠っているのか？　彼女のことを思うと、なぜかカドフェルは哀れみを覚えた。同じように異郷に埋もれたままになったかもしれない運命を免《まぬか》れた聖女も、きっと彼女に同情して温かな視線をそそいでくれるに違いない。カドフェルはウィニフレッドの祭壇に面した階段のいちばん下に膝をつき、ジェネリーズの話を聖女に物語った。その場所はかつて、この聖女がブラザー・ルーンの手をとって、彼の不自由な足を癒してくれたとき、ルーンが必要のなくなった松葉杖を置いた場所だった。

カドフェルが立ち上がったときには、かすかな薄明はいつのまにか淡い真珠色の光に変容していて、身廊の高窓の形をはっきりと目立たせ、暗闇の中から柱と円蓋と祭壇を浮き出させるようになっていた。彼は身廊を通って西の扉口へと向かった。その扉は戦争や特別な危険が迫っているとき以外は、開け放しになっていた。彼は扉の外の階段の踊り場に出て、橋とシュルーズベリの町へとつづく方向に目をやった。

一行がやってくるところだった。早朝の祈りまでにはまだ一時間以上もあって、やっと馬に乗ることができる程度の明るさしかなかったが、カドフェルの耳には、きびきびと少しこもったような、橋の上を踏むひづめの音がたしかに届いてきた。門前通りの踏み固められた道にさしかかると、音は変化した。そして、やわらかな光が鉄に反射して暗闇の中に馬具と人の形を浮き上がらせる前に、不鮮明ながら闇がうごめくのが見えた。鎧兜《よろいかぶと》はなく、旗槍とぶら下げられた二本のラッパだけが見え、その軽装は兵士というよりまるで職人のように見えた。一行は三十人の騎兵と五人の馬に乗った射手からなっていた。それ以外の射手は、すでに装備とともに出立していた。スティーブン王に仕える点で、ヒューに抜かりはなかった。一行は見るからに頼もしい勢力で、たぶん王が要求した人数より多いに違いなかった。

カドフェルは一行が通り過ぎるのをながめた。ヒューは先頭に立って、お気に入りの痩せた灰色の馬に乗っていた。カドフェルには見知った顔も多かった。城の守備隊の老兵たち、町の商人の息子たち、城壁下の的場で顔見知りの腕のたつ射手たち、州内の荘園から出てきた従者たち……。平時であれば、王領の荘園に課せられる義務は、ひとりの従者と馬具一式をそろえた馬一頭を差し出して、四十日間、オズウェストリ近くでウェールズ人に対する警戒任務に当たるくらいのことだった。しかし、イースト・アングリアが無政府状態の危機にある今は、そんな悠長なことではすまない。それでも、一定の期間が定められているには違いなかった。カドフェルはこのような男たちがどれだけの期間、従軍しなければならぬのか尋ねたことはなかった。騎兵にまじって、堂々と馬に乗ったナイジェル・アスプレーのハンサムな顔が見えた。この若者が背信行為に走ったのは、たった三年前のことだったのをカドフェルは思い出した。今や、忠実に義務を果たすことによって、過去の忌まわしい記憶をぬぐい去ろうとしていることは明らかだった。ヒューが彼を選んだということは、彼がすでに改心して、ふたたび道を踏み外すおそれはなくなったということなのであろう。この若者は元気旺盛で身体も頑健で、利用価値があることはまちがいなかった。

一行は通り過ぎた。踏みしめられた乾いた街道にひびく鈍いひづめの音は、修道院の壁に沿っていつしか遠ざかった。カドフェルは一行の姿が闇に呑みこまれてゆき、壁をまわりこんで完全に見えなくなるまで、ずっと見守っていた。空は厚い雲が垂れこめて、なかなか明るくならなかった。暗い曇り日になりそうで、雨もやってきそうだった。雨はフェン地方で、スティーブン王がいちばん嫌がるものだろう。陸路はせばめられ、沼地の小道はわけがわからなくなる。それでなくても、軍を野営陣地に展開するには多くの金がかかる。むろん、今回は多くの兵士を義務として徴集していたが、それでもフランドルの傭兵を大量に雇う必要は避けられないだろう。彼らは一般人には恐れられ憎まれ、一緒に戦うイングランド人にさえも嫌われていた。だが、王位をめぐる終わりのない戦いでは、両陣営が彼らを必要とした。傭兵にとっては、正しいのは彼らを雇ってくれた側であり、敵側がいっそう多くの報酬を申し出るなら簡単に寝返った。だが、これまでのカドフェルの経験からいえば、いったん契約を交わしたあとは、傭兵たちは概して雇い主に忠実で、少なくともド・マンデヴィルのような連中ほどには、機をみて風見鶏のように簡単につく側を変えるということはなかった。

ヒューに率いられた有能な小隊は姿を消し、あとを引くようにしばらく続いていた地面の震えも静まった。カドフェルは向きを変え、巨大な西口扉からふたたび教会の中へもどった。

教区祭壇のあたりにゆっくりと動く人影があったが、ほの暗いそのあたりはまだランプの光しか届いていなかった。カドフェルはその影につづいて内陣まではいり、その修道士が小蠟燭にランプから火を移し、早朝の祈りにそなえて祭壇の蠟燭に火を灯すのをながめた。その仕事は輪番になっていて、カドフェルはその日の当番が誰かは知らなかった。だが、静かに立ったまま、顔をまっすぐに上げて祭壇を見つめている彼に手を伸ばせば届くくらいの距離まで近づいたとき、カドフェルにはそれが誰かがわかった。背筋の伸びた感じ、痩せてはいるが筋肉質の引き締まった身体、腰のところに組み合わせた大きくて逞しい両手、夢を見ているように大きく見開き一点にすえられた彫りの深い目……ブラザー・ルアルドにまちがいなかった。彼は後ろに近づく足音を聞いても、振り返ることはむろん、他のどんな手段によっても後ろの人物に気づいていることを知らせようとしたりしなかった。カドフェルが袖が触れるくらいすぐそばに立ち、そのために蠟燭がちょっと揺れたとき、ルアルドは初めて大きなため息をついて夢から覚めたように振り向いた。

「ブラザー、ずいぶん早いですね」彼は穏やかに言った。「眠れなかったのですか」

「執行長官が出陣するのを見送るつもりで、わしは早起きしたのだ」カドフェルは言った。

「それで、もう彼らは出かけたのですか」ルアルドは驚いたように息を吸いこみ、以前の自分にも今の自分にもまったく縁のない生涯と試練を思いやった。彼の半生はどのような理由でかはわからぬが、職人の中でもいちばん低く見られることの多い陶工としての半生だった。まじめな陶工がなぜそのように低く見られるのかは、カドフェルにもわからなかった。そしてあとの半生は神への奉仕に費やされようとしていた。ルアルドは町の商人の息子たちとは違って、的場で弓を射たこともなければ、錬成場で棒切れや先の鈍い剣を使って武術に精を出したこともなかった。

「院長はきっと彼らの安全と早い帰還を願って、毎日祈りを捧げるようにさせることでしょう」彼は言った。「ファーザー・ボニファスも教区教会で同じことを行なうと思います」その言い方は心配をしている人に安心と慰めを与えようとする言い方だったが、彼自身にはなにも関係がないというふうだった。狭い世間しか見ていないのだ、とカドフェルは思い、同時に自分の生涯の幅の広さと深さを思い起こして感謝した。そのとき突然カドフェルは、目の前の男の結婚におけるすべての情熱、この男のすべての熱い血は、相手の女から来たものではなかろうかと思いはじめた。

「今日ここから出発した彼らが、ひとりも欠けずに戻ってくるように祈ろう」カドフェルは短く言った。

「それは望ましいことです」ルアルドはおとなしく相づちを打った。「しかし、聖書には、剣をとる者は剣によって滅ぶとも書かれています」

「誠実な剣士はみな、それぐらいのことは心得ている」カドフェルは言った。「だが、剣をとるよりもはるかにひどい悪も存在する」

「たしかにそうでしょう」ルアルドは真剣な表情になって言った。「わたし自身も血を流すのと同じくらい恐ろしいことをしたことがあり、今それを悔い改め、罪を償わねばと思っています。神が望むことをしたことによって、わたしは人を殺してしまったのではないでしょうか？　たとえ彼女が東方で生きていたとしても、わたしは彼女から息を奪ったも同然です。当時はそのことに気づきませんでした。彼女の顔さえはっきりと見ることができず、彼女の心を引き裂いたことを理解できなかったのです。こうしていまわたしは、聖なる招きの声に従ったことが、そもそもいいことだったのかどうか、それさえ彼女のためには捨て去るべきではなかったのかと迷っているのです。神はわたしを試されたのだと思います。カドフェル、教えてください。あなたは外の世界に生き、外の世界を旅し、善にしろ悪にしろ、人が極端に走るところをたくさん見てきているはずです。これまでにいったい、天国の招きを捨ててまで、愛してくれる人のそばに留まって、煉獄《れんごく》に生きる覚悟だった人があるでしょうか？」

そばに立つカドフェルには、この痩せて視野の狭い男の背丈がのびて、いっそう現実味をもった男に変わったようにみえた。それはたんに、いまやすべての窓から降り注ぎ、いっそう強さと明るさを増して祭壇の蠟燭の光を弱々しく感じさせるようになった光のせいかもしれなかった。いずれにしろ、穏やかで控えめなその声が、それほど雄弁になったことは初めてだった。

「人の選択の幅はたしかに広い」カドフェルはゆっくりと慎重を期して言った。「だから、そのような選択もありえないことはない。だが、それほどの不可能事をきみが要求されたとは思えぬ」

「あと三日すると聖イルタッドの日です」自分の灯した蠟燭が安定した大きな炎をあげるのを見守りながら、ルアルドはいっそう静かに言った。「あなたはウェールズ人ですから、この聖人の物語はご存じでしょう。彼には高貴な妻がいて、ナダファン川のそばの葦の小屋で、夫とともに簡素な生活を送るのを望んでいました。ところがあるとき、天使が彼に語りかけ、妻のもとを離れよと告げたのです。ある朝、彼は早起きして妻を家の外に追い出したのです。伝えられるところによれば、ずいぶん手荒なやり方だったとか。彼はそれから修道士になるためにセント・ダイフリッグ修道院に入ってしまったのです。わたしの場合は手荒なことはなにもなく、ただジェネリーズのもとを去っただけでしたが、妻に対する仕打ちはまったく同じでした。カドフェル、ぜひとも知りたいのです。そのようなことを命じたのは本当に天使だったのでしょうか、それとも悪魔だったのでしょうか？」

「その質問に答えることができるのは、神だけだ」カドフェルは言った。「わしらはそれで満足しなければならぬ。きみとまったく同じ招きを受けて、それに従った者はほかにもある。この修道院を建てた太守も、いまはここの祭壇に眠っているが、死ぬ前に妻を残して僧衣をまとった人だ」実際には死の三日前で、しかも妻の同意を得てからだったが、いまこの場でそれを言う必要はなかった。

ルアルドはこれまで、心の内に封印して自分にも見ることを禁じた場所……妻を隠した場所……を開いてみせたことは一度もなかった。第一には聖なるものへの希求が激越だったためであり、ついで妻の顔の輪郭を思い出すことさえ困難にした人間特有の誤謬《ごびゅう》にみちた記憶と感情のせいであった。回心はまるで激しい殴打《おうだ》のように訪れ、すべての感覚を麻痺させた。彼はようやく今になってそれらを取り戻した。ありとあらゆる回想は鋭く激しい苦痛をともなって彼をさいなんでいた。おそらく、今という無限につづく冷たい孤独のなか、そばにはひとりしか人がいないこのときしか、彼が無理にも心を開き、妻のことを話す機会は訪れることはなかったろう。

彼はかいつまんで、はっきりと自分に聞かせるように話した。それは順を追っての秩序ある話し方ではなく、回想にすぎなかった。

「妻を、ジェネリーズを傷つけるつもりはありませんでした……わたしは立ち去るしかなかった……でも、同じことをするにもやり方はいくらでもありました。わたしにはうまくできなかったんです。そもそも、彼女をウェールズから連れ出したのはわたしでした。妻はわたしという男だけを支えにずっと何年も満足して過ごしてきて、それ以上は望みませんでした。妻がわたしに与えたものに比べて、わたしはその十分の一、いやそれよりわずかしか報いませんでした」

カドフェルはじっと身動きもせず、静かな哀歌に聞き入っていた。

「妻は黒髪でした。それは本当に黒く、彼女は美人でした。たぶん、他人もそう言ったでしょう。でも、今はわかります……誰も彼女がどのくらい美人だったかは知らなかったのだと。妻は外に出るときは、まるでベールをかぶったようでした。妻の素顔を見たのはわたしだけでした。あるいは、子供は別だったかもしれません。子供には、妻は素顔を見せたでしょう。わたしらには子供はありませんでした。恵まれなかったんです。そのせいか、妻は隣人の子供たちには愛情を注ぎました。でも、彼女はこれからでも子供が持てないわけじゃありません。もしかしたら、彼女は妊娠しているかもしれないではないですか」

「そうなら、彼女のためにきみは喜べるというのか？」話の腰を折らぬよう、カドフェルは静かに言った。

「喜ばしいことです。わたしは心から喜びます。わたしのほうは大願成就して、彼女が実を結ばないままでいいわけはありません。わたしが自由になったのに、彼女が縛られたままでいいはずもありません。神の招きの声を聞いたときには、わたしはそのようなことを考えもしませんでした」

「ところできみは、彼女が最後に言った言葉を信じているのかね？　彼女は愛人ができたと言ったそうだが」

「ええ、信じています」ルアルドは躊躇することなくはっきり言った。「でも、そのときに妻は嘘をつくはずはないと、わたしが思っているからではありません。今はわかっていますが、そのときわたしは鈍感で、彼女にひどい仕打ちをしたあとだったからです。わたしが妻のところに顔を出したことさえ、彼女には苦痛だったでしょう。わたしがその言葉を信じるのは、あの指輪のせいです。覚えていますか？　サリエンがラムゼーから戻ったときに、持ち帰ったあの指輪です」

「むろん、覚えている」とカドフェルは言った。

早朝の祈りの時間を知らせる僧坊の鐘の音が、鳴り響くのが聞こえてきた。だが、二人には遠くてかすかな音として意識の端にのぼったにすぎず、二人は特別な注意を払うことはなかった。

「あの指輪は、わたしが妻の指にはめてから、ずっと一度も彼女の指を離れることはありませんでした。もうずいぶん時がたっていたので、彼女がそれを外すなんて思いもしませんでした。ブラザー・ポールとともに妻のところを訪れた最初のときには、指輪は彼女の指にありました。しかし二度目のときは……最後に彼女を見たときには、指輪は彼女の指から消えていました。わたしはすっかり忘れていましたが、いまは理由がわかります。彼女は指輪を外して誰かにそれを与えることで、わたしとの結婚を解消し、自分の暮らしからわたしを取り除いて、それを別の男に捧げる決心をしたのです。だから、わたしは彼女に愛人ができたと信じています。愛する価値のある人だ、そう彼女は言いました。わたしは心から、その人が彼女の願いどおりの男であるようにと願っています」

10

聖ウィニフレッドの日の行事と日課と朗読のあいだじゅう、カドフェルの心はその意志に反して、日ごろ特別な尊崇を怠らない聖女とはまったく関係のない事柄に注意をそらされがちだった。彼の心の中では、聖ウィニフレッドの姿は、その短い生涯が突如残酷に閉じられたときのままであった。いつまでも十七歳くらいで、若く美しく輝き、彼女の泉が凍ることを拒み、きらきらと輝く澄んだ水を絶やさず溢れさせているように、その姿はいつも優しさと甘美さで溢れていた。カドフェルはできることなら終日、そのような彼女を思い浮かべて過ごしたかった。だが、彼の心にはしつこく、ルアルドの指輪のことが浮かび、それと連動するかのように、ジェネリーズの指に残された白い帯が浮かんできた。それは、ルアルドに捨てられた彼女が、ルアルドと縁を切った印であった。

もうひとりの男がいたことは、ますます間違いなさそうにみえてきた。その男とともに彼女はこの地を去って、ピーターバラか、その近くのどこか……ド・マンデヴィルの略奪にさらされる危険がいっそう多いどこか……に落ちつこうとしたのだろう。そして殺戮《さつりく》と恐怖の支配が始まったとき、彼女たちは金目のものをすべて金に換え、日の浅い落ちつき先をそこに出立したのだ。あの指輪はこうしてあとに残され、それを発見したサリエンによって、ルアルドの釈放のためにシュルーズベリにもたらされた。

少なくとも、ルアルドはこのように信じているはずだった。今朝がた、祭壇の前で彼が言ったことは、一語一句、真実味にあふれていた。つまり、いまやいっさいの鍵は、ケンブリッジとピーターバラ間の四十マイルほどの距離に隠されているということだった。たしかに短い距離ではない。だが、もしも王の仕事が早めに片づき、ヒューの一隊をチェスター伯の動向を見張るほうに向けるほうがよいと王が判断したなら、ヒューがピーターバラを迂回して帰るのはそれほどの回り道にはならないはずだった。

その結果、もしもサリエンの語ったことがすべて裏づけられたなら……ジェネリーズは今も生きていることになる。しかも孤独ではないことになり、陶工の畑で見つかった女の死体は、なお名無しのまま宙に浮くことになる。だが、そのときには、なぜサリエンはルアルドだけにとどまらず、ブライトリックの無実をも証明しようと、あれほど一生懸命になったのかという新たな疑問がわいてくる。ブライトリックとはなにも接点がないはずなのに、どうしてサリエンはブライトリックの無実を知ることができたのか？　あるいは無実なはずだという確信を持つことができたのか？　それとも彼は、ガニルドが生きていることを、もしくは生きているはずだということを知っていたのだろうか？

これと反対に、もしもサリエンの言葉が嘘とわかったなら……すなわち、彼はピーターバラの銀細工師のところに泊まったことも、指輪をねだったこともなく、したがって彼の話は、たまたま自分がずっと持っていた指輪を根拠にして、ルアルドを救うためにつくりあげたものだったとしたら。そのときには、彼は他人をしばる縄を懸命にほどこうとするなかで、自分の首を絞める縄をなっていたことになる。

だが、その答えはまだで、それを急がせる方法もなかった。カドフェルはできるだけ日課に注意を集中しようとつとめたが、聖ウィニフレッドの日は気もそぞろなうちにいつのまにか過ぎ去った。それからの数日、彼は薬草園の仕事に精を出した。だが、いつものように心から集中することは無理で、ブラザー・ウィンフリッドとともに口数少なく、多少ぼんやりと過ごした。ウィンフリッドは生まれつき温厚で、若者らしく仕事にはげむのが好きだったから、身近にいる人間の気分によって左右されないのが救いだった。

あらためて十一月の暦を見てみる段になったとき、カドフェルはこの月にウェールズ出身の聖人が多いことに気づいた。六日が聖イルタッドの日であることは、ルアルドが思い出させてくれた。彼が語ったとおり、天使の命令にすなおに従い、妻の感情をほとんど省みることのなかった聖人だ。イングランドの教会ではさほど人気はないが、八日が祝日になっている聖タイシリオはポウイス周辺で信仰が篤く、その影響は州境を越えて一帯に広まっていた。この聖人ウェールズに入ってすぐのポウイスのメイフォードにある教会がその中心だった。

はオズウェストリ近くのメイザーフィールドの戦いのとき……聖オズワルドが異教徒に捕らえられて殉教したときだが……キリスト教徒側にたって勲功をあげたことでも有名だった。そのため、その祝日にはシュルーズベリでもある程度の敬意がはらわれていて、当日は町中や門前通りに住むかなりの数のウェールズ人がミサにやってきた。しかし、はるか遠くからやってきたひとりの人物だけは、カドフェルにはまったく予想外だった。

彼女はミサにちょうど間にあう時刻に、年配の馬丁が手綱をとる馬の後ろに乗って、正門から入ってきた。そして、もうひとりの若い馬丁の差しのべる手を借りて、小石だらけの広場に降り立った。若い馬丁が乗ってきた逞しい馬の後部には、ガニルドが乗っていた。二人の女性はすばやく服の裾のあたりを払ってから、落ち着き払ったようすで教会へと向かった。主人の彼女が先頭に立ち、侍女のガニルドは一歩後ろにうやうやしくつき従った。馬丁たちは門番にひとこと、ふたこと話しかけ、それから馬を厩へと引いていった。

侍女を保護者と話し相手に、馬丁を護衛に従えて、彼女の立ち居振る舞いはどこからみても、立派な若い女性に要求されるすべての約束事を満たしていた。日ごろ出歩く界隈《かいわい》を遠く離れるにあたって、パーネルはどんな細部においても、とやかく言われないだけの準備は怠っていなかった。ウイジントンではいちばん年かさといっても、まだ非常に若く、もちまえの率直さと大胆さを注意ぶかく抑えることは至上命令だった。彼女はそれを見事にこなしていた。経験豊富なガニルドは、そのためには最高の助言者だった。二人はそれぞれ手を組み合わせ、視線を下にむけて広場を横切り、南口から教会の中に姿を消した。そのあいだ、広場や回廊のあたりを行き来していた修道士と視線が合うような危険は、二人は決して冒さなかった。

(もしも彼女がわしの推測どおりの思いを抱いているなら) 二人が歩いていくのをながめながら、カドフェルは思った。(彼女の良識と決意をいっそう補強するものとして、ガニルドの世慣れた知識はかならず必要となるに違いない。そして、ガニルドの熱愛ぶりからすれば、いざとなれば彼女はパーネルを守る恐ろしいドラゴンになるだろう)

カドフェルは他の修道士たちと一緒に教会にはいり、内陣の自分の席に向かうとき、ふたたびパーネルの姿を見かけた。身廊は一般の信徒たちで膨れあがっていた。何人かは正面祭壇をのぞくことができる教区祭壇のわきに立ち、また別の何人かは円蓋を支える太い円柱群のまわりに固まっていた。パーネルはひざまずいていたが、たまたま、その顔は蠟燭の灯された内陣からの光によって照らされていた。目は閉じていたが、口は動いていなかった。彼女の祈りは言葉にはなっていなかった。教会にふさわしい正装をまとっているためか、表情は非常に真剣そうだった。やわらかな褐色の髪は白い頭巾に隠れ、教会の中は決して暖かくはないので、ガウンのフードで身体を包んでいた。丸い顔は前に見たときよりも子供っぽく、非常に若い見習い修道女のようだったが、きりっと引き結ばれた口元は成熟した落ちつきを感じさせた。ガニルドは、すぐ後ろにひざまずいていた。長いまつげで半分隠れていたが、目は微動だにせずにしっかりとパーネルに注がれていた。彼女がそばにいるかぎり、パーネル・オットミアに無礼を働く者には災いがふりかかるであろう！

ミサのあと、カドフェルはふたたび二人の姿を捜した。だが、西側扉口から出ようと、ゆっくりと動いていく人びとにまぎれて、二人の姿は見あたらなかった。彼は南口から出て、回廊をへて広場へとまわってみた。彼女はそこで、それぞれの持ち場へと向かう修道士たちが、列を作って出てくるのを静かに待っていた。彼に気づくと彼女は一瞬表情を硬くして目を輝かせ、まるで彼の行く手をさえぎるように、彼のほうに一歩大きく踏み出した。カドフェルはとくに驚きはしなかった。

「ブラザー、少しお話できますでしょうか？　修道院長にはもう、許可をいただきました」その言い方は実務的できっぱりしていたが、礼儀を欠くようなことはなかった。「わたしはたったいま、立ち去ろうとする修道院長にぶしつけにも直接お話したんです。あの方はわたしの名前とわたしの一家を、とっくに知っているようでした。それはあなたから聞いたとしか考えられません」

「院長は、わしがあなたの家を訪れることになった事情を、すべてご存じだ」カドフェルは言った。「わしらみんながそうだが、あの方は正義に無関心ではすまされないのだ。死者に対してと同様、生者に対してもな。だから、その目的にかなうかもしれないと思えば、どのような人と話をすることも拒んだりはしない」

「あの方は親切でした」彼女はそう言ってから、急に穏やかな表情になって微笑みを浮かべた。「もう形式的なことはすべてすみましたから、いまはほっとしています。あなたとは、どこでお話することができますか？」

カドフェルは二人を薬草園にある仕事場に連れていった。外に立ったままで話しこむには、もう寒くなりすぎていた。火床に火は入っていたが、灰をかぶせて火勢は落としてあり、木造のドアは大きく開かれたままだった。ブラザー・ウィンフリッドは冬にそなえて粗起《あらお》こしをするために、垣根のすぐ外の畑に出かけて留守だった。ガニルドは少し距離をおいて、仕事場の中に立った。これならいくら副院長ロバートでも、その会見の礼儀正しさに文句のつけようがないだろう。パーネルが直接、ラドルファスに話をしたのは賢明だった。彼なら彼女が果たした役割を知っているし、彼女の頼みを断わる理由もなかったからだ。ひとつの肉体とひとつの魂を救ったのは彼女ではなかったか？　そして、その片方を彼に見せようと連れてきたのだから。

「さあ、お二人とも腰を下ろして楽に」カドフェルは火床をつついて灰の中から赤く燃える炭が見えるようにしながら、言った。「そして、ここにこうしてわざわざやってきたわけを聞かせてください。あなたの一家には行きつけの教会があり、司祭がいることも知っています。あの教会はアプトンと同じで、この修道院の付属教会なのですから。あそこの司祭は非常にすぐれた人で、学者であることも、ここのブラザー・アンセルムから聞いて知っています。アンセルムはあの司祭の友人なのです」

「あの方は立派な方です」パーネルは少し明るくなった。「わたしが今度のことについて、真剣にあの方と相談したことは、あなたにもおわかりだと思います」彼女はすでに壁を背にして、長椅子の片方の端にきちんと腰を下ろしていた。黒い板壁をバックに、その顔は白く輝いて見え、フードは肩に下ろされていた。彼女の笑みと合図にこたえて、ガニルドは影の中からすべり出て、長椅子のもう片方の端に腰を下ろした。身分の違いをわきまえて、彼女はパーネルと、ある程度の距離をおいてすわったが、それでもその間隔は、女主人との非常に親しい関係を強調する程度には近かった。

「この日にここに来るようになったのは、ファーザー・アンブロシウスが言った言葉がきっかけだったのです」パーネルは言った。「ファーザー・アンブロシウスはブルターニュで何年か学んだことがあります。ブラザー、今日が誰の祝日かは、あなたはもちろんご存じと思います」

「むろんです」火の勢いもついたので、手持ちぶさたをさけるかのように下ろしながらカドフェルは言った。「彼はわしと同じウェールズ人で、この州とは関係が深いのです。で、聖タイシリオがどうしたというのですか？　彼がブルターニュに行ったのは、ある女性による迫害から逃れるためだったとも言われています。ブルターニュでも彼の話はよく知られています。それは、このあとの朗誦《ろうしょう》の時間にお聞きになる物語とほとんど同じです。しかし、ブルターニュでは、彼は別の名前でも知られています。あそこの人たちはサリエンと呼んでいるのです」

「ファーザー・アンブロシウスがそれを教えてくれましたが、わたしはそれを天の恵みだなどと思ったわけではありません。前々から疑問に思い、気にしていたことがあって、その名前はわたしが行動を起こすきっかけになっただけなのです。彼の日なら、いちばんふさわしいではありませんか？　ブラザー、あなたはサリエン・ブラウントが見かけとは異なっていて、そう見えるほど率直でもないと思っておいでと思います。実は、そのことをずっと考えていたのです。わたしの考えでは、彼は例の出来事……陶工の畑でこちらの修道院の鋤《すき》が掘り起こした哀れな女性の死体のことですが……彼はあのことについて、知りすぎていると疑われるようになってきているのではないでしょうか？　知りすぎているから、もしかしたら犯人かもしれないと？　そうではありませんか？」

「知りすぎている、それは確かです」カドフェルは言った。「犯人？　それは推測にすぎません。しかし、疑われるのが無理もないところはたしかにあります」彼は正直に述べたが、彼女もそれを期待していた。

「すべてを話していただけませんか」彼女は言った。「わたしは噂しか知らないのです。どうかわたしに、彼がどのような危機にさらされているのか教えてください。彼自身に罪があってもなくても、彼には他人が不正な目にあうことは許せませんでした」

カドフェルは修道院の鋤が最初の畝をつくったときから、いっさいの出来事を順を追って話した。パーネルは真剣な表情をして聞き入り、丸い額にしわをつくって考えこんだ。彼女のもとを訪れた若者の善意そのものに、なにか悪意が含まれているとは思われず、そんなことは信じることができなかった。だが一方で、ほかの人たちが彼に対して抱く疑惑の理由も無視できなかった。最後に彼女は大きくゆっくりと息を吸いこんで、唇を一瞬かんで思案した。

「あなたは彼に罪があると思いますか？」彼女は率直に訊いた。

「彼には明かしたくないことがあったのだ、と思います。それ以上のことは言えません。すべてはあの指輪について、彼が真実を語るかどうかにかかっています」

「ブラザー・ルアルドは彼を信じたのでしょうか？」

「それは間違いありません」

「彼はサリエンを子供のときから知っていました」

「そして、好きだったかも」カドフェルは言った。「彼がサリエンのことを、あなたやわしよりずっとよく知っていることは間違いありません。彼は、サリエンが嘘をつくなどとは思いもしなかったでしょう」

「わたしもそう思います。しかし、どうしても腑《ふ》に落ちない点があるのです」パーネルはいっそう熱っぽくなった。「彼自身の言葉とは裏腹に、彼はこの出来事について家に帰る前から知っていたのではないか、とあなたは言いました。でも、もしもあなたの言うとおり、ロングナーに帰る許可を申し出る前に彼がブラザー・ジェロームから話を聞いていたのなら、どうして彼はすぐさま指輪を取り出して、言うべきことを言わなかったのでしょう？　どうしてそれを翌日にまで延ばしたのでしょう？　指輪を手に入れたいきさつが彼の言うとおりだったにしろ、あるいははるかに前からそれを身につけていたにしろ、ブラザー・ルアルドをさらに一晩苦しめる必要はなかったはずです。彼ほど優しい心の持ち主がどうしてルアルドに、一日どころか一時間でも長く重荷を背負わせたまま、放っておくことができたでしょう？」

パーネルの言ったことは、その話を聞いたときからカドフェルの心の内にわだかまっていた疑問だった。だが、それをどう解釈したらいいのかわからず、ヒューにもそれを打ち明けてはいなかった。もしもパーネルが同じ疑問を抱いているなら、彼女に代弁させて、さらに探らせてみたらどうだろうか……自分にはこれ以上、動きがとれないのだから。

「わしはまだそこまで調べてはいない。そのためにはブラザー・ジェロームに聞くほかなく、そうするにはもっとはっきりした根拠がないとやりにくいのです。しかし、サリエンがそうした理由はひとつしかないと思います。つまり、なにかの理由で、彼はロングナーに戻ってからはじめてそのことを知ったというふうに装いたかったということです」

「なぜ、そうしたかったのでしょう？」彼女はさらに突っ込んだ。

「彼はなにをするにしても、まずその前に兄と話をしたかったのではないでしょうか？　なにせ一年以上も家を離れていたのです。彼がはじめて知った事柄で一家の者が動揺することがないよう、気をつかったのでしょう。ずいぶん長いあいだ会っていなかったのですから、一家の利害に関係するような事柄に慎重を期したいと思うのは当然です」

パーネルは大きくうなずいて、それには同意した。「おそらく、そうでしょう。しかし、彼が一日のばした理由は、もうひとつ考えられます。あなたもそれを考えているはずです」

「どういうことかね？」

「彼は指輪を持っていなかったということです」彼女はきっぱりと言い切った。「家に帰って持ってこなければ、出して見せることができなかったということです」

彼女は恐れることなく大胆に口に出した。カドフェルはその一途《いちず》さに感嘆した。サリエンには罪のかけらさえなく、それを世間に証明することが自分の唯一の目的であると彼女は確信していた。真実こそなにものにもまさり、それこそが彼女の信念を裏づけてくれるに違いないという確信から、彼女はどこまでもそれを追いかけていた。

「わたしにはわかっています」彼女は言った。「このような追求は、彼にとっては迷惑かもしれないと。しかし、最後にはそんなことにはならないと思います。わたしは彼の無実を信じているからです。いまは、あらゆる可能性を考えてみるほかありません。あなたはおっしゃいました。サリエンはジェネリーズのことを好きになったと。これは彼自身も認めました。だとすれば、もしも彼女が夫に対する腹いせから指輪を他の男にやってしまおうと思ったとすれば、その相手はサリエンだったかもしれません。もちろん、他の男という可能性もあります。疑惑を転嫁するつもりは毛頭ありませんが、あの陶工の隣人だった若者は彼ひとりというわけではありません。彼の一家には年長の兄がいました。誰が見ても美人だったというジェネリーズに、その兄が魅力を感じても不思議ではありません。もしもサリエンに明かすことのできない秘密があるなら、それは自分を守ると同時に兄をも守るような中味かもしれません。わたしには信じられないのです……」彼女は語調を強めた。「この可能性をあなたが考えたことがないとは」

「わしは多くの可能性を考慮しました」カドフェルは冷静だった。「もっとも、事実によって裏づけられるものは少ないのですが。サリエンはたしかに自分のためか、兄のために嘘をついたかもしれません。あるいはルアルドのために。しかし、そのときには、明日も日が昇るというのと同じくらい確実に、あの哀れな死体がジェネリーズであると確信していなければなりません。決して忘れてならないことは……ブライトリックのために奔走したことで可能性は少なくなってはいますが……彼が嘘をついていない可能性も残されているということです。ジェネリーズはどこか東方で、ほかの男と一緒に元気に生きているかもしれないのです。それに、わしらにはまだ、何者かによって敬意をもって埋葬されたあの黒髪の死体が、誰なのかわかっていないのです」

「しかし、あなたはそれを信じてはいません」彼女は言い切った。

「どんなに深く地面に埋めても、球根はかならず芽を出すように、真実はかならず明るみに出る、わしはそう思っています」

「しかし、それを急がせるために、わたしたちにできることはなにもありません」パーネルはそう言って、大きなため息をついた。

「当面は待つしかありません」

「そして祈るしか？」彼女は言った。

にもかかわらず、カドフェルは彼女がつぎになにをするだろうかと、考えざるを得なかった。すべてのエネルギーを一度会っただけの若者に注いでいる彼女には、なにもしないでいることは耐えられないに違いなかった。サリエンが同じように彼女に注目しているかどうかはわからなかったが、彼女のほうに後戻りするつもりがない以上、遅かれ早かれ彼が彼女に注意を向けるのは必然だった。だが、そのほうがあの若者にはいいことかもしれぬ、とカドフェルは思った。もしも彼がこの謎と欺瞞《ぎまん》のこんがらがった状況から、まったく無傷で心安らかに脱出できるようになったとしても、いまの彼には熱中できるものが何もないのだから。

ケンブリッジとフェン地方からの知らせはなにもなかった。まだ誰も、それを期待していなかった。だが、東方からの旅人によれば、天候は悪化していて、大量の雨と、冬の最初の寒波が襲ってきているという。だとすれば、不案内な沼地で勝手知った敵を相手にするのは、困難きわまることに違いなかった。ヒューが発ってからすでに一週間以上にもなったので、カドフェルは約束を思い出し、アラインと彼が名付け親になっているヒューの息子を訪問する許可をもらった。

空はどんよりと曇り、東からの天候の変化はゆっくりとシュルーズベリにまで到達して、細かい雨になった。霧と区別がつかぬほどだったが、いつしかそれは髪と服の繊維にしみこみ、門前通りの灰色の地面を黒く変えていた。陶工の畑では冬用の作物の植えつけが終わり、下方の草地には牛が放たれているころだった。これまでに自分の目でもういちど見る機会はなかったが、カドフェルは鮮明に思い描くことができた。黒くて豊かな地面からは新しい命が芽生え、湿り気を帯びた緑の草地が広がり、藪と木々の土手の下にはイバラが生い茂る。かつて、そこに祝福されない墓があったことなど、すぐに忘れ去られるだろう。灰色の空は憂愁をさそった。

ヒューの家の中庭に入っていくと、喜びの声をあげて小さなジャイルズが飛び出してきて、彼の太股のあたりにかじりついた。カドフェルはほっとすると同時に嬉しかった。あとひと月ほどでジャイルズは四歳になる。ジャイルズはカドフェルの僧衣をしっかりつかんで、喜び勇んで家の中へとひっぱり入れた。ヒューが留守にしているので、ジャイルズはこの家の主人であり、自分の義務と特権をよく自覚していた。彼は威厳をつくって、カドフェルになんでも自分の家にあるものを自由に使ってくださいと言い、うやうやしくカドフェルを椅子にすわらせた。それから、彼はエールを取りに食糧の貯蔵庫に駆けてゆき、まだ丸まっこい幼児のような両手で、エールがいっぱい入っていまにもこぼれそうな大きなコップを、用心しながら運んできた。淡黄色の髪はくしゃくしゃに逆立ち、唇の端で舌の先をしっかりと挟んでいる。母親は息子のバランスと威厳をかき乱すことがないよう、少し距離をおいて後ろについてきた。彼女は息子の金髪の頭越しに、カドフェルにむかって微笑んだ。カドフェルは突然、二人の親子の似かよった顔だちが、雲間から現われる太陽さながらに輝くような気がした。いかにも子供らしい丸ぽちゃの真剣な顔だちと、広い額と尖ったあごを備えた卵形の顔だち、二つはずいぶん違っていながら、やはり非常に似ていた。つやのある白っぽい色つや、百合のような滑らかな肌、洗練された造作、しっかりしたまなざし、すべては共通であった。ヒューはまったく幸運な男だ、とカドフェルは思った。そして、ヒューがいまどこにいても、この幸運がついてまわっているようにと、ひそかな祈りをつぶやいた。

アラインには不安や懸念があるはずだったが、決してそれを表に出すことはなかった。いつものように機嫌よくカドフェルと一緒にすわり、家庭のことや、アラン・ハーバードが留守を預かる城のようすなど、変わらぬ分別を見せてカドフェルに語った。ジャイルズのほうは、数週間前ならばきっとカドフェルの膝によじ登ったところなのに、まるで一人前の同世代の男のように長椅子のカドフェルのそばにすわりこんだ。

「じつは今日の午後、出陣した隊に所属するひとりの射手が、馬で戻ってきたんです」アラインは言った。「はじめての知らせです。彼は小競り合いで負傷したんですが、馬にはまだ乗れるとヒューは判断して、城に帰らせたんです。途中の街道には換え馬が残してありました。射手の傷は治るとアランは言います。でも、弓を引く腕は弱くなるでしょう」

「それで、彼らはどんなようすなんですか？」カドフェルは訊いた。「ジェフロワを合戦に引っ張り出すことはできたんですか」

彼女は首をふった。「そのチャンスは非常に少ないようです。水かさはどこでも増していて、雨は降り続いています。できることといえば、敵方が村を略奪するために危険を冒して外に出てくるところを、待ち伏せすることくらいです。そういうときでも、王の軍勢は不利のようです。ジェフロワの兵士は利用可能なあらゆる小道を知っているため、王の兵士を簡単に立ち往生させることができるのです。それでも、そのような敵の小隊を何度か片づけたとか。スティーブン王の望みどおりではありませんが、それ以上の戦果は無理のようです。ラムゼーは変わりありません。あそこから連中を引っ張りだすことは無理です」

「待ち伏せという冗長な戦法は、あまりに時間の無駄が多すぎる」カドフェルは言った。「スティーブンには、そんなに長くそれを続けることはできない。今のままでは犠牲も多く効率も悪すぎるから、彼はいったん退却してなにか別の手段をとるほかないだろう。もしもジェフロワの軍勢がそれほど大きくなっているなら、彼はフェン地方の村々よりもさらに遠くから物資を補給しなければならぬはずだ。補給線はきっと弱体になっている。ところでヒユーはどうしています？　元気ですか？」

「全身ぐしょぬれで、泥だらけで、寒いでしょう……」アラインは憂鬱そうな笑みを浮かべた。「そしてたぶん悪態をついているでしょうが、あの人は元気です。少なくとも例の射手が彼の元を離れたときまでは、元気でした。いまあなたは冗長な戦法とおっしゃいましたね。でも、これにも取り柄はあるんです。これまでのところ、損害はもっぱらド・マンデヴィルの側のものなんです。ただ、それほどの打撃にはなってはいないでしょうが」

「少なくとも、王にそれを続行させるには十分ではない」カドフェルは思いをめぐらしながら言った。「アライン、わしの勘では、ヒューが戻るのはそう先のことではない」

ジャイルズはさらにカドフェルのそばに近づいて、かたわらに寄り添っていたが、なにも言わなかった。「そうなれば、わが主君も、ふたたびこの邸宅を受け渡さなければならぬな」カドフェルはジャイルズに話しかけた。「むろん、そのあいだの監督がうまくいったかどうかも報告せねばならぬ。執行長官が留守のあいだに、なくなったものなんかがなければいいが」

ヒューの代理人は自分の厳しい監督が問題にされるはずはないと、そのような考えそのものを軽蔑するように短い声をあげた。「ぼくはそれが得意なんだ」彼はきっぱりと言った。「パパもそう言ってる。ぼくはパパよりも、手綱をとるのがもっとうまいって。拍車も、ずっと多く使うし」

「きみのパパは、自分より優れた人に対していつも公正で、妬《ねた》んだりはしないからね」カドフェルはまじめに言った。そして、親しみがもたらす不思議な錬金作用によって、アラインが顔には出さなかった笑みを感じとった。

「とくに女の人に対してはね」ジャイルズはすまして言った。

「それはわしもそう思うよ」


スティーブン王には、どんなことをするときにも粘りが欠けていた。むろん勇気の不足のためではなく、決意の不足のためでもなかったが、王はほんの数日もすると包囲をあきらめて、もっと成果のあがりそうな攻撃を敢行しようとした。このようにひとつの計画を取りやめて新たな計画に飛びつくのは、生来の忍耐力のなさのためか、すぐに挫折する楽観主義のためか、それとも身体を動かしていないと我慢できないたちのためだった。たまに、オックスフォードにおけるように勝利が目前にあるときには、彼も我慢強さを見せたが、手詰まりが明らかなときにはすぐに飽き飽きして新しい刺激を求めた。

フェン地方では冷たい雨にたたられたにもかかわらず、怒りと憎悪が彼の持久力をいつになく長引かせていた。だが、成果は乏しく、十一月の最後の週になるころには、もうこの仕事は完遂できないのではないかという思いが、彼の心に忍び寄ってきた。荒涼とした湿地帯に難渋しながらも、王の軍勢は兵力と装備にものをいわせて、ド・マンデヴィルの支配地域をせばめ、乾いた場所に出てくるならず者の兵士をかなりの数、血祭りにあげていた。だが、敵には豊富な補給物資があって、たとえ一斉攻撃を仕掛けても、かなりの期間もちこたえることは明らかだった。敵を穴蔵からおびき出せる見込みもなかった。

スティーブン王は急に、すぐにも必要な方針変更を見つけだした。ウェールズや、チェスター伯のような油断ならない連中と隣り合わせの地域……侵略の危険にさらされた地域……から召集した軍勢を、もとの場所に送り返そうと考えたのだ。同時にフェン地方においては、彼は兵士というより工兵隊を送り出して、要所要所に早急に敵を封じこめておくための砦を造るよう命令した。そして可能なかぎり敵の支配地域をせばめ、ジェフロワの補給線を脅かす策にでた。砦には、平地や湿地での戦いに慣れた経験豊富なフランドルの傭兵を配せば、すでに獲得した地域を冬のあいだ維持することはできるはずで、合戦にむけて兵を展開するのは天候がよくなってからにすればよかった。

ヒューが、引き連れた兵士ともども、王から簡単な感謝の言葉とともに帰還を命じられたときは、もう十一月も終わりに近かった。失った兵は皆無だったし、何人かが軽く負傷した程度だったので、ヒューはケンブリッジあたりの沼地から引き揚げられることを心から喜んだ。彼は西北に位置するハンティンドンに向かって出発した。そこには王の城があって町を守っていたし、街道も安全だった。そこから、彼は部下たちをまっすぐ西へケタリングに向かわせ、彼自身は北に位置するピーターバラへと馬を進めた。

ニーン川にかかる橋を渡り、町へと入っていくときになるまで、彼はなにが待ち受けているのか改めて考えてみることはしなかった。なんの予断も持たずに出向くほうがよい。彼はそう思った。橋を渡ってまっすぐに進むと市場があり、活気づいて賑《にぎ》やかだった。ここに踏みとどまろうと決心した町民たちは、正しかったようだ。ド・マンデヴィルが餌食《えじき》にできるような孤立して防御も手薄な町はいくつもあったが、この町は触手をのばすには手強すぎたのだ。ヒューは馬を預ける場所を見つけ、そこからは徒歩でプリーストゲートを捜しに出かけた。

その店はたしかにあった。いや、一軒の銀細工師の店がたしかにあり、店を開けていて、繁盛しているようだった。まずは確かめなければならぬ。ヒューは中に入ってゆき、店の奥の窓辺にすわって仕事をしている若者に、ここはマスター・ジョン・ハインドの店かと訊いた。若者は快活にそうだと答え、道具を置くと裏口から出て主人を呼びに行った。ここまではなんの食い違いもなかった。店と主人はサリエンの言ったとおりで、ラムゼーから西へと向かった彼はここに立ち寄ったのだ。

ジョン・ハインドは店番の若者の後ろについて、自室のほうから姿を現わした。一見して町の有力者であり、お気に入りの教会の有力な後援者でもあるに違いなく、おそらく修道院長たちともよい関係を保っているだろう。年は五十くらいで、細身で活力にあふれた姿勢のよい身体を、上等のガウンに包んでいた。痩せて断固とした感じの顔だちの中で黒い目がすばやく動き、ひとめでヒューを値踏みした。

「わしがジョン・ハインドですが。どんなご用で?」風雨の中のうんざりするような待ち伏せと、ときおりの馬上の疾駆のしるしは、ヒューの服にも馬具にもはっきりと表われていた。

「あなたは王の軍勢に参加していたんですな。そうではありませんか? 噂では、王は軍を引き揚げようとしているとか。ド・マンデヴィルなどに、また暗躍のチャンスを与えないよう願いたいものです」

「いや、そのようなことは決してない」ヒューは請け合った。「もっとも、わたしは自分の受け持ちの場所に戻されることになったのだが。われわれがいなくなっても、あなたがたには悪影響はない。フランドルの傭兵たちがあいだで守ってくれるはずだし、砦がやつらを釘付けにするはずだ。冬の到来をひかえたいま、やつらにできることはほとんどない」

「わしらはどこにいようとも、神の息の中にある蠟燭のようなものです」銀細工師は哲学的な見解を披露した。「もうとうにそのことを知っているので、わしは大抵のことには動じない。ところで、帰路の途中でここにお寄りになったのは、どのようなご用で?」

「この十月のついたちか二日の日、ひとりの若い修道士があなたのところに一泊したはずだが、覚えていますか?」ヒューは言った。「ラムゼーの略奪の、すぐあとのことです。彼は修道院長のすすめで、あなたのところを訪ねたと言っています。院長のウォルターはラムゼーでの出来事を知らせるようにと、彼を自分のところとは兄弟にあたるシュルーズベリの修道院に送りだしたのです。その若者を覚えていますか？」

「はっきりと」ハインドは躊躇することなく返事した。「彼はちょうど見習い期間が終わる時期でした。あそこの修道士たちは散り散りになりました。あのときのことは決して忘れません。最初の数マイルのあいだでも、わしは彼に馬を貸してやろうとしました。しかし彼は、やつらが至るところに蜂のように群れているからと言って、徒歩で行きたいと言いました。彼はどうしました？　シュルーズベリには無事、着いたのでしょうな？」

「ええ、そして知らせをもたらしました。彼は元気でした。しかし、その後は修道士から足を洗い、いまは兄のいる荘園に引っこんでいます」

「わしが会ったときにも、彼は自分が正しい道を歩んでいるかどうか疑問を感じていると言いました」銀細工師はうなずいた。「ウォルターは若い者の意向を押しとどめてまで、生き方を強制することはありません。それで、わしはその若者についてなにをつけ加えればよろしいのかな？」

「彼はあなたの店にあった、ある指輪に気づきませんでしたか」ヒューは慎重に尋ねた。「そして、その指輪をとりあげて、あなたが十日かそこら前にその指輪を買い入れたという女性について、いろいろと聞きませんでしたか？　小さな黄色の石がはめこまれた平凡な銀の指輪で、内側にイニシアルが彫られた指輪です。彼はそれをくれと言いませんでしたか？

彼はその女性を小さいときから知っていて、好意を抱いていたんです。いま列挙した事柄はすべて事実ですか？」

長い沈黙がつづいた。銀細工師はヒューの目に見入っていた。思いをめぐらしているのか、痩せた顔だちの線はいっそう鋭くなった。彼はそれ以上、打ち明けるのをよそうと思っているのかもしれなかった。彼の答えによっては、みずからの過失ではなくなにかの不幸な出来事に巻き込まれてしまったのかもしれないその若者に、どんな結果をもたらすことになるか、見当がつかなかったからだ。商売人はあまりに早く、あまりに多くの人を信用することがないよう、細心の注意をはらう。だが、彼は即座に拒否することはひかえ、ヒューをゆっくりと観察したあとに、ひとつの結論に達したようだった。

「中に入って！」彼は変わらぬ慎重さと確信をみせて言った。そして、さきほど自分が出てきた戸口のほうへ向きなおり、ヒューを手招きした。「さあ！　もっと聞かせてください。話がここまで進んだからには、もっと先まで一緒に進めてみましょう」

11

サリエンは僧衣を脱ぎ捨てたが、それに伴っていた時間の習慣は、そう簡単には脱ぎ捨てることができなかった。気がつくと、夜半の祈り《マタン》や早暁の祈り《ラウズ》の時刻にあたる真夜中に目が覚めていて、鐘の音に耳を傾けていた。そして、まわりを取りまく静けさと孤立に気づいて身震いした。本来なら、多くの修道士たちのざわめきや息づかい、ぐっすり寝込んでいる者を起こす声などが聞こえるはずだった。そして夜間用の階段の上に灯った小さなランプが、教会へと下りていく仲間を照らしているはずだった。一年も僧衣を着たあとでは、着ている自分の服さえ、なにか落ちつかなかった。ひとつの生活を断念したまではよかったが、元の生活にそのまま戻ることは不可能だった。いわばまったく新しい生活を始めるのと同じで、予期しない努力と苦痛を強いられた。

それだけでなく、ロングナーの状況は、彼がラムゼーに出発したときとは異なっていた。兄は結婚して荘園主として落ちつき、跡継ぎの誕生を心待ちにしていた。すでに、若い妻のジーヘインは身ごもっていた。ロングナーの土地はかなりの広さがあった。だが、二つの家族で分けてやっていくには……たとえそれがうまくいったとしても……やはり狭すぎた。長男以外の息子は、ほかの一家でもずっとそうしてきたように、どこかほかに生活の基盤を見つけなければならなかった。サリエンは修道院にそれを求めたが、結局は舞い戻った。一家は、彼がふたたび自分の道を見つけるまで、辛抱して面倒をみなければならなかった。幸い、兄のユードは寛容で快活な若者で、弟が好きだった。彼は弟を喜んで受け入れ、弟が自分の進む道を決めるまでは、ロングナーには好きなだけ留まっていいのだと言ってくれた。だが、サリエンがそれを喜んでいるかどうかは、誰にもわからなかった。彼はなんでも仕事を引き受けて、それで一日を目一杯に満たした。厩や牛小屋の仕事はむろん、鷹や猟犬の訓練、放牧地での羊や牛の世話、柵の修理用の木材や燃料用の木を荷車で運ぶ仕事、必要があれば彼はどんなことでもすすんで引き受けた。まるで、体内に破裂しかねないほどのエネルギーが貯まっていて、それをどんなことがあっても絞り出さないと気分が悪いとでもいうふうだった。

室内では彼は物静かだったが、それは以前からのことだった。彼は母親にやさしく気をつかい、何時間も辛抱づよく母親の苦悶につきあうことができた。それはユードにはとても無理だった。苦痛を見せまいとする母親の意志の力はすごかったが、それに耐えぬくことは嘆くよりもむずかしかった。サリエンはそうした母親に感嘆して一緒に辛抱した。母親のためにしてやれることはほかになかった。彼女は終始、威厳をたもっていた。だが、はたして彼がそばにいることは彼女にとって嬉しいことなのか、それとも彼女の重荷をさらに増したことになるのか、その点は不明だった。彼は以前から、母親のお気に入りはユードであり、ユードが母親の愛情の大半を受けて当然と思っていた。それは普通の習わしで、彼には特別の不満はなかった。

彼がどことなく上の空で静かにしていても、ユードとジーヘインはほとんどそれに気づかなかった。二人は愛情を育てているところで、幸福で、生活は充実していた。だから、修道士になりたいというまちがった選択で一年を棒にふり、ようやくそれに気づいて戻ってきた若者には、先のことにじっくり考えをめぐらす時間が何週間かは必要だろうと当然のようにみなしていた。二人はサリエンを放っておき、彼が必要としていると思われる激しい労働を与え、そのうちには彼が自分自身で進む道を見つけてくれるだろうと、愛情をもって見守っていた。

十一月中ごろのある日、サリエンは馬に乗って、ロングナーの所有地でもいちばん東に離れたところにある放牧地まで、ユードの牧夫に用事があって出かけた。そこはターン川沿いの場所で、もうアプトンに近かった。彼は用事をすまして戻りかけたが、急にまた馬の頭を反対方向にめぐらした。そして、アプトンの村を左に見ながら、自分でもどうしてそうしているのかわからなかったが、ゆっくりと馬を進めた。急ぐ必要はなかった。どんなに勤勉に働いても、家で自分が必要とされているとはとうてい思えなかった。空は曇っていたが、空気は乾燥していて穏やかだった。彼はしだいに岸辺から離れて進んでいった。一帯の見通しのよい平らな広がりの中で、いちばん高くなっている小さな丘のてっぺんに着いたとき、彼ははじめて自分がどこに行こうとしているのかを知った。眼前のそれほど遠くないところに、ウイジントンの家々の屋根が裸の木の枝のレース越しに見え、教会のずんぐりした四角の塔が、低い木立の上にかろうじて突き出ていた。

あのときの訪問以来、彼女のことがずっと、目立ちはしなかったが自分の心の奥に巣くっていたことを、彼は気づかなかった。だがいまは目を閉じるだけで、彼女の顔がはっきりと浮かんできた。中庭の固い地面にひづめの音を聞き、誰が来たのだろうと彼女が最初に振り向いたときそのままの顔が。彼女が立ち止まって振り向いたとき、その身体はかすかな微風の中の花のように揺れ、彼を見つめた顔は開花した花そのものだった。そこにはなんの恐れも留保もなく、彼はその一瞥《いちべつ》だけで彼女の本質を見た気がした。彼女の身体は丸っぽくて固く締まっていたが、まるで透き通っているかのようで、内側から光を放つようにみえた。あの日は弱々しい青白い陽が射しているだけで、彼女の茶色を帯びた金色の目と、やわらかな褐色の髪の下の広い額からの反射が光を増すように思われた。彼女はその輝きを惜しみなく彼に向けて微笑み、彼の不安を一掃した。彼をふたたび見るはずもなく、彼のことを考えたりするはずもないのに。

しかし、望んだにせよ、望まなかったにせよ、彼は彼女のことを考えていた。

彼は荘園屋敷がある村のはずれまでやってきていたが、まだそのことに気づかなかった。畑の中に柵の列が見えてきて、その中の急な傾斜の屋根と、囲みを越えた向こうに広がる細長い畑、収穫が終わって裸になった四角い果樹園が見えてきた。彼は最初の小川を、ほとんど気づくこともなく水しぶきをあげて渡っていた。だが、二つ目の小川は、荘園の柵に設けられた広く開け放たれた門のすぐ近くだったから、彼はそこで急に立ち止まった。自分はなにをしているのだろうと思い、そんなことはできない、する権利はないと彼は思った。

柵に囲まれた中庭では、年かさの少年が、幼い女の子を乗せたポニーを引いて、注意ぶかく円を描いて回らせていた。二人の姿はくりかえし現われては、目の前を通り過ぎて、それから消え、また反対方向から現われてきた。少年は偉そうに命令を与え、少女は小さな両手でしっかりとポニーのたてがみを握りしめていた……一瞬、ガニルドが姿を見せた。彼女は自分の監督するいちばん下の子が、まるで男の子みたいに馬にまたがって、ポニーの太った腹を裸のかかとで蹴っているのを見て微笑んだ。彼女はふたたび引っこみ、サリエンの視界から消えた。彼は必死の思いで自分を取り戻し、村のほうへとくるりと向きを変えた。

そこに彼女はいた。ケープの中に隠すように腕でかごを抱きかかえ、彼女は教会のほうからやってきた。褐色の髪は太いおさげに編まれ、緋《ひ》色のひもで結ばれていた。目は一直線に彼に注がれていた。彼女は彼が気づくより前にいち早く彼に気づき、ぐずぐずすることも急ぐこともなく、喜んで彼のほうへ近づいてきた。その姿は、ケープをまとっていることと、髪を編んでいることを除けば、一瞬まえに彼が心に描いた姿とまったく同じだった。その顔は同じように明るく輝き、その目は同じように彼女の心に彼を導き入れるような作用をおよぼした。

彼が立ち止まっている場所から数歩のところで、彼女は立ち止まった。二人は黙ったまま長いあいだ見つめあった。それから彼女は口を開いた。

「いまやってきたばかりだというのに、もうお帰りになるつもりですか？　ひとこともしゃべらず、家の中に入ることもなく？」

彼にはわかっていた。こんなときこそ抜け目なく反応して、自分がいまここにいるのは彼女とも前回の訪問とも、なんの関係もないこと、たまたまこのあたりを通りかかる用件があったこと、そしてすぐにも帰らなければならないこと……そうした言葉を機敏に吐かねばならぬと。だが、彼には、彼女を突き放すための言葉は、どんな嘘も、どんなに乱暴な言葉も、ひとつとして見つけることはできなかった。

「さあ、おいでください。父を紹介します」彼女は簡単に言った。「きっと喜ぶと思います。父は、あなたが以前にここに来たわけを知っています。もちろん、ガニルドが話したんです。そうでなければ、馬と馬丁を用意してシュルーズベリの執行長官のところへ出向くことなど、彼女にできるはずはないでしょう？　わたしたちはもう、父に隠れてこそこそする必要はないんです。あのときあなたが彼女に、ヒュー・ベリンガーにはあなたのことを内緒にしてほしいと頼んだことは知っています。彼女はそのとおりにしました。でも、この家の中では秘密は無用です。そうする理由もないのですから」

その言葉は彼にもよく納得できた。彼女の性質から、父親の人となりは十分に類推できた。誠実で楽天的な一家なのだ。にもかかわらず、彼はここを去るべきだと思った。彼女の心の平穏を乱すべきではなく、彼女の両親に彼女の将来について不安を覚えさせてはならなかった。だが、彼にはそれができなかった。黙りこくって困惑しながらも、彼は馬から下り、手綱を引いて、彼女と一緒にウイジントンの門をくぐった。

カドフェルは十一月二十二日の聖セシリアの日のミサに、二人が出席しているのを見かけた。二人にはそれぞれの教区教会があるのに、なぜここのミサに出ようという気になったのか、その理由は推測するしかなかった。サリエンにはまだ、外の世界では見つけることができない安定と堅固さを持つべネディクト会を慕う気持ちがあって、一方でこれからの生き方を模索しながらも、ときどきそうしたものと接する必要を感じているのかもしれなかった。彼女のほうは、ブラザー・アンセルムの評判の音楽を聞きたいと思ったのかもしれない。この日は音楽の守護聖人である特別な聖女の祝日なのだから。だが、とカドフェルは思った。二人の関係はまだ地元で一緒にぶらつくほどには進んでいなくて、これは二人が会うには絶好の機会、誰にも指弾されるおそれのない格好の場所かもしれなかった。理由はどうあれ、二人は教区祭壇の近くの身廊に陣取っていた。そこなら巨大な円柱の陰とちがって歌声も途切れたりこもったりすることはなく、内陣の中を見ることもできた。二人は寄り添うように立っていたが、触れることはむろん、袖がすれあうこともなかった。表情は二人とも真剣で、澄んだ目を大きく見開いて、静かに注意を集中していた。彼女はあいかわらず輝いていたが、彼女のそれほど真剣な表情を見るのは初めてだった。また、サリエンのほうは、たしかに内心の不安の影が小さな額のしわとなって表われてはいたが、非常にくつろいで、落ちついて見えた。

ミサが終わって修道士たちが外へ出たときには、サリエンとパーネルの二人はすでに西口扉から立ち去っていた。カドフェルは薬草園での自分の仕事へ戻ろうと足を運びながら、二人は何度くらい会っているのだろうか、最初の出会いのきっかけは何だったのだろうと考えた。二人は見つめあったりも、手を触れあったりもせず、それぞれの存在にも気づいていないかのようだったが、それでも二人の態度と集中力には、疑いなく二人を強く結びつけているなにかが感じとれた。

これほどはっきりと親しくなっていて、なおこれほどさりげなく離れているようす、二人が漂わせている、このどっちつかずの雰囲気の理由を見つけるのは、カドフェルにはむずかしいことではなかった。ひとつの重大な疑問の答えが見つかるまでは、未来にむけての決意などできるわけもなかった。サリエンをよく知っているルアルドは、一度として彼の話を疑ったことはないはずだった。そして、この単純さがルアルドには救いになっていた。だがカドフェルには、そうはいかなかった。しかも、騎兵と射手を引き連れたヒューは依然はるか遠くにあって、その運命さえわからなかった。いまは待つこと以外にできることはなかった。

十一月の最後の日、ヒューの配下のひとりの射手がくたびれてよれよれになりながら東方から馬で到着し、まずセント・ジャイルズで足を止めて、大声で知らせをもたらした。執行長官の一隊は多少の怪我人をのぞいてみな元気で、すぐあとからやってくる。王の所領の州から出向いた軍勢は、とりあえず冬の間は、各州の守備にあたるために帰還を命じられた。王は敵を追い出して壊滅《かいめつ》させるこれまでの作戦をとりやめ、敵を一カ所に封じこめ、近隣への被害を最小限におさえる方針に変更した。したがって、今回の軍事行動はとりやめになったのではなく、延期されただけだが、そのおかげでシュロップシャーの兵士たちは無事もどることができるようになった……これがその中味だった。

使者が門前通りに入っていくころには、彼のもたらした知らせは、とっくにそこまで到達していた。彼は進む先ざきで歩調をゆるめて、何度も同じことを大声で知らせ、住民からあがるいくつかの熱心な質問に答えた。人びとは家や店から、道具を手にしたまま飛び出してきた。女たちは台所から、鍛冶屋は火床のそばから、修道院教会の北側玄関の上の部屋からはファーザー・ボニファスが。彼らはみな、安堵《あんど》と喜びにわきたち、使者から聞いて改めて知った細かな事柄を互いに知らせあった。

　先発の使者が修道院の正門を通り過ぎ、橋へと向かうころ、規則正しいひづめの音と馬具の触れあうかすかな音はすでにセント・ジャイルズに達していて、門前通りの人びとは一行を迎えようと、そのままの状態で待っていた。一時間や二時間、仕事の手を休めるのはなんでもなかった。知らせはすでに修道院の中にも浸透していて、修道士たちは咎められもせずに外に出て、一行の帰還を待ち受けていた。彼らの出発を早起きして見送ったカドフェルが、ふたたび彼らの無事にもどる姿を見届けようとしていたのは言うまでもなかった。

　一行が見えてきた。彼らの姿は出発したときと比べれば、むろん少々くたびれていた。槍旗はよごれてほころび、ところどころ裂け、軽装の鎧《よろい》はへこみができて輝きが失せていた。頭に包帯をした者、腕を三角巾で吊った者があり、出発時にはなかった髭をたくわえた者も混じっていた。行軍で服についたしみや汚れは、完全には落ちていなかった。にもかかわらず、彼らはきちんと隊列を組んで、堂々と帰還した。ヒューは一行がコヴェントリーに着く前には追いつき、そこで十分な休息をとらせて、兵士も馬も身づくろいをするよう命じた。荷車と徒歩の射手たちはコヴェントリーをすぎてからは、道も広く、よくなったので、のんびり進むことができた。一行が無事である知らせは、はるか前方に伝わっていった。

　隊列の先頭を進んできたヒューは、甲冑《かっちゅう》を脱ぎ捨てて、自分の上着とマント姿になっていた。彼は門前通りを進みながら、安堵と歓呼の騒々しい声に迎えられた喜びから、かすかに顔を紅潮させ、どこか興奮にとらわれていた。この騒ぎは町中までずっと続きそうだった。いつものヒューは、賞賛や拍手喝采を皮肉っぽくとるところがあった。たとえどんなに絶望的な戦いに直面したにしろ、配下の兵士たちを失ったりして帰還したとすれば、必ずわきおこる非難のつぶやきと、いま目の前にする喝采とは、ほんの紙一重の差しかないことをよく知っていた。だが、ひとりの犠牲者も出さなかった今回は、それを単純に喜んでもよさそうだった。三年前のリンカーンからの帰還のときには、こうではなかった。

修道院の正門のところで、ヒューはずらりとならぶ剃髪頭《トンスラ》のなかにカドフェルの姿を捜し、西口扉の階段の上に彼を見つけた。ヒューは配下の将に耳打ちし、自分の灰色の馬を隊列から離して、一行を先に進ませた。だが、馬からは下りなかった。カドフェルは満足して、ヒューの馬の手綱に手をのばした。

「やあ、これほど喜ばしい光景は絶えてなかったではないか。きみはかすり傷ひとつなく、ひとりの兵士も失わなかった！　これ以上のものを誰が望む？」

「わたしが望んだのはド・マンデヴィルの死でした」ヒューはしみじみと言った。「しかし、それは無理でした。やつを穴蔵から追い立てることができないかぎり、スティーブン王には手も足も出せませんでした。アラインのところには行ってもらえましたか？　なにごともなかったですか？」

「すべて、こともなしだ。きみが戸口に顔を出してやれば完璧だ。ところで、きみは院長のところに顔を出すつもりかね？」

「いや、いまはまだです！　まず部下たちに給料を払って家に帰らせ、それからわたしも家に帰ります。カドフェル、ちょっと頼みがあるんです！」

「喜んでと言いたいところだが、いったいなんだね？」

「サリエン・ブラウントに会って、訊きたいことがあるんです。どこかロングナーではないところで。あの母親は、彼が絡んだ今度のことについてはなにも知らないと思うからです。外出して噂を耳にしたこともないでしょうし、一家の者は負担を与えないように、彼女に話をしなかったと思います。もしも彼女があの死体についてなにも聞いていないなら、青天の霹靂《へきれき》のように今になって知らせることは避けたいのです。もう十分すぎるほどの苦悩を背負っていますから。院長に頼んで許可をもらい、なにか理由をつけて彼を城に来させてもらえませんか？」

「では、なにか発見したというのだな！」だが、カドフェルはその中味を聞かなかった。「それなら、ここに彼を呼ぶほうがずっと簡単だ。院長も遅かれ早かれ、きみの話を聞かねばならぬ。サリエンはわしらの一員だった。院長が声をかければ、彼はやってくる。院長ならすぐにも口実が見つかる。かつての息子の身を案じて、ということでよい。そこに嘘はない！」

「名案です！」ヒューは言った。「それがいい！　彼を連れてきて、わたしが顔を見せるまでここに留めておいてください」

ヒューは灰色のぶちの馬の腹に、踵《かかと》でひと蹴り入れた。カドフェルは手綱を放した。ヒューは隊列を追って、橋と町の方角へと、ゆるい駆け足で去った。隊列の進み具合は、波のように遠ざかる歓迎の声の移りゆきで見当をつけることができた。一方、門前通りぞいの満足と感謝のざわめきはいつしか静まって、花畑の蜜蜂の群れの羽音のような、物憂いうなりに変わっていた。カドフェルは広場へと引き返し、院長との面会を求めにいった。


ロングナーを訪れるもっともな理由を考え出すのは、むずかしいことではなかった。そこには、一時的にせよ痛みをやわらげるために、カドフェルの処方を利用したことのある病気の女性がいた。さらに、最近もどっていった下の息子は、同じ処方のシロップ剤を持参して、長いことどんな薬も拒否してきた母親に、もういちどそれを試してみるよう説得することを約束した。母親の状況を聞き、同時に息子に対しては、ごく最近まで彼が世話になっていた院長からの招待の言葉を告げることは、それほど信用にもとることではなかった。

ドナータ・ブラウントと顔を合わせたことは、カドフェルにはたった一度しかなかった。そのころは彼女はまだ元気で外出もでき、喜んで助言を受け入れる用意があった。そんなとき彼女は一度だけ、施薬所のブラザー・エドマンドのところに相談に現われ、エドマンドによってカドフェルの作業場に連れてこられたのだった。カドフェルはそのときのことを、もう何年も考えたことがなかった。その間に彼女は非常にゆっくりと衰弱して、ロングナーから外へ出ることはなくなり、今ではその中庭にさえ出ることがまれになってしまったのだ。ヒューは正しい。一家の者たちは、すでに耐えきれないほどの重荷を背負っている彼女に、少しでも心配のもとになりそうなことは、決して知らせていないに違いない。最後には知らねばならぬとしても、動かぬ証拠によって、ことがすべて確実になったあとでよい。

彼はたった一度だけ見たときの彼女の姿を思い出した。ずんぐりした彼よりも少し背が高く、そのときでも柳のように細かった。黒い髪には少し白いものが混じり、目の色は深くつやのあるブルーだった。ヒューによれば、今の彼女は枯れた細い枝のようで、動くだけでも必死の努力が必要で、一瞬一瞬が苦痛そのものだという。だが、もしも彼女があのシロップ剤を飲んでくれるなら、ケシの薬効は、しばしの眠りをもたらしてくれるはずだ。カドフェルは心の奥深くで、思わざるをえなかった。彼女は死を一刻でも早くしてくれて、苦痛から解放してくれるものなら、どんなものでも避けはしないのではないか、と。

カドフェルはコッブ種の馬に鞍《くら》を置き、門前通りを東に向かって出発した。いま彼の心にあるのは、彼女の息子のほうだった。サリエンは年をとってもいず、病気でもなく、この若者の苦痛のもとは心の問題、もしかすると魂の問題だった。

まだ早い午後だったが、重苦しい日だった。雲は午前中から濃くなりはじめ、低く垂れこめて距離の感覚を麻痺させていた。だが風はなく、雨の気配も感じられず、町を出て渡し場にむかうにつれ、カドフェルはますます重苦しい静けさを感じた。鉛のような空気のなかでは、木の葉一枚、草の葉ひとつ動いていなかった。川ぞいの草はらを進みながら、彼は陶工の畑の上につづく木々の茂みのほうを見上げた。黒い豊かな耕地は、うっすらと作物の緑におおわれ始めていたが、まるでベールのように弱々しく頼りなかった。岸辺の草地に放たれた牛も、まるで眠っているかのように動かなかった。

草はらを越えて、よく手入れされた林の一帯を抜け、なだらかに開けた斜面をしばらく行くと、ロングナーの荘園に達した。馬丁の少年が手綱をとりに走ってきた。搾乳《さくにゅう》所から出てきて中庭を通りかかった女の召使いが、向きをかえてやってきて、どんなご用ですかと訊いた。突然の訪問客は滅多にないようで、いくぶん驚いているようすだった。実際、そうなのであろう。この荘園は街道から引っ込んでいるため、一晩の宿りを求める旅人や、きびしい天候をさけて一時の避難所を求める人もやってはこないのだ。ここに来るのは、はっきりした用事のある人だけで、飛び込みの客人はいないのだ。

カドフェルは修道院長の名前を出して、サリエンに会いたいと申し出た。彼女の表情からは堅苦しさが消えて笑みが浮かび、たちまち用件を理解したかのようにうなずいた。いったん手の内にした若者を、修道院の人たちがそう簡単に手放すはずはない。彼が修道院を離れてからまだ日が浅いうち、まだ決心がぐらついているうちにこうして訪問し、ふたたび呼び戻すことができるかどうか試みてみるのは無駄ではない。そんなことを彼女は考えているに違いなかった。だが、決して非難のそぶりは見せず、大目にみているようすだった。カドフェルにとっては都合がよかった。彼女には、ほかの召使いたちに自由に話させればよい。サリエンが修道院長の呼び出しに応えることは、彼女の話を補強することになり、彼女らの疑問の解決にさえなるかもしれなかった。

「さあ、どうぞ。みなさんは居間にいます。さあ中に入ってください。きっと歓迎されますよ」

彼女は、カドフェルが玄関口への階段を登りはじめるのを見届けてから、半地下のほうへ向かった。そこには荷車の出入り用の扉が開いていて、中では誰かが樽を転がして積み上げる作業をしていた。カドフェルは玄関間に入った。中庭にいたあとでは非常に暗く思われ、曇り日のためいっそう暗い気がした。彼は立ち止まって目が慣れるのを待った。すでに火床には火が入っていたが、一家の者が集まる夕刻までは、ゆっくりと燃えるように灰がかぶせてあった。いまは全員が外に出て仕事をしているか、台所か貯蔵庫で働いているとみえ、玄関間は空っぽだった。だが、奥のほうにある戸口につけられた重いカーテンが開いていて、扉が半分開いていた。

その部屋の中から声が聞こえた。ひとつは若い男の声で、低い声だが快活だった。ユードか、それともサリエンか……カドフェルには確信は持てなかった。それから女の声……いや女たちの声がした。二人だった。ひとりの声は深いしっかりした声だったが、ゆっくりしていて、言葉を探して声にするのに努力が必要なようだった。もうひとりの声は、若くて歯切れがよくて甘く、率直さがあふれていた。カドフェルには、すぐにその持ち主がわかった。二人はこれほど近しくなっていたのだ。彼女の希望によってか、状況のせいか、それとも運命の手によって、サリエンは彼女を自分の家に連れてくるまでになったのだ。一緒にいる若者は、したがってサリエンということになる。

カドフェルは戸口に立って、カーテンをさらに大きく開き、扉を叩くと同時に大きく開け放った。中の会話は急に途切れた。サリエンとパーネルは瞬時にカドフェルに気づいて自制し、またドナータは少しびっくりするとともに特有の寛大さをみせて押し黙った。ぶしつけな侵入者はまれで、驚きだったが、彼女の少々くたびれた持ち前の威厳は失われはしなかった。

「みなさまに平穏のありますように！」とカドフェルは言った。自然に口をついて出た習慣的な祝福の言葉だったが、彼はその言葉を使ったことに、鋭い罪の意識を感じた。彼がもたらすものは、およそ平穏とは異なるものになりそうなことは、よくわかっていたからだ。

「いやこれは失礼。わしがやってくることはご存じなかったようですな。まっすぐここに通るように言われたのです。入ってもよろしいですかな？」

「さあどうぞ、歓迎いたしますよ、ブラザー！」ドナータは言った。

その声は身体とは不釣り合いに力強かった。おそらく、相当の努力と注意が払われているのだろう。彼女は、突き当たりの壁ぎわに置かれた幅広の長椅子に陣取っていた。その頭上には壁掛け燭台があって、松明のゆらめく明かりが降り注いでいた。彼女は身体をまっすぐに支えるように置かれたクッションの上に収まり、足元には敷物を置いた足おき台を用いていた。卵形のやせこけた顔は、ムラサキ草のような深いブルーの大きくて窪んだ目のせいで、まるで踏まれていない雪の中の青味をおびた影のようだった。枕の上に置かれた両手はクモの糸のように弱々しく、黒いガウンと錦織りの室内着に包まれた身体は、骨と皮しかないように思われた。だが、彼女は依然としてここの女主人であり、その任務を果たすだけの気力を持っていた。

「シュルーズベリから馬でいらしたんですか？　ユードとジーヘインはあなたに会えなくて、さぞ残念に思うことでしょう。二人はアッチャムのファーザー・エドマーのところに出かけたんです。ブラザー、さあすわってください、わたしのそばに。ここは暗くて。わたしはいつでも訪れてくれた人の顔が見たいんですが、このごろは目が衰えて思うようにならないんです。サリエン、さあお客様にエールを持ってきてちょうだい」彼女はそう言ってから、弱々しい笑みをつくってカドフェルに向きなおった。寡黙な口元がやわらいだ。「あなたがここにいらしたのは、あの子にご用があってのことでしょうね、きっと。でも、こうしたことも、あの子が帰ってきてくれたおかげだと思うと、わたしは嬉しいんです」

パーネルはなにも言わなかった。彼女はドナータの右手にすわり、カドフェルを見つめたままじっと静かにしていた。彼女はこの予期せぬ訪問の裏に隠された目的を、サリエンよりもさらに敏感に感じとったかもしれない。ともあれ、彼女は押し黙ってなにも言わず、年長の者に敬意を払い、気をつかう、育ちのよい令嬢の役割を、あいかわらず演じつづけた。これが最初の訪問だろうか？　そうだろうとカドフェルは思った。二人の若者には、どこかしら緊張が読みとれた。

「わしの名はカドフェルです。息子さんは何日かわしらの修道院に留まったときに、薬草園でわしの助手をしてくれました。彼を失ったのは残念ですが、彼が自分の選んだ道を進むのは当然です」

「ブラザー・カドフェルは非常に寛大だったんです」少し硬い笑顔をつくってカップを差し出しながら、サリエンは言った。

「あなたがわたしに話してくれたことから判断して、おそらくそういう人だろうと思っていました」彼女は言った。「それに、ブラザー、わたしはあなたのことを覚えています。何年か前に、わたしに薬を処方してくれましたね。そしてサリエンがあなたのところを訪ねたときには、もう一度、同じ薬を持たせてくれました。この子はずっと、わたしにあのシロップ剤を飲むように言い続けているんです。でも、わたしにはなにも必要ありません。ご覧のように、わたしはよい看護を受けて、満足しています。あの薬は持ち帰ってください。ほかに必要な人がいるはずです」

「じつは、そのことが今回こちらにお邪魔した理由のひとつなのです」カドフェルは言った。

「あの薬を飲んで、効き目があったかどうか、さらにわしが提供できるものがないかどうかを、お聞きしたかったのです」

彼女はまっすぐに彼の目を見ながら微笑んだ。しかし、「では、ほかの理由というのはなんですか？」としか言わなかった。

「サリエンにわしと一緒にもどって、顔を見せるよう言ってくれと、修道院長に頼まれたのです」

サリエンは不可解な顔つきでカドフェルの眼前に立っていたが、一瞬、急に乾いた唇を湿らせることで、内心をさらけだした。「いますぐにですか？」

「そうだ」この言葉は重すぎて、多少の補足が必要だった。「院長は喜ぶはずだ。院長はあなたの息子を……」カドフェルはドナータのほうに向きを変えた。「短い間ですが自分の息子のように思っていたのです。父親のような彼の思いは、まだ消えていません。院長はきっと喜ぶ……」カドフェルはふたたびサリエンの顔を見上げて、強調した。「きみの顔を見て、すべてが順調にいっていることを知れば。それ以上のことは、わしらはなにも望んでいない」そのあとになにが起ころうと、少なくとも、このことは真実だった。彼らが望むものを得ることができるかどうかは、別問題だった。

「一時間か、二時間くらい、待っていただけませんか？」サリエンは冷静だった。「パーネルをウイジントンまで送り届けなければならないのです。まず、それをすませてからでないと」

カドフェルには、その意味はすぐにわかった。サリエンはこう言っていた。修道院から戻ってくるのは、ずいぶんあとのことになるだろう。だから、その前に、まだ片づいていないことをきれいに片づけておくほうがよい。

「その必要はありません」ドナータはきっぱりと言った。「パーネルは差し支えなければ、ひと晩、わたしと一緒にここに留まってもいいんですから。ウイジントンには使いをやって、彼女が無事にわたしのもとにいることを知らせましょう。若い人が来てくれる機会はそう多くはないんですもの、そんなに早く行かれてしまうのは心残りです。サリエン、あなたはブラザー・カドフェルと一緒に行きなさい。わたしたち二人は、あなたが帰るまで、ここでゆっくりとくつろいでいるつもりです」

それを聞いたサリエンとパーネルの顔には、明らかに警戒の色が現われた。二人はちらっと目配せしたが、パーネルはすぐにこう答えた。「そう言っていただけるなら、嬉しいですわ。弟たちの面倒はガニルドがみてくれますし、母もきっと、わたしが一日留守になることを大目にみてくれると思います」

ドナータは悲惨のどん底にあるにもかかわらず、やはり下の息子のことが心配で、彼が初めて女性に興味を抱くようになったことを歓迎しているのだろうか？　しかし、ゆっくりと近づく死を見つづけてきた気丈な母親というものは、整理のついていない事柄に決着をつけたいとも望むのではなかろうか?

カドフェルはそのとき、ドナータのどこが自分を驚かすのか、はじめて理解した。彼女の病気はたしかに髪を白くし、痩《や》せ細らせていたが、決して年をとらせているようには見えなかった。その姿はむしろ、四月のこれから蕾《つぼみ》を開こうとする時期に、急に養分が欠乏してしぼませられてしまった少女のように見えた。パーネルの輝きの前では、彼女は、まるで風に吹き飛ばされた水蒸気の塊《かたまり》、子供の幽霊のようだった。だが、どこにあっても、彼女が主役であることは間違いなかった。

「それでは、ぼくは馬の準備をしてきます」サリエンは、気晴らしに森の中をちょっと走ってこようとでも考えていたかのように、気楽な調子で言った。彼は身をかがめて母親の落ちくぼんだ頰にキスをし、母親は片方の手をのばして息子の顔に触れた。枯れ果てて繊維だけになった木の葉がまといつくように見えた。サリエンは母親にもパーネルにも別れの言葉は吐かなかった。そうしていたなら、きっとなにか不吉な予感を二人に感じさせずにはすまなかったろう。サリエンはきびきびと玄関間を抜けていった。カドフェルは残った二人に丁重に別れの挨拶をしてから、サリエンのあとを追って厩へと急いだ。

二人は中庭で馬に乗り、ひとことも言葉をかわさず、ならんで出発した。カドフェルが言葉をかけたのは、林の一帯にかかってからだった。

「もうきみの耳にも入っているだろうが、ヒュー・ベリンガーは部下たちとともに今日、シュルーズベリに戻ってきた。ひとりの犠牲者も出さずにだ！」

「ええ、聞いています。それに」とサリエンは苦笑まじりに言った。「ぼくを呼びつけたのが誰かもわかっています。でも、修道院長を表に立てたのは、うまいやり方だと思います。いったい、これからどこに出向くのですか？　修道院ですか、城ですか？」

「修道院だ。これに嘘はない。ところで聞かせてくれんか、彼女はどこまで知っているのか？」

「母ですか？　なにも知りません。殺しのことも、ガニルドとブライトリックについても、ルアルドの苦悩についても。修道院の鋤が、もとはぼくたちの一家の持ち物だったあの土地で、女の死体を発見したことも知りません。ユードはなにも話していませんし、ほかの人にしても同じです。母の姿はご覧になったでしょう」サリエンは言った。「どんな小さなことでも、母の苦悩や悲しみを増すようなことは、みんなで避けていました。あなたには感謝しています。同じ気遣いをしてくれたからです」

「もしもそれが維持できるなら、それでよい」カドフェルは言った。「だが、わしの本当の気持ちを言えば、それによってきみが彼女のために役に立ったかどうかは疑問に思う。きみは考えたことがあるかね、彼女はきみたちの誰よりも強いかもしれないということを。もっと悲惨なことは、彼女は最後の最後になって知らねばならぬかもしれぬということだ」

サリエンはしばらく黙ったまま、カドフェルとならんで馬を進めた。頭を上げ、目をまっすぐ正面にすえ、その横顔は曇り空を背景にしてくっきりと見えた。青白く、仮面をつけたように表情は硬かった。寡黙な表情は、まさに母親似だった。

「いちばん後悔しているのは」彼はやっと口を開いた。「ぼくがパーネルに近づいたことです。ぼくにそんな権利はありませんでした。ヒュー・ベリンガーは最後にはガニルドを見つけたでしょう。ぼくがくちばしを突っ込まなくても、ガニルドは必要と知れば自分から出頭したと思います。なんというへまをぼくはやったのでしょう！」

「わしの見るところ、彼女はきみと同じ程度に、すでに今度のことに関わっている」カドフェルは慎重に言った。「だが、それを後悔しているとは思えない」

サリエンはカドフェルよりも前に出て、浅瀬に馬を乗り入れた。カドフェルの耳に、よく通る決然とした声が返ってきた。

「ぼくたちがしたことをやりなおすために、きっとなにかできることがあるはずです。母については、最後のことを考えています。それにも、ぼくには用意ができてます」

12

夕べの祈り《ヴェスパー》のあと、四人は院長の居室に集合していた。窓には鎧戸が下ろされ、入口の扉はしっかりと閉められて外界を遮断《しゃだん》していた。三人は、ヒューがやってくるまで、少々待たねばならなかった。彼はまず城の守備隊を閲兵《えっぺい》し、新たに隊の任務を解いた兵士に給料をはらって家族のもとへ帰し、負傷した者については手当てをしてやるように指示した。彼はそのあとで、やっと自分の家にたどりついた。ぎこちなく中庭で馬から下りると、妻と息子を抱きかかえ、よごれた服を脱ぎ、テーブルについてやっと一息ついた。疑わしい証人……いまや彼の証言はまったく信用できなかったが……を尋問するのは、さらに一時間や二時間さきに延ばしても、なにも差し支えはなかった。

ヒューは夕べの祈りのあとにやってきた。ほっとして、ふたたび元気を回復したようだったが、疲れてもいた。入口で彼は外套を脱ぎ、院長に挨拶した。ラドルファスは扉をしめた。しばらく深い沈黙が支配した。サリエンは板張りの壁ぎわに据えつけられた長椅子にすわって黙りこくっていた。カドフェルは隅のほうの、鎧戸を下ろした窓辺に引っ込んでいた。

「ファーザー、場所を用意していただいて感謝しています」ヒューは言った。「ロングナーの人たちには面倒をかけたくなかったものですから。それに、この件については、あなたも無関係どころか、わたしとまったく同じように重大な関心があるはずです」

「わしらはみな、真実と正義には重大な関心があるものと思う」院長は言った。「ここから出ていったからといって、わが息子に対する責任が免除されるものでもない。サリエンも、この点はわかっているはずだ。ヒュー、ここはきみのいいように進めてくれ」

院長は机の上に散らかっていた羊皮紙その他のものを片づけて、前もってヒューのために自分の脇をあけてあった。ヒューは勧められるまま、深いため息をついて、そこに腰を下ろした。長く鞍にまたがっていたので節ぶしが痛く、治りかけた擦《す》り傷がうずいた。だがともかくフェン地方からは、ほとんど無傷で兵士たちを連れ帰ったのでやれやれだった。いまや、そのほかの土産《みやげ》を披露する段になった。他の三人はそれを待っていた。

「サリエン、あのルアルドの女房の指輪についてのきみの証言と、ピーターバラのプリーストゲートにあるジョン・ハインドの店で、きみがどんなふうにしてそれに出くわしたかについては、今さらきみにも、あるいはあのとき同席した他の人にも思い返してもらうまでもない。名前と場所をわたしはきみに聞き、きみはそれに答えた。ケンブリッジでわたしの隊がお役御免になったあと、わたしはピーターバラに足をのばした。プリーストゲートは確かにあった。その店も見つけた。ジョン・ハインドにも会った。サリエン、わたしは彼と話をした。その彼の証言をこれから伝えよう」サリエンの、蒼白になってはいるが落ちついた顔をじっと見つめながらヒューは言った。「ハインドはきみのことをよく覚えていた。きみは修道院長のウォルターにすすめられたといって彼のところを訪れた。彼はきみを一晩泊めて、翌朝にはきみを送り出した。ここまではきみの言ったとおりだ」

銀細工師の名と店の場所については、サリエンのよどみない答えぶりからしても、嘘はないだろうとカドフェルはみていた。そのときには、残りの部分について調べが必要になるとは、とても思われなかった。サリエンの表情は思いつめたように、まるで大理石のように冷たい感じで、その目はヒューの顔から離れなかった。

「しかし、指輪のことを尋ねると、彼はどんな指輪かと訊いた。わたしが詳しく説明すると、彼はそんなものは見たこともないし、そもそもわたしが言ったような女性から、指輪はおろか、どんなものも買ったおぼえはないと断言した。それほど最近の取り引きなら、たとえ記帳していなくても忘れることはないと彼は言った。実際には、彼はきちんと記帳もしていたのだ。彼はきみに指輪を与えたことはない。与えたくても持っていなかったのだから。きみが言ったことは作り話だった」

ふたたび急に訪れた沈黙は、サリエンの張りつめた静けさに支配されているように思われた。彼は口をきかず、視線を落としもしなかった。ラドルファスの頑丈な手が机の上でときどき小さく動くのだけが、部屋の中に充満する緊張感をやわらげていた。院長の招きの言葉をサリエンに伝え、彼がそれを受け取ったときの決然とした表情からカドフェルが予測していた事態は、院長にとっては非常なショックだった。こと人間の振る舞いで、院長がこれまでに出会ったことがないものは、それほど多くはなかった。むろん嘘つきは知っていたし、相手にしたこともあった。それ自体は驚きでもなんでもなかった。だが、サリエンのようなケースはまったく初めてだった。

「だが、きみは指輪を差しだした」ヒューはじわじわとつづけた。「ルアルドはそれが女房のものであると証言した。それが銀細工師からもらったものでなければ、いったいきみはそれをどこで手に入れたのか？　きみの最初の話は嘘だとわかった。いま、きみは別の、もっと正直な話をする機会を与えられている。嘘つきがみな、このような機会を与えられるわけではない。さあ、言いたいことを言いたまえ」

サリエンは必死の思いで口をひらいた。まるで、なかなか開かない鍵をこじあけてでもいるようだった。

「指輪は前から持ってました」彼は言った。「ジェネリーズがくれたのです。もう院長には話したことですが、ぼくはずっと彼女のことを愛していました。自分で自覚していた以上に。成長して大人になってからも、ルアルドが彼女のもとを去るまでは、その愛が変化してきていたことに気づかなかったんです。彼女の怒りと悲しみが、はじめてそれを知らせてくれました。彼女を動かしたものがなんだったかは、ぼくにはよくわかりません。たぶん、彼女はすべての男に対して、ぼくに対してさえ、復讐していたのでしょう。彼女はぼくを受け入れ、ぼくを利用しました。そして、あの指輪をくれたのです。そんな関係は長くはつづきませんでした」サリエンは苦痛を感じているようには見えなかった。「ぼくは若すぎて、彼女を満足させることはできなかったのです。ぼくはルアルドではなく、ルアルドの心臓を突き刺すほどの重みは、ぼくにはありませんでした」

(なにかおかしい)とカドフェルは感じた。サリエンの言葉は、あるときは情熱の血がかよっていたが、別のときには慎重に選ばれた作りもののように思われた。ラドルファスも同じことを感じたらしく、このときばかりは、もっと簡明な説明を求めて口を開いた。

「息子《マイ・サン》よ、きみはジェネリーズの愛人だったと言いたいのか？」

「違います」サリエンは言った。「ぼくが言いたいのは、ぼくは彼女を愛していたということ、また彼女のほうは、絶体絶命の必要に迫られたとき、彼女の悲しみの中にぼくが少しだけ入りこむのを許したということです。ぼくの苦悩が彼女にとっていくらかでも慰めになるなら、ぼくはいつでもそれに応えました。あなたのおっしゃることが、彼女がベッドにまでぼくを招き入れたかという意味なら、それは違います。彼女は一度もそんなことはしませんでしたし、ぼくもそんなことを頼んだり、願ったりはしませんでした。ぼくの重みや利用価値は、そんなに大きくはなかったのです」

「それで、彼女がいなくなったとき」ヒューは辛抱づよく追及した。「きみはそれについてはなにを知っていたのか？」

「なにも知りません。その点は他の人たちと同じです」

「きみは、彼女になにが起こったと思ったのか？」

「その時期には、ぼくの役目は終わっていました」サリエンは言った。「彼女はその前に、ぼくを見捨てていました。ぼくは世間の人たち同様、彼女は住み慣れた場所に別れを告げ、嫌悪の対象でしかなくなった場所から逃げ出したのだと思いました」

「ほかの愛人と一緒にか？」ヒューは表情ひとつ変えなかった。「世間の人はそう思っているが」

「愛人と一緒だったか、ひとりだったか。どうしてぼくにそれがわかります？」

「よろしい！　きみは他の人間と同じ程度のことしか知らなかった。だが、きみはここに戻ってきて、ひとりの女が陶工の畑に埋められていたのが見つかったと聞いたとき、きみは即座にジェネリーズに違いないと思った」

「ぼくは世間がそう思っているということを知っただけで、そうだとわかったわけじゃありません」サリエンは極度に用心して言った。

「いいだろう！　きみはとくになにかを知っていったわけではない。ということは、きみにはそれがジェネリーズではないとも言えなかったことになる。にもかかわらず、きみは嘘の話を作り上げ、彼女からもらったというあの指輪をすぐにも差し出すことが必要だと考えた。

それは、彼女が確認さえむずかしいはるか離れたところに生きていることを証明して、ルアルドに降りかかった嫌疑をぬぐい去るためだった。だが、ルアルドが無実かどうかは、きみにわかるはずはなかった。なぜなら、いまきみが言ったことからは、きみは彼女が生きているか死んでいるかはむろん、彼が彼女を殺したかどうかも、知ることはできなかったはずだからだ」

「ちがう！」サリエンは怒りに駆られて、板張りの壁から身体を勢いよく前方に突き出した。「ぼくには彼が殺したのでないことはわかってました。彼のことはよく知っているからです。彼が彼女を傷つけるなんて考えられません。人を殺すなんて、彼とは無縁です」

「それほどに信頼をよせてくれる友がいる者は幸せだ！」ヒューはそっけなかった。「いいだろう。先へ進もう。そのときのわれわれには、きみの言葉を疑う理由はなかった。きみはジェネリーズが生きていることを証明した。そこで、われわれは他の可能性をあたり、もうひとりの女を探し当てた。あのあたりに何度か顔を出した女で、最近行方が知れなくなった女だ。するとどうだ、きみの手はふたたび陰で策動した。あの行商人が逮捕されたことを知ると、きみはすぐに、いくつかの荘園をあたりはじめた。あのガニルドが冬の間の避難所にしそうな荘園を捜しまわり、彼女がブライトリックと別れたあとも元気に生きていたと証言することができる人物を見つけようとした。彼女がまだそのあたりにいるとは、きみも予想していなかっただろう。だが、そうとわかって、きみは喜んだに違いない。きみは姿を現わさなくてすむからだ。女が顔を出して、自分を殺した罪に問われている者がいると聞いて、出頭したと言えばよい。二度だ、サリエン！　われわれは二度も、きみの手を、神の手として受け入れなければならないのか？　純粋な正義愛以外に、なにも不純な動機のないものとして？　死んだあの女がジェネリーズではありえないことを、きみは確かに証明した。だが、ガニルドでもないと、どうして確信を持つことができたのか？　この二つを、両方とも信じるのはむずかしい。ガニルドが生きていることは証明された。彼女は自分から出頭して、話をした。これは疑いようがない。だが、ジェネリーズに関しては、きみの証言が唯一の根拠だ。ところが、それは嘘だとわかった。わたしはいま、あの女の名前をさらに調べる必要はないと思っている。きみはあの女の名前を否定することで、それを明かすことになったのだ」

サリエンはもうひとことも言うまいとするかのように、口を閉じ、歯を食いしばっていた。さらに嘘をつくには遅すぎた。

「わたしはこう考えている」ヒューは言った。「きみは、修道院の鋤が土中から女の死体を掘り出したと聞いたとき、一瞬たりともその女の正体を疑うことはなかった。きみは、彼女の死体がそこにあることを知っていたのだと思う。そして、ルアルドが下手人ではないことにも、きみは確信があった。少なくとも、わたしはそう信じている！　サリエン、確信は神にしかありえない。誰がすべてのことを知りうるだろう？　神と、そしてきみだけが、下手人を知っていたのだ」

「わが子よ」ラドルファスは長い沈黙のあとで口をひらいた。「さあ、言うことがあるなら、いま言うのだ。心にやましいところがあるなら、強情を張らずに告白することだ。もしそうでないなら、疑惑を引き起こした張本人はほかならぬきみなのだから、言うべきことを言わねばならぬ。きみの名誉のために言えば、少なくともきみは、他の者に対して、たとえそれが友であろうと見知らぬ人であろうと、無実の罪をかぶせることはいさぎよしとしなかったようだ。その点では、きみはわしを裏切ることはなかった。だが、嘘をつくことは、たとえそのためだったとしても許されない。ぼくがしたのです、これ以上よそを探す必要はありません……率直にそう述べて、他のすべての人を解放するほうがはるかに優っている」

ふたたび沈黙が訪れ、今度はさらに長かった。カドフェルは部屋の中のあまりの静けさに身体が重くなり、息が苦しくなるのを感じた。窓の外では夕暮れとともに低く雲が下りてきて一帯を鉛色につつみ、すべての色彩を奪っていた。サリエンは両肩を後ろの板壁に押しつけ、青い目を半分だけまぶたで隠して、じっとすわっていた。ずいぶんたってから、ようやく彼は身動きしはじめ、両手を上げてこわばった指で頰を押さえたり、こすったりした。絶望のために身体がこわばって、話を始めるにはまず揉《も》みほぐさなければならぬとでもいうようだった。しかし、いったん口をひらくと、その声は落ちついていて、説得力があった。彼は頭を上げ、ヒューを正面から見据えた。一定の決意と立場を固めて、そこからは簡単には譲ることはないという態度だった。

「たしかにおっしゃるとおり！　ぼくは一度ならず嘘をつきました。そして閣下、嘘を嫌うことでは、あなたにも劣らないと思っています。しかし、もしもあなたとひとつの取り引きをすることができるなら、ぼくは誠実にそれを守ることを誓います。ぼくはまだ、なにも告白していません。しかし、いまぼくは人を殺したことを告白します、一定の条件つきで！」

「条件？」内心おもしろがるふうに、黒い眉毛を斜めにつり上げてヒューは言った。

「ぼくに対する情状酌量をお願いするつもりではありません」サリエンは言った。きわめて慎重な措置を要する事柄を論じていて、いちどその中味を聞けば常識のある人なら誰でも同意するに違いないと言わんばかりだった。「ぼくの望みは、母と一家の者が、ぼくのために不名誉や恥辱をこうむらないですむようにということだけです。たとえ生死の問題にかかわることでも、取り引きをしてはならないということは言えないのではないでしょうか？　もしもそれが、非難すべきでない人たちを救い、罪のある者だけを罰するというのであれば」

「きみは、今度の件をいっさい世間に公表しないという条件で、告白をしようというのか？」ヒューは言った。

院長はすでに立ち上がり、怒りをあらわに片方の手を上げていた。「殺しに関しては、いかなる取り引きもありえない。息子《マイ・サン》よ、慎みなさい。きみは犯罪に上塗りしてさらに侮辱を加えようとしている」

「いや、彼に話をつづけさせましょう」ヒューは言った。「誰にも言い分はあるものです。サリエン、つづけたまえ。きみはなにを提案し、なにを望むのか？」

「非常に簡単なことです。ぼくはいまここに呼ばれていますが、ここはぼくが修道士生活をあきらめる決心をした場所です」サリエンは同じように落ちついた声で話しはじめた。「もしもぼくがふたたび修道士に戻って、悔い改める決心をしたとしたらどうでしょう？　それほどおかしいことでしょうか？　こちらの修道院長がそう仕向けたとしても、おかしくはないと思います」ラドルファスは苦虫《にがむし》を嚙みつぶして、顔をしかめていた。自分の影響力と職務が乱用されることよりも、目の前の若者の声に感じられる破れかぶれの調子に、とうてい認められないところがあった。「母は死の床にあります」サリエンはつづけた。「兄は父と同じように尊敬されていて、妻もあり、来年には子供も生まれようとしています。誰に対しても悪いことはしたことはなく、まったくなにも知りません。どうか、彼らの平穏を乱さないでおいてください。これまでどおりに、彼らの名前と名誉が保たれるようにしてください。彼らには、ぼくが修道士生活を撤回したことを悔いて、ふたたび修道士に戻る決心を固め、元の修道院長のウォルターを探してここを出発したと言ってくだされぱいいのです。彼はぼくを拒むことはないでしょうから、彼らはあなたの言葉を信じるはずです。修道院の宗規は迷った者がもどることを許しています。たとえ三度目になっても、それは変わらないのではないでしょうか。どうか、このようにさせてください。そうしたら、ぼくは殺したことを告白します」

「ということは」ヒューは片手を上げ、院長に沈黙を守るようにうながしてから言った。

「きみは告白の見返りに、自由がほしいと、しかも修道院の中に戻りたいというのか？」

「そういうことではありません。彼らにはそう信じさせてほしいということです。そしてぼくのためにも」サリエンは真剣に、シャツの色よりも青白い顔になって言った。「ぼくは死を覚悟しています。それがあなたの要求ならば。あとはぼくを土に埋め、忘れてくれればいいのです」

「裁判もなしでか？」

「裁判など、なんの益になるでしょう？　ぼくは彼らがなにも知らずに、心の平穏を維持できればいいのです。犠牲になったひとりの命に対して、ひとりの命を差し出す。これは正当なことではないでしょうか？　形式的な言葉など不要です」

ヒューのように仕事に対する責任感が強く、ときに異常なほど几帳面《きちょうめん》な男をまえに、破れかぶれになった罪人が最後に申し出るような、とんでもない申し出だった。だが、ヒューは斜めに視線を送って院長を牽制《けんせい》し、片方の手の長い指の先で机の上を叩きながら、真剣に考えこむように、じっとすわったままだった。彼がなにをしようとしているか、カドフェルには見当がついたが、それをどういうふうにやるつもりかは皆目わからなかった。確かなことは、こんなとんでもない取り引きは、受け入れられるわけがないということだった。たとえ殺人犯であろうと、秘密裏に闇に葬ることなど、できるわけがなかった。万策つきた世間知らずの少年のような者だけが、こんな申し出をして、それがまじめに受け取られるかもしれないという幻想を抱くのだ。準備はできているとサリエンが言ったのは、こういうことだったのだ。こうした子供は、誤った愛情のあまり、先祖に対する侮辱と犯罪を犯し、みずからには痛ましい不正を犯しても平気なのだ。カドフェルは内心に怒りを覚えながら思った。

「サリエン、きみの申し出には興味がある」ヒューは机のむこうからサリエンの目を見ながら、とうとう言った。「だが、きみに答えるまえに、もう少しあの死について知る必要がある。おそらく、詳しく聞けば、なるほどと思うこともあるだろう。あとでどのような結論になろうとも、きみとわたしの心の平穏のために、それは悪くはないことだ」

「その必要は、ぼくにはわかりません」サリエンはうんざりしたように言ったが、あきらめてもいた。

「まずは、どのようにしてそれが起こったかだ」ヒューはかまわず先へ進んだ。「喧嘩だったのか……彼女がきみを拒み、辱めたために起こった？　不幸な偶然だったのか？　争いの最中に転倒したとか？　というのも、彼女があそこの、ルアルドの菜園のそばの藪の下に埋められていたようすから、われわれにはわかっているが……」ヒューはそこで言葉を切った。サリエンが急に身体をこわばらせて、ヒューのほうを見つめたからだった。「どうしたのだ」

「あなたは混乱しています。それとも、ぼくを混乱させようとしています」サリエンはそう言って、ふたたび疲れ切った無表情な状態におちいった。「場所が違います。あなたは知っているはずです。死体が埋められていたのは、土手の下のエニシダの藪の中です」

「たしかにそうだ。わたしは忘れていた。あれからずいぶんいろんなことが起こったし、わたしはあそこが開墾されたとき、現場にはいなかったからな。わたしが言いたかったのはむしろ、彼女を埋葬したとき、きみはある種の敬意と悔恨とをこめてそれを行なったということだ。きみは彼女の遺体と一緒に十字架を埋めた。銀の簡素な十字架だ」ヒューは言った。「われわれにはそれをもとに、きみを割り出すことも、誰か他の持ち主を割り出すこともできなかった。だが、それがあったことは事実だ」

サリエンはじっとヒューを見つめたまま、なにも異議を唱えなかった。

「さらに言えば」ヒューは慎重に追及した。「これは単純な災難、思いがけない惨事とも思えない。彼女の頭蓋骨の砕けようをみれば、やはりなにかの争い、そしておそらくは逃げ出したところを怒りの一撃が見舞ったか、それとも転倒してできたものだ。ほかに骨の折れた形跡はなかった。それだけだった。サリエン、どうしてそんなことになったのか、話してくれ。そうすれば、多少はきみの弁明にもなるかもしれぬ」

サリエンは大理石のように青ざめたままだったが、しぶしぶ口をひらいた。「ぼくはもう、必要なことをすべて話しました。これ以上、話すつもりはありません」

「それなら、もういいだろう」ヒューはしびれを切らしたように急に立ち上がった。「ファーザー、馬を連れた二人の射手を外に待たせてあります。さらに詳しく調べる時間がとれるまで、しばらくこの囚人を城にかくまっておこうと思います。部下に入ってもらって、彼を連れ出してもよろしいですか？　むろん、二人は武器を門のところに置いてきています」

院長はヒューがしゃべるあいだ、ずっと黙っていたが、その間に言われたことには細心の注意を払っていた。厳格な顔つきの中の鋭い目つきは、それらが意味するものをひとつとして見過ごしてはいなかった。彼は言った。「よろしい、部下を呼び入れたまえ」。ヒューが扉から出ていくと、院長は今度はサリエンにむかって言った。「息子《マイ・サン》よ、どんなに嘘をつこうとも、ことを正すものは最後には真実しかありえない。それだけが不道徳を避けうる道なのだ」

サリエンは顔を振り向けた。蠟燭の明かりが、濁った青い目と疲れ切ったような青白い顔を照らし出した。彼は精一杯の努力をふりしぼって口をひらいた。「ファーザー、ぼくの母と兄のために祈っていただけますか？」

「いつも変わらずに」ラドルファスは言った。

「そして、ぼくの父の魂のためにも？」

「きみの魂のためにもだ」

ヒューがふたたび扉口に現われた。二人の射手があとについて入ってきた。サリエンは命令を待たずに、ほっとしたように長椅子からきびきびと立ち上がり、なにも言わず、一度も振り返ることなく、二人に挟まれるようにして部屋から出ていった。ヒューが扉を閉めた。

「お聞きになったとおりです」ヒューは言った。「彼は知っていることについては、たちどころに答えました。わたしがちょっと混乱させると、彼はどうしてよいかわからなくなり、ひとことも答えませんでした。彼は現場にいました。そして、彼女が埋葬されるのを見ていました。しかし、彼は殺してもいないし、自分が埋めたわけでもありません」

「わしのみるところ、きみはたしかに、嘘をあばく一歩手前まで彼を追いつめたようだが……」院長は言った。

「嘘はもうあばかれたのです」ヒューは言った。

「わしは細かなことをすべて知っているわけではない。だから、きみがどの程度までそれを成し遂げたか、正確には把握できなかった。女の埋められた場所については、わしにもわかった。彼はきみのまちがいを正した。それは彼が知っていた事柄のひとつで、彼の話の裏付けになる。たしかに、彼はそこにいたのだ」

「しかし、片棒をかついでいたわけではなく、非常に近くで見ていたわけでもありません」カドフェルが言った。「彼は、死体の胸に置かれた十字架を見ることができるほど近くにはいませんでした。その十字架は銀製ではなく、藪から折り取った二本の小枝で間に合わせに作られたものだったからです。死体を埋めたのも彼ではなく、殺したのも彼ではありません。

なぜなら、もしも彼がそうしたのなら、あれほど罪を一身に負おうとしていた彼が、彼女の傷……もしくは傷の欠如……について、ヒューの言葉を訂正しないはずはないからです。ご存じのように、彼女の頭蓋骨は砕かれていませんでした。どこにも外傷は認められなかったのです。もしも彼が彼女の死にざまを知っていたなら、枝はそれを話したはずです。しかし、彼は知りませんでした。といって、あてずっぽうを言うほど馬鹿ではありません。もしかすると彼は、ヒューが罠《わな》を仕掛けていると見破っていたかもしれません。彼は沈黙を選びました。しゃべらなければ、わかりません。しかし、彼のあの目の表情を見れば、沈黙も無駄でした。彼は水晶のように透き通っていました」

「彼が彼女に首《くび》っ丈《たけ》だったことは、まちがいないと思う」ヒューは言った。「彼は子供のときから、無条件に、なにも考えず、彼女をまるで姉か乳母のように愛してきた。見捨てられた彼女に彼が感じた哀れみと怒りは、彼の中の男の激情を解き放ったにちがいない。彼女はそれに寄り掛かり、彼のほうは選ばれたと錯覚した。だが、彼女は彼をたんなる子供としてしか見ていなかった。子供っぽい慰めを与えてくれているとしか考えていなかった……むろん彼のことを好きだったとは思うが」

「彼女が彼に指輪を与えたというのは本当だろうか?」院長は言った。

「本当ではありません」答えたのはカドフェルだった。

「わしはまだ結論が出せないのだが」ラドルファスは穏やかに言った。「きみははっきり嘘だというのだな」

「ひとつだけ、わたしをずっと悩ませていた問題がありました」カドフェルは言った。「彼が指輪を差しだしたいきさつです。ファーザー、彼が実家を訪れる許しをあなたに申し出たときのことは、覚えてらっしゃると思います。彼は一晩泊まって、帰ってきました。そして、女の死体が見つかったこと、そのためにルアルドに嫌疑がかかっているということを、その訪問のときに兄から聞いてはじめて知ったと言いました。それから彼は指輪を取り出して、あの話をしましたが、むろんそのときのわれわれには、それを疑う理由はありませんでした。しかし、わたしはこう思っています。彼はあなたのところへ出向く前に、すでに事件のことを知っていたのではないかと。だからこそ、ロングナーに行くことが必要になったのです。彼は実家に戻らなければなりませんでした。指輪はそこにあったからです。ルアルドの無実を言い出すには、指輪を取ってくることが先決だったのです。むろん、嘘をついてです。真実を明かすことは不可能だったからです。いまや、ジェネリーズを埋めたのが誰なのか、その場所はどこだったのか、哀れなあの若者が知っていたことはまちがいありません。そうでなければ、なぜ彼は修道院に逃げたりしたでしょう？　しかも、あれほど離れたところにある修道院に？　彼はそのとき、もはやあそこにいることには耐えられなかったのです」

「それ以外に道はなかったのだ」ラドルファスは呼応《こおう》した。「彼は誰かを守ろうとしている。それは彼に非常に近く、しかも彼が敬愛している人物だ。彼の関心はあげて、あの一家の者と一家の名誉を守ることにある。その人物というのは、彼の兄だろうか？」

「いや、ユードはそれには該当しないようです」ヒューは言った。「陶工の畑でなにが起こったにせよ、ユードにはまったくなんの影も落としていません。彼は幸せで、母親の病気をのぞけばなんの心配もないのです。好ましい女房も得て、息子が生まれるのを楽しみにしています。それ以上に、彼はまったく荘園にかかりっきりで、自分の手際と自分の土地からの収穫に夢中になっています。もっと単純ではない者を悩ます暗い面をのぞくこともなく、地獄を見るということもないのです。ユードは忘れてもいいと思います」

「ジェネリーズがいなくなったあと、ロングナーからは二人の人物が姿を消しました」カドフェルはゆっくりと言った。「ひとりは修道院へ行き、もうひとりは戦場に向かいました」

「彼の父親か！」ラドルファスはそう言ってから、しばらく黙って考えこんだ。「赫々《かくかく》たる名声の持ち主、ウィルトンでは王の後衛をまもり、そこで戦死した男だ。その名声が汚され踏みにじられるくらいなら、サリエンが自分の命を犠牲にしてもよいと考えたとしても不思議ではない。父のためばかりでなく、母親のため、あるいは兄のため、さらにはこれから生まれてくる兄の息子のために。だがわしらは、それをそのまま放っておくというわけにはいかぬ」彼は簡単に言った。「わしらはここでどうすべきなのか？」

ヒューの仕掛けた罠が頑固な沈黙に口を割らせることに成功し、カドフェルの心の片隅につきまとっていた考えを裏づけて以来、カドフェルはまさにそのことを考えていた。サリエンは罪に似た強迫観念をもたらしたものを知っていた。だが、彼自身には罪はなかった。彼は自分が見たものだけを知っていた。だが、どの程度まで見たのだろう？　少なくとも死は見ていない。そうでなければ、彼はあらゆる細部にわたって例証をあげ、彼の犯行の証拠としただろう。埋められるところしか見ていない。実りようのない最初の愛の試練にみまわれた若者は、身をすりへらす相手の悲痛と怒りのなかへ招き寄せられ、そして簡単にしりぞけられた。それはジェネリーズが彼のことを心配し、それ以上彼女の激情で彼が火傷《やけど》を負い、とりかえしのつかぬ痛手をこうむらないようにと先手を打ったためかもしれない。だが、もしかしたら、もうひとりの誰かが彼の場所を奪ったためなのだ。その男はあらがいようもなく、同じ激情のかまどに引き寄せられた。ひとつの喪失《そうしつ》はもうひとつの喪失と一体になって溶けあった。なぜなら、ドナータはすでに何年も不治の病に冒され、ユード・ブラウントは壮年の最も精力に満ち、最も元気なときに、司祭か修道僧なみの独身生活を強いられたのだ。飢えた二人は互いに慰めあった。苦悩の虜《とりこ》となった若者はそれを目撃した。たった一度か、それとも何度か。いずれにしろ一度で十分だった。それは嫉妬となって彼の苦悩を深めたが、彼にはその敵を憎むことさえ不可能だった。若者はその男を崇拝していたのだから。

考えられうる。そしてありうる。だとすれば、父と子はどの程度まで、互いを破壊せざるをえない確執を隠しおおせていたのか？　一家の中に、ほかにその危険を察知していた者はいなかったのだろうか？

おそらく、これが真相であろう。なぜなら、彼女は誰もが言うように、非常な美人だったのだから。

「ファーザー」カドフェルは言った。「許可をもらって、わたしはロングナーに行かねばと思っています」

「その必要はありません」ヒューは上の空で言った。「たしかに、なにも知らせずに、あの婦人《レディ》を一晩じゅう待たせておくことはできません。わたしはもう、城の守備隊から使いの者をやりました」

「サリエンが一晩こちらに留まることになったということだけを、伝えるように言ったのだな？　ヒュー、これまでの大きな過ちは、彼女になんの害もない半分の真理だけしか知らせず、彼女が満足して無関心でさえあればよいと考えてきたことだ。最悪の場合は、いっさいなにも知らせずに。同情という名で、そんな馬鹿なことがつづけられてきた！　これを気づかれてはならぬ、あの問題を知らせてはならぬ、彼らはそうして彼女の勇気と強さと意志をやせ細らせてきた。病が彼女の身体をむしばんできたようにだ。彼らが彼女のことを知り、本当に尊敬していたなら、彼女は彼らの重荷の半分くらいは軽くすることができたろう。身体に巣くうあの怪物を恐れもせずに生きてきた彼女なら、どんなことも恐れはしまい。たしかに……」と彼は憂鬱そうに言った。「息子が母親の楯《たて》になり、守ってやらねばと思うことはごく自然なことだ。だが、その息子はなんの役にも立たなかった。わしは彼をここに連れてくる途中で、彼にそう言ってやった。彼女にはもっと活動の余地が与えられるべきだったのだ。みずからの意志と目的に生き、息子がそれを理解しようとすまいと、息子の楯になってやるだけの。むろん、そのことは息子にはわからないほうがよいのだが」

「きみは、彼女にはすべてを話すべきだというのか？」ラドルファスは深刻な目をカドフェルに向けながら言った。

「はるかずっと前に、彼女には今度の件についてすべてを話すべきでした。いますぐにでも、話すべきと思っています。しかし、それはできませんし、いまは誰にもそうさせるわけにいきません。彼を連れてくるとき、わたしは彼に、真実をまだ彼女に隠しておけるようなら、そのために努力すると請け合ったからです。いずれにせよ、今晩は見送ろうということなら、それでけっこうです。今からあの一家に面倒をかけることはないですから。しかしファーザー、許していただけるなら、わたしは明日の朝早くあそこに行きたいのです」

「きみが必要と思うなら、行きたまえ」院長は言った。「今からでも息子を彼女のもとに返してやることができ、彼女の夫の不名誉がおおやけにならないよう計らってやることができれば、それにこしたことはないのだが」

「たった一晩ですべてが変わることもないでしょう」ヒューは、カドフェルが立ち上がったのを見て、自分も席を立ちながら言った。「彼女がこの間ずっとなにも知らされずにいて、今晩もサリエンがただ修道院長のもとに留まるように言われただけのことと思って眠りにつけるなら、なにも心配はありません。彼女にどの程度のことを知らせればいいのかは、サリエンから本当のことを聞き出したあとで、ゆっくり考えればいいことです。なにも、致命的な打撃を与える必要はありません。いまさら死んでしまった人の名を汚してみても、はじまりません」

たしかに道理のある考えだった。しかし、カドフェルはこの数時間の遅れについてさえ、なおも疑念をぬぐい去ることができなかった。「やはり、わしは早くあそこへ行かねばならぬ。約束は守らねばならぬ。遅ればせながら思い出したのだが、あそこにわしはなんの約束もかわさずに、ある人物を置いてきたままなのだ」

13

カドフェルは夜明けとともに出発し、ゆっくりとラバの背に揺られていった。まだ一家の者たちが起き出してもいない時間に、ロングナーに着いても仕方なかった。それに、たとえそんなに先のことまで考えられなくても、ゆっくりと考え事をしながら行くのは喜びでもあった。はたしてあそこの状況は、サリエンを連れ出したときとなにも変わっていないのか、それとも案に相違して、すべての秘密が一夜のうちに吹き飛ばされているのか、カドフェルには見当がつかなかった。だが、最悪の場合でも、サリエンの身は安全だった。彼には真実を隠したということ以外には罪はなく、もしもあの罪が本当に死者に帰すものなら、いままらその汚点をおおやけにしても意味はなかった。こうした点では、みんなの意見は一致していた。死者はもう、ヒューの権限や王の権限の及ぶところではなく、それが裁かれる場にはどんな弁護人も必要なかった。非難告発にせよ情状酌量にせよ、すでにすべては裁判官にわかっていることだった。

わしらに必要なのは、とカドフェルは考えた。サリエンの良心をあつかうときの配慮と、今度の件を穏やかに収めるための真実の取り扱いに関する多少の配慮であり、あの婦人が昨日と比べてそれほど多くのことも悪いことも知らないままでいるよう配慮することだ。時さえたてば、世間はこの話題に飽きて、町中のつぎのスキャンダルへと関心をむけ、ついには彼らの好奇心が満たされなかったことも、殺しの下手人が明らかにされなかったことも忘れてしまうだろう。

だが、本当にそのままでは、彼は自分に満足できなかった。たとえ世間に示すことはなくても、少なくとも真相があかされ、了解され、承認されなければ。そうでなければ、死と生に対する真実の和解、神の秩序がいったいどうして保ちうるだろうか？

カドフェルは十一月のいつもの早朝と変わらぬなかを抜けていった。風はなく、どこか鈍重で、静かだった。野の緑は白っぽくなって乾燥し、木々の小枝は半分、葉が落ちていた。川面は銀色というより鉛色にみえ、流れの速いところだけに、ときおりさざ波が立っていた。だが、鳥たちは起き出してさえずり、忙しく鳴きかわしていた。小さな荘園の主たちは、侵入者に警告するかのように、自分たちの権利と特権を声高に叫んでいた。

彼はセント・ジャイルズで街道から離れ、半分は草はら、半分はヒースと灌木におおわれた静かな小道をたどった。ゆるやかに起伏するなかを行く道は、渡し場へとつづいていた。目を覚ました門前通りのざわめきは、荷車のきしる音も、犬の鳴き声も、人びとの話し声も、すべてが後ろに遠のいて、家々に囲まれた中では感じられなかったそよ風が、ここでは小気味よく顔をなでた。木々に縁取られた丘のてっぺんに出ると、下方にカーブする川が見え、急に立ち上がる岸辺とそのむこうの草はらが見えた。カドフェルは驚いて、そこで急に立ち止まった。川の中ほどに渡しのいかだ舟が浮いていたからだった。距離はそれほど遠くなく、こちらの岸に近づいてくる船の積み荷ははっきりと見えた。

四本の頑丈な短い脚の上に、幅のせまい輿《こし》がしっかりと据えられて、渡し舟の真ん中に陣取っていた。その頭の部分にはリネンの覆《おお》いが風よけと日よけのために設けられ、輿の片側にはがっしりした馬丁が、もう片側には若い女性が付き添っていた。女性は褐色のガウンに身をつつみ、頭にはなにもつけず、赤味をおびた髪がそよ風に揺らいでいた。船の後方では、渡し守が静かな水面に棹《さお》をさし、もうひとりの馬丁が、まだらのコッブ種の馬の手綱を握っていた。馬は水中にあって静かに泳いでいたが、渇水期のこの時期なら、泳ぐのは川の中心部だけですむはずだった。馬丁たちは近所の家の者たちであろう。だが、女性については間違いようがなかった。こんな穏やかな日に、ほんの数マイルの距離を輿で運ばれなければならぬ人とは？　病人か、老人か、身体の自由がきかぬ者か、それとも死人か、それ以外には考えられない。

まだ早朝だったが、それでもカドフェルの出発は遅きに失した。ドナータは自分の居室を離れ、玄関間をあとにし、どんな言葉を交わしてかはわからぬが心配する長男のもとを離れ、修道院長と執行長官がいったいどんな用件でサリエンを連れ出したのか、みずから確かめようと家を出てきたのだ。

カドフェルはラバをけしかけるようにして木々の間から出し、長い斜面を下りはじめた。渡し守はゆっくりと、下方の砂混じりの岸辺にむかって舟を近寄せた。

パーネルは、馬を岸に導く作業と、輿を岸に下ろす作業を馬丁たちにまかせ、ラバから降り立ったカドフェルのところに走ってきた。風にあたったためと息せき切ったため、さらには思いがけない遠出による興奮で、彼女の顔は紅潮していた。彼女はカドフェルの顔にじっと目をすえ、彼の袖にしがみついた。心配そうでもあり、意を決しているふうでもあった。

「彼女が望んだんです！　なにをしているのかは、ご自身でよくわかっています！　でも、どうして誰も理解しなかったのでしょう？　ご存じですか、彼女は今度のことについて、いっさいなにも知らされていないんです。一家の者は……ユードは彼女になにも打ち明けず、完全に隔離し、わた毛に包んでいたんです。一家の者はひとり残らず、ユードの意向に従ってきました。みんな優しさからだったんですけど、優しさなんて彼女にどんな意味があったでしょう？　カドフェル、彼女に真実を話すことができるのは、わたしとあなたしかありません」

「わしはあなたほど自由な立場にはいない」カドフェルは短く言った。「わしはあの若者に、彼の沈黙を尊敬すると約束したのだ。一家の者がみなそうしたようにだ」

「尊敬ですって！」パーネルは驚いて大きく息を吸いこんだ。「彼女に対する尊敬はどう考えられてきたんです？　彼女に会ったのは、きのうが初めてですが、同じ屋根の下で一日じゅう、いいえ毎日動きまわっているどの人よりも、わたしは彼女のことを知っているのではないでしょうか？　あなたにはおわかりのはずです。細い骨が、痛む肉体と雄々しい皮膚につつまれているだけなのです。それを見れば、いったい誰が彼女に重大なことを話すことができるでしょう。彼女の耳に入れてはならないと思うのが普通です。でも、それが彼女には我慢ならなかったのです！」

「あなたの考えはわかりました」馬丁たちによって輿が下ろされた砂地の岸辺に向かいながらカドフェルは言った。「あなたはたったひとり残された、なんでも言える人だったのです」

「ひとりで十分です！　わたしは知っていることをすべて彼女に話しました。でも、知らないことも多く、彼女はすべてを知ることを望みました。彼女はいま、はっきりした目的を持っています。生きつづける理由と、このように無謀ともいえる外出をする理由を持っています。無鉄砲だとお思いでしょうが……じっと死を待つよりはずっといいことです」

カドフェルが輿の頭のほうに身を屈めると、やせた手がリネンのカーテンを押し開いた。輿の枠は、重さを減じて動きに応じてたわむように、麻で編まれていた。その中に、ドナータは毛布をかけ、枕をして横たわっていた。ほぼ一年くらい前、彼女が最後にロングナーから外へ出かけたときも、これと同じような感じだったろう。いまの彼女がどれほどの忍耐力を要求されているかは、まったくわからなかった。リネンの覆いの下で、やつれた顔は青ざめ、口元は青味がかった灰色になるほど固く閉じられていたから、話をするには無理にこじあける必要があるようだった。だが、その声は依然として透き通り、礼儀を心得ながらも毅《き》然《ぜん》としていた。

「わたしを訪ねるところだったのですね、ブラザー・カドフェル？　パーネルはあなたに気づいて、たぶんロングナーに用事があるのだろうと言いました。ご安心を。わたしはシュルーズベリ修道院に向かうところなのです。息子が、修道院長にも執行長官にも重大な関わりのあることに巻き込まれたことは明らかです。わたしが出向けば、ただすべきはただして、ことを解決する足《た》しになると信じています」

「わしは喜んであなたと一緒に修道院に戻るつもりです」カドフェルは言った。「そして、できるかぎりの助力をいたしましょう」

注意や良識を説いてみてもはじまらなかった。彼女に引き返すように言うことも、長男夫妻の心配をどんな具合にはぐらかして出かけてきたのかと訊くことも、意味はなかった。意志の塊のような表情が、すべてを語っていた。彼女には自分のしていることがわかっていた。どんな痛みも、どんな危険も、彼女をひるませはしなかったろう。まるで掻《か》き起こされた火だねのように、かろうじて残されていたエネルギーが燃え上がったのだ。彼女はまさしく掻き起こされた火だった……あまりに長くあきらめの灰の中に埋もれさせられていたあとの。

「それでは、どうか先に行ってください、ブラザー」彼女は言った。「そしてヒュー・ベリンガーに、修道院長の宿舎まで出向いて、わたしたちと合流するように頼んでください。こちらはゆっくりですから、あなたと彼のほうが先に着いているでしょうけど。でも、息子はそこに必要ありません！」彼女は頭を上げ、きらっと目を光らせてつけ加えた。「あの子は城に置いたままにしてください！　そのほうがいいのです。死者はみずからの罪を背負って去り、生者に負い目を残さないほうがよい……そうではありませんか？」

「たしかに、遺産はなるべく負債なしで譲り渡すのが理想です」カドフェルは言った。

「それでほっとしました！　息子とわたしのあいだのことは、時が来るまで今のままでいいのです。そのときには、わたしが処理します。誰にも迷惑をかけたくありません」

ひとりの馬丁はパーネルのために、コップ種の馬の鞍をきれいにして、馬体を洗っていた。ゆっくり歩きなら、修道院に着くまであと一時間はかかるだろう。ドナータはすでに深々と枕にしずみ、やせこけた表情に我慢強さを浮かべていた。死の床にあっても彼女は同じ表情を浮かべ、うめき声など、まず一度も発することはないだろう。死が訪れたとき、手が彼女のまぶたを最後に閉じさせると同時に、すべての緊張はあとかたもなく消え去ることだろう。

カドフェルはラバにまたがり、門前通りと町をめざして斜面を登りはじめた。

「彼女は知っているというんですか？」ヒューはあっけにとられていた。「わたしがユードを訪ねた最初のとき、彼がくりかえし言ったことは、今度の件については絶対に彼女には知らせないようにするということでした！　それに、昨晩あなたは別れぎわに、彼女には決して言わないと断言したではありませんか。あなたは彼女に話したんですか？」

「話したのはわしではない」カドフェルは言った。「だが、彼女は知っている。ある女性から聞いたのだ。いま、彼女は院長の宿舎に向かっている。聖界と俗界の二人の権威に言うべきことを言うつもりで」

「しかし、彼女にどうしてそんな遠出ができるでしょう？」ヒューはあきれていた。「わたしが彼女を見たのは、そんなに前のことではありません。彼女は手を動かすだけで疲れ果てていました。もう何カ月も家から出ていないんです」

「そうする理由がなかったからだ。だが、いまは違う」カドフェルは言った。「以前は、自分に押しつけられた心配や気遣いに抵抗する理由がなかった。だが、いまはそれがある。彼女の意志は固い。彼らは彼女を輿に乗せて、何マイルもやってきた。彼女にはたいへんな負担だろうが、これは彼女が望んだことなのだ。わしは拒みたくはない」

「こんなことをすれば死んでしまいます」

「だが、もしそうなったとしても、それほど悪い終わり方ではなかろう」

ヒューはカドフェルを長いこと見つめていたが、それを否定はしなかった。

「で、彼女はあなたになんと言ったのですか？　この賭けを正当化するために」

「まだなにも聞いてはいない。死者はみずからの罪を背負って去り、生者に負い目を残さないほうがよい、彼女はそう言っただけだ」

「それでも、あの若者から得たものよりも多い」ヒューは言った。「彼にはもう少し、じっと考える時間を与えましょう。彼は父親を助けようとしたが、母親はいま息子を助けようとしている。そしてこの間、息子たちと一家の者は全員、母親を助けようと心を砕いてきた。もしも彼女がみずから指揮をとろうとしているなら、まったく異なった曲が聴けるかもしれません。カドフェル、馬に鞍をつけるまで少し待ってください。そしてアラインには、わたしが出かけると伝えておいてください」

二人は橋まで到達したが、会見の前にすばやく考えをめぐらす時間をとろうとしているかのように、足どりは非常にゆっくりだった。ヒューが口をひらいた。「で、彼女はサリエンをその場に出すことには、強く反対したのですね？」

「そうだ。息子は必要ない、息子とわたしのあいだのことは、時が来るまで今のままでよい、彼女はきっぱりとそう言った。ユードについては、きみはなにも言わなかったが……彼女はいつでも操縦できると思っている。それに、死者の不名誉を知らせることになんの意味がある？　当人に償わせることは不可能だし、生きている者が償うべきものでもない」

「しかし、サリエンを欺くことは彼女にもできないでしょう。彼は埋葬の現場を見ています。

知っています。真実を語るほか、ないのではないでしょうか？　彼がすでに知っている半分につけ加えて、すべてを語る以外に？」

そのときはじめてカドフェルは、はたして彼らは、あるいはサリエンは、その半分の事柄さえ本当に知っているのだろうかと疑問を感じた。彼らは確信に満ちている。しかしそれは、他の可能性はありえないと判断して除外した結果ではないのか？　いまや疑問は突然、これまで顧みられなかった大きな世界にまで膨《ふく》らみ、そのすべてを除外することはどう考えても無理だった。サリエンが知っていることにせよ、はたしてどこまでが真実で、どこからが仮定なのか？　彼が見たと信じている事柄も、どこまでが現実で、どこからか幻影なのか？

二人は修道院の厩舎の庭で馬から下り、院長の宿舎へと顔をだした。

みんなが院長の居室に勢ぞろいしたときには、午前も中ごろになっていた。ヒューはドナータを正門で待ち受け、すぐに広場を横切って院長の宿舎まで案内した。その気遣いは、彼女にユードを思い起こさせたに違いなかった。ヒューに手をとられ、秋深くものさびれた院長の庭の中を導かれていくとき、彼女は若くて健康な者の熱心すぎる気遣いを、年と病気で苦労して身につけた忍耐力でカバーして、寛大な笑みを小さくもらしただけだった。彼女はそのまま控え室の中も、ヒューの腕に支えられて通り過ぎた。そこはいつもなら、院長の秘書を務めるブラザー・ヴァイタリスが仕事をしている部屋だった。院長のラドルファスは部屋の反対側で彼女を迎え、手をとって居室の中へ導き、彼女のために壁ぎわに用意したクッションを置いた席へと案内した。

カドフェルはなにも手を貸すことなく、その儀式ばったやり方を観察しながら、まるで女王の即位式でも見ているような気がした。ドナータ自身は内心、おもしろがってさえいるのかもしれなかった。不治の病がもたらす特権は、これまでずっと彼女に押しつけられてきた。彼女自身がどう思っているかは、おそらく口にされたことがない。彼女には揺るぎない威厳がそなわっていて、他人の気遣いや、場合によったら自分が感じさせる不安に対してさえも、寛大な理解を示して耐えているのかもしれなかった。試練でもあり、社交でもあるこの訪問にさいして、彼女は服装にも細心の注意を払い、あくまでも繊細かつ優雅だった。ガウンは目の色と同じ深いブルー、そしてその目と同じように少し色あせていた。上に羽織った室内着は袖なしで両腰まであって、これまたブルーで、縁にバラ色と銀色の刺繍がほどこされていた。真っ白なリネンの頭巾は、もう昼近い光の中で、こけた頬を透き通る灰色に変えていた。

パーネルは控え室まで静かについてきたが、院長の居室にまでは入らず、入口のところに立っていた。金色がかった茶色の目は、大きく見開かれて深刻そうだった。

「パーネル・オットミアは親切心から、ずっとわたしに付き添ってきてくれました」ドナータは言った。「彼女に感謝しなければならないことは、それだけに留まりません。しかし、これからのわたしたちの話は長いものになるでしょうし、それに彼女をつき合わさせる必要はないと思います。ところで最初にお訊きしておきたいのですが……わたしの息子はいまどこにいるのですか？」

「城にいます」ヒューは簡単に答えた。

「閉じこめられて？」彼女は即座に訊いたが、非難や動揺の響きはまったくなかった。「それとも仮釈放で？」

「中庭は自由に歩きまわれます」ヒューはそれだけ言って、それ以上はなにもつけ加えなかった。

「それではヒュー、パーネルを彼のところに連れていってくださいな。そうしてくだされば、わたしたちが話しているあいだ、彼らはそれぞれひとりぼっちでいるより、ずっと楽しく過ごせるはずです。あなたが今後おとりになる処置にも、なにも妨げにはならないと思います」

ヒューの黒い眉毛がぴくっと動き、多少あやふやながらも理解を示して上につりあがった。カドフェルはこれほど異なった二人のあいだに生まれた稀な了解をまのあたりにして、深く神に感謝した。

「では、わたしが案内してゆきましょう」ヒューはそう言い、戸口に黙って立っているパーネルに向かって、面白がるような鋭い視線を送った。「それなら、誰もなにも聞いたりしませんし、余計な説明も不要です」彼はくるりと向き直るとパーネルの手をとって、一緒に出ていった。

その計画は昨晩か今朝、練り上げられたものに違いなかった。場所はおそらくロングナーのドナータの居室……そこそこの真実が語られた場所……か、カドフェルが出会ったあのセヴァーン川の渡し場に二人が現われるまでの道中に違いなかった。女たちの企みはユードの玄関間で芽生えたのだ。それはユードの権利と必要はむろん、その妻の幸せな妊娠をも考慮にいれ、さらにその上にパーネル・オットミアの真相究明への熱意をも促進するものでなければならなかった。みずからが勇敢に引き受けた重荷によって打ちひしがれているサリエン・ブラウントを救う道は、パーネルにはそれしか考えられなかった。若いひとりの女と、年とったもうひとりの女……年とったといっても、年齢ではなく、死への道のりを急いだためのものだが……この二人は正義を組み立てるために磁石と鉄のように結びついたのだ。

ヒューが戻ってきた。その顔には笑みが浮かんでいたが、カドフェル以外には気づかれなかった。とはいっても、重荷を背負った笑みだった。彼も真実を追う立場にあったし、それはパーネルの真実とは異なるものかもしれなかった。ヒューは扉をとじて外界を締め出した。

「さて、マダム。わたしたちにはどのような手助けをお望みですか?」

ドナータはすでにどっしりと腰を落ちつけて、話が長くなっても、そのままで大丈夫そうだった。ガウンを脱いだ姿は本当に細く、男が親指と人差し指をひろげたくらいしか幅がなかった。

「わたしはまず、こうしてお話できる機会を設けてくださったことに感謝いたします」彼女は言った。「本来ならもっと早く願い出るべきだったのでしょうが、あなた方を悩ましている今度の件について知ったのは、ようやく昨日のことだったのです。一家の者たちは気をつかって、少しでも心配を与えそうな事柄はいっさい、わたしに明かさないようにしてきました。大きなまちがいです！　苦痛を与えまいとして、そんなふうに事実をおおい隠してきた者たちが、そのために日々、苦しんでいるのを……しかもこんなに遅くなってから知るなんて、これほど悲しいことはありません。いっさい無益なことです。これはわたしに対する侮辱です。そう思いませんか。わたしがずっと必要とし、これからも必要とするよりもはるかに保護を必要としている者たちによって保護されるなんて。これはまちがった愛情です。不平を言うことはできませんが、そんなことで悩まされるのはまっぴらです。パーネルは他人たちが話そうとしないことを、誠実に話してくれました。でも、わたしにもまだわからないことがあります。彼女も知らないことがあるからです。お尋ねしてもいいでしょうか？」

「なんでもお訊きになってください」院長は言った。「しかし、急ぐことはありません。それと、ひと休みしたいときは、そうおっしゃってください」

「そうですわね、急ぐ必要はありません」ドナータは言った。「亡くなった者は無事に眠っていますし、生きていて今度のことに巻き込まれた者も、やはり今は無事と思います。わたしの息子のサリエンは、あの死について自分に罪があるとあなた方に信じこませる理由を与えたようですね。あの子はまだ疑われているのですか？」

「いや、少なくとも殺しについては、もう疑ってはいません」ヒューはたちどころに答えた。「彼は、殺したのは自分だと告白するつもりだと言いましたし、今後もそれを撤回するつもりはまったくないようですが。必要なら、そのために死んでもいいと思っています」

彼女は驚いたようすもなく、ゆっくりうなずいた。リネンの固い折り目が頬にあたって、かすれるような音を立てた。

「おそらく、そうでしょう。昨日、こちらのブラザー・カドフェルが息子を呼びに来たとき、わたしはなんの疑問も抱きませんでした。額面どおりに受けとめたのです。つまり、ファーザー、あなたは息子の決心にまだ疑問を抱いているのではないかと、そして修道士の道を断念することをもう一度考えなおすよう、忠告するつもりなのではと思ったのです。しかし、パーネルの話で、ジェネリーズがどのようにして見つかったか、またわたしの息子が、それをジェネリーズの死体ではありえないと証明することでルアルドの無実を証明しようと必死になったこと……さらに息子は、ガニルドという女性の生存まで確認しようと努力したこと……それを聞いたとき、わたしは息子がみずから疑惑を招いたに違いないと思いました。あまりに多くのことを知りすぎていることになるからです。なんという無駄でしょう、もしもわたしがそれを知っていたなら！　それで、息子はその重荷を自分で引き受けようとしたのですか？　でも、わたしの助けがなくても、あなた方には息子の嘘は見抜かれてしまったようですね。ところでヒュー、あなたはピーターバラまで出向いたのではないですか？　あなたはつい最近、フェン地方から帰ったと聞きました。あなたの帰還から時をおかずにサリエンが呼び出されたことからみて、わたしはこの二つは無関係ではないと判断しました」

「そのとおりです」ヒューは言った。「わたしはピーターバラに行きました」

「そして、息子が嘘をついたことをつきとめた？」

「そうです、彼は嘘をついていました。銀細工師はたしかに一晩、彼を泊めました。しかし、彼に指輪を与えたことはありません。あの指輪は見てもいませんし、ジェネリーズから買ってもいませんでした。サリエンは嘘をついていたんです」

「昨日はどうでしたか？　嘘を指摘されて、息子はなんと言いましたか？」

「指輪はずっと前から自分が持っていた。ジェネリーズにもらったものだと言いました」

「嘘の上塗りです」ドナータは深いため息をついた。「自分ではそれなりのもっともな理由があると思っているのでしょうが、そんな理由はなにもありません。嘘はいつも悲惨を招くだけです。彼が指輪をどこで手に入れたのかは、わたしが言うことができます。息子は、わたしが衣装だんすに隠しておいた小箱の中から、それを取ったのです。箱の中には、他にもいくつかの物が入っています……ケープをとめるピンとか、簡素な銀のトークとか、リボンなど……どれも大した物ではありませんが、その持ち主の名は、さらに年月をへたとしても、まちがいようはありません」

「するとあなたは、それらは死んだ女性が身につけていた物だというのですか？」冷静に落ちつき払って口にされた言葉を、信じられないというようすで受けとめながら、ラドルファスは訊いた。「そして、彼女はまちがいなくジェネリーズで、ルアルドの妻であると？」

「そうです。彼女はジェネリーズです。もしも誰かがわたしに訊いていたら、わたしはたちどころに答えたでしょう。彼女の名を言ったでしょう。わたしは嘘は嫌いです。たしかに、そのこまごました品物は彼女のものです」

「死者の物を盗むとは恐ろしい罪ですぞ」院長は重々しい声を出した。

「そのような意図はありませんでした」ドナータの冷静さはびくともしなかった。「ただ、それらの品物がなければ、それほど時をへないうちに、彼女の死体だと言える人はいなくなったでしょう。ご存じのように、事実そうなりました。しかし、わたしの意図はまったく違うものでした。そんなつもりではなかったのです。サリエンがあの小箱を見つけたのは、おそらく、彼がソールズベリから主人の遺体を持ち帰り、わたしたちが埋葬をすませて、すべての後始末をつけたあとのことだったと思います。指輪が誰のものかは、すぐにわかったはずです。そして、彼女が生きていることを証明する必要に迫られたとき、彼は家に戻ってきて、それを取ったのです。彼女の持ち物を身につけたり、それに手を触れたことのある者は、他にはひとりもいませんでした。厳重に保管してあったのです。それらはいつでもあなたに差し出す用意がありますし、要求があれば他のどなたにでもそうするつもりです。昨晩になるまで、わたしは一度もその小箱を開けたことはありません。だから、息子がどんなことをしたのか知りませんでした。ユードも同様です。彼はまったくこのことを知りませんし、これからも知らせるつもりはありません」

ずっと片隅に引っ込んで見まもり、会話に加わっていなかったカドフェルは、このときはじめて口をひらいた。

「あなたはまだ、息子のサリエンについて知りたいことを、すべて知ってはいないと思います。ルアルドが女房のもとを去って、この修道院に入ったときのことを思い出してください。そのとき、サリエンの心にどんなことが起こったか、わかっていますか？　彼がジェネリーズにどれほど深い影響を受けていたか知っていますか？　最初の恋は、いちばん思い詰めやすいものです。知っていますか、彼女は寂しさから彼に、ほんの一時にせよ希望を抱かせたのです。あそこに誰もいなくなったのは、本当はいつだったのですか？」

ドナータは首をめぐらして、やつれた黒い目をじっとカドフェルに注いだ。相変わらずまったく動じずに彼女は言った。「それは、わたしの知らないことでした。息子があの小屋によく行っていたことは知っていました。それは小さいときからです。彼らはサリエンが好きでした。しかし、それほど激しい変化があったとしても、あの子はなにも言いませんでしたし、なんの気配も感じさせませんでした。サリエンは無口な子でした。ユードならどんな小さなことでも、わたしにはわかりました。長男のほうはまったく開けっ広げでしたから。でもサリエンはちがいます！」

「それは彼自身がそう言いました。そして、彼女のほうが彼の幻想に終止符を打つべきだと考えたあとにも、彼は諦めきれなくて、あそこに行き続けていたんです。あなたは知っていますか……」カドフェルは沈んだ顔つきで言った。「彼はジェネリーズが埋められたときに、あそこの暗闇の中に隠れていたんです」

「いいえ、それは知りません。たったいま、わたしは初めてそれを恐れだしたところです。サリエンは他にも、同じように恐ろしいことを知ったのではないでしょうか？」

「それこそ、彼の行動の謎をとく鍵です。彼が修道士になろうと心を決め、しかもここシュルーズベリではなく、遠いラムゼーを選んだ理由もそこにあります。当時、あなたはそれをどう解釈しましたか？」ヒューは訊いた。

「あの子には、それほど奇妙なことではありませんでした」彼女は遠くを見つめ、かすかに悲しげな笑みを浮かべて言った。「サリエンには起こってもおかしくないことでした。あの子はどこまでも突き進んでいって、よく考える子でした。当時、家の中には悲しみと苦痛がありました。彼がそれを感じとって、悩んでいたことは知っています。あの子がそれから逃れようと家を出ていっても、わたしは悲しいとは思いませんでした。たとえ、行く先が修道院であっても。それ以上の理由は思いつきませんでした。彼はあそこにいて、見ていた……

それは知りませんでした」

「そのとき彼が見たのは……」重苦しい一瞬の沈黙のあと、ヒューは言った。「ジェネリーズの死体を埋めていた、父親の姿でした」

「たしかに、そうかもしれません」

「ほかの可能性は考えられないのです」ヒューは言った。「あなたに伝えなければならないのは残念なことですが。しかし、わたしはまだ、いったいどんな理由があったのか、わからないのです……彼はなぜ、どんな事情で彼女を殺さなければならなかったのか？」

「いいえ、違うんです！」ドナータは言った。「そうではないんです！　夫は彼女を埋めました。これは確かです。しかし、殺してはいないのです。どうしてそんなことをするでしょう？　しかしサリエンはそう信じました。そして、どんなことがあっても、それを明かすまいと心を決めたのです。でも、真実は違います」

「では、いったい誰が？」ヒューは混乱しながら言った。「誰が彼女を殺したんですか？」

「誰も殺してはいません」ドナータは言った。「殺しは存在しなかったのです」

14

言葉に詰まったしばしの沈黙を破って、ヒューの質問が飛んだ。

「もしもこれが殺しでないとしたら、どうしてひそかに埋葬したのです？　なんのやましいところもない死なら、なぜ隠す必要が？」

「やましいところが皆無だったとは、言っておりません」ドナータは辛抱づよかった。「罪がないとも言っておりません。裁くのは、わたしの役目でもありません。しかし、殺しがなかったことは事実です。わたしは真実を述べるだけで、判断するのはあなた方です」

彼女は、事件の全貌に光をあてることができる唯一の人物であるかのように話した。彼女はその必要を知らされなかった唯一の人物でもあった。その声の調子は相変わらず思いやりがあり、威厳があった。なにも言い訳せず、なにも後悔することなく、彼女は簡潔明瞭に物語った。

「ルアルドが妻に背をむけたとき、彼女は孤独で絶望に押しひしがれていました。ファーザー、このことはお忘れではないと思います。ルアルドの決心について、あなたは大きな疑問を抱いておられたに違いないからです。彼女は彼を押しとどめることができないとわかると、わたしの夫のところに直訴《じきそ》に来ました。夫は二人の地主であり友人でもあったからです。彼女は夫に、ルアルドに説いて、彼の無慈悲な行動をわからせ、思いとどまらせてほしいと訴えたのです。夫は最善を尽くしたと思います。何度も二人のところを訪れて説得しただけでなく、彼女に対しては、もしもルアルドが帰らなくなった場合にも、家と暮らしに困るようにはさせないと言って、慰め、安心させたと思います。夫は親切でしたから。しかし、ルアルドを引き戻すことはできませんでした。彼はやはり彼女を捨てたのです。彼女は非常に彼を愛してましたから、憎しみもそれだけ激しいものでした」ドナータはとくに興奮することもなく、真実だけを語っていた。「その間の何週ものあいだ、夫はずっと彼女のために努力しましたが、結局は水泡に帰しました。夫がそれほど長く、それほどしばしば彼女のそばにいたことは、それまでにないことでした」

そこで彼女は、ひと呼吸おいた。そして、自己の破滅を白日のもとにさらしながら、大きく見開いた曇りない目で、つぎつぎと他の人たちの顔を見た。

「もうおわかりでしょうが、わたしはそのとき以来、何歩か墓のほうに近寄ったのです。といっても、それほど劇的に変化したわけではありません。わたしはすでにその数年前から、今のような状態でした。夫が哀れみからベッドをともにしてくれていたのは、少なくともその三年前からでした。夫は飢餓を感じるほどに自制していましたが、不平を漏らすことはありませんでした。かつてのわたしの容色は失われ、痛みに苦しむ抜け殻になっていたのです。夫が触れれば、わたしは激痛に襲われました。その結果、彼のほうは、わたしに触れても禁欲しても、もっとひどい苦悩に襲われることになったのです。彼女は……あなたがたも一度ご覧になっていればおわかりになると思いますが……非常な美人でした。すべての男たちの言うことに、わたしも賛成します。非常に美人で、怒りに駆られ、自暴自棄になっていました。しかも、彼と同じように飢えていました。みなさんに心苦しい思いをさせているようなら、お許しください。本意ではないのです」彼女はそう言って三人を見た。彼らは彼女の落ちつきぶりと冷徹なほど率直な言い方……そこには誇張はなく、むしろ同情さえ感じられた……に圧倒されて、凍りついたようになっていた。「わたしはただ、すべてを明らかにしたいだけなのです。それこそが必要なことです」

「これ以上、ご自分を疲れさせる必要はありません」ラドルファスは言った。「あなたの言いたいことを理解するのはむずかしくはありません。しかし、それを聞くのは困難です、語ることと同じくらいに」

「いいえ、大丈夫です。わたしにためらいはありません」彼女は請け合うように言った。「ご心配は無用です。わたしはあなたがたのためにも、彼女のためにも真実を語る義務があります。でも、もう十分です。夫は彼女を愛し、彼女は夫を愛した。簡単に言えば、そういうことです。彼らが互いに愛したことを、他の誰も知りませんでしたが、わたしは知っていました。わたしは二人を責めはしませんでした。でも、決して許しもしませんでした。彼は夫でした。わたしは二十五年間、彼を愛してきました。わたしが抜け殻になったからといって、彼がそこから免除されることはありません。彼はわたしのものでした。彼を分かち合うなんてわたしには耐えられないことでした」

「ここで」と彼女は言った。「そのときよりもさらに一年以上前に起こった、あることについて話さなければなりません。ブラザー・カドフェル、当時のわたしは、痛みがあまりにひどくなったときに、あなたからいただいた薬を服用していました。あのケシのシロップ剤は、一時的に非常によく効きました。しかし、しばらくすると、身体が慣れてしまったためか、それとも病状がさらに悪化したためか、効力が低下してしまいました」

「それは事実です」カドフェルは言った。「効き目がなくなるのは知っています。それから、痛みが一定の限度を越えると、やはり薬ではどうにもなりません」

「それはわかっています。そこから先には、たったひとつの解決策しかありません。その手段に訴えることは、わたしたちには禁じられていますが。それでも……」とドナータは微動だにせずに言った。「わたしはあえて、死ぬことを考えました。ファーザー、それが最高の罪悪であることはわかっています。でも、わたしは考えました。ああ、どうかそんなふうにブラザー・カドフェルのほうを見ないでください。わたしはまちがっても、決してその手段をブラザーに求めたりはしません。たとえわたしが求めても、彼が提供してくれないことは知っています。それに、わたしはそんなに簡単に命を捨てるつもりはありませんでした。しかし、わたしは、その重荷を耐えきれなくなるときが来ると予想しました。そして、ほんの小さな物を身近に置いておきたいと思いました。苦悩から解放してくれる小さな薬瓶です……平和をもたらしてくれるもの、決して用いることはなくても、お守りになるもの、それに手を触れるだけで慰めをもたらしてくれるもの、そして最後の最後に逃げ道になってくれるものです。それを持っていさえすれば、耐え続けることができるのです。ファーザー、わたしは非難されるのでしょうか？」

長い時間じっとしたままだったラドルファスは、ドナータの苦しみに自分も打ちひしがれたように、大きく息を吸いこんで急に身を起こした。

「そのことについて、わしに断言する資格があるかどうか、自信はない。あなたはいまここにいる。ということは、その誘惑をしりぞけたということだ。悪の誘惑に打ち勝つこと、人にできるのはそれしかない。だが、あなたはキリスト教徒にはいつでも開かれている慰めについては、なにも言わなかった。あなたの司祭は寛容な人だ。あなたはその重荷の一部を、彼によって担ってもらおうとはしなかったのですか？」

「ファーザー・エドマーはよい方ですし、親切な方です」ドナータは少し苦笑を浮かべて言った。「たしかに、彼の祈りによって、わたしの魂は恩恵を受けることができたでしょう。しかし、身体に感じる痛みは激烈なものがありました。ときどき、自分が口にしたアーメンという言葉さえ、この悪魔の咆哮《ほうこう》のために聞き取れなかったくらいです。正しかったか、まちがっていたかはわかりません。しかし、わたしは他の助けを身のまわりに探しはしませんでした」

「この話は、いまの本題から外れてはいませんか？」ヒューは穏やかに言った。「というのも、これはあなたにとって決して愉快な話とは思えませんし、疲れるだけはないでしょうか」

「いえ、これこそ本題に沿っているのです。いますぐにそれはわかります。とりあえず、わたしの話を最後まで聞いてください。わたしはお守りを手に入れました」彼女は言った。「誰からと名前を言うつもりはありません。当時のわたしはまだ外に出ることができ、祭りの屋台や町の市場をぶらつくことができました。わたしは念願のものを、ひとりの旅人から手に入れました。いまでは、彼女はもう亡くなっているかもしれません。すでに老女だったのです。以来、彼女には会っていませんし、とくに会おうとも思いませんでした。彼女は、わたしの希望した物を調合してくれました。痛みからの解放と、この世からの解放を約束してくれる、小さな瓶にはいった一服の薬です。彼女は効能を説明してくれました。その薬は他のすべての試みが失敗したあとに、苦痛をやわらげるのにほんの少量が用いられるもので、その強さによって、苦痛を永遠に終わらせてくれると。毒人参《にんじん》を用いたものでした」

「たしかにそれは苦痛を除去してくれます、永遠に」カドフェルは暗い気持ちで言った。

「たとえ、それを服用する者に命を捨てるつもりがなくても。わしは決して用いません。危険が大きすぎるからです。潰瘍《かいよう》や腫れ物、炎症には洗浄剤がありますし、ずっと安全な薬もいろいろあります」

「それはわかっています！」ドナータは言った。「でも、わたしの欲しかった安全は、それとは異なった種類のものでした。わたしは、おまじないを手に入れたのです。それをいつも身近に置き、苦痛がひどいときに手をのばしました。しかし、栓をぬくことはなく、のばした手をいつも引っ込めました。それを持っているだけで、心強かったのです。いよいよ、いちばん重要な話にさしかかります。夫がすっかりジェネリーズに夢中になってしまっていた、昨年のある日の午後のことです。わたしは、夫が荘園内のどこかに出かけているすきに、彼女のところを訪ねました。上等なワインを入れた容器と、まったく同じグラスを二つ、それと毒人参の小瓶を持って。わたしは彼女に賭けを提案したのです」

ドナータはちょっと息をつくために、ひと区切り置き、長くすわり詰めだった位置をほんの少しずらした。聞き手の三人には、話の流れをさえぎるつもりはまったくなかった。彼らの予測は、彼女の超然とした話ぶりによって完全に狂わされていた。苦痛と情念とは、ほとんどみずからには関係なさそうに日常の落ちついた調子のなかで語られ、その関心はあげて、すべてを明らかにし、影や疑念を一掃することに向けられていたからだった。

「わたしは彼女の敵ではありませんでした」ドナータは言った。「わたしたちは何年も前からの知り合いでした。ルアルドに捨てられたときの彼女の怒りと絶望は、わたしにもよくわかりました。この賭けは、憎しみや、嫉妬や、軽蔑と無関係なのです。わたしたち二人の女は、ひとりの男に対する権利という紐で一緒に手かせ足かせをはめられ、どちらもそんな不完全な状態に満足できなかったのです。わたしが提案したのは、ひとつの解決法でした。二つのグラスにワインを注ぎ、そのうちの一つに毒人参を入れるのです。死ぬのがわたしなら、彼女はわたしの夫を完全に自分のものにできます。そのときは、彼女が夫に幸福を与えてくれることを祈るのみです。もしも逆に死ぬのが彼女なら、わたしは最後の最後までこの悲惨な生を生きぬき、決して二度と安易な解決を求めたりはしないと誓いました」

「それで、ジェネリーズはその取り引きに応じたのですか？」ヒューは信じられないという顔つきで訊いた。

「彼女はわたしと同じように、激しく、勇気があり、決然とした女でした。そして、同じように中途半端な状態に苦しんでいたのです。彼女は同意しました。それもわたしの感じでは、喜んで」

「しかし、その賭けは公平を期するのがむずかしかったはずです」

「相手を欺く意図さえなければ、非常に簡単です」彼女はあっさり言った。「彼女は部屋から外に出てゆきました。わたしは二つのグラスにワインを満たし、その一つに毒人参の液を垂らして、分量がまったく同じになるようにしました。それが終わるとわたしは外に出て、陶工の畑のずっと先のほうまで行きました。その間に、彼女は二つのグラスを離して、一つを衣装タンスの上に、もう一つをテーブルの上に置きました。そしてわたしを呼びに来ました。わたしは一つを選んだだけです。あれは六月、六月の二十八日で、ちょうど美しい夏至《げし》のころでした。草はらは花盛りだったことを覚えています。小屋にもどったとき、わたしの服のへりには銀色の草の種がついていました。わたしたちはグラスを手に一緒にすわり、一緒に飲みほしたのです。落ちついていました。毒人参は手足からはじまって心臓へと、だんだん全身を硬直させることを知っていましたから、わたしたちはそこで別れることにしました。彼女はその場に留まり、わたしはロングナーへ戻ったのです。いったいどちらが神によって……あえて神と言っていいのでしょうか、ファーザー。それともたんに偶然あるいは運命と言うべきなのでしょうか……死ぬべき定めなのかを確かめるために。ファーザー、わたしはそれまで、神を忘れたことはひとときもありませんでした。神がわたしの名を、すでに運命の書から削ってしまっているとは思えませんでした。話は簡単でした。二人のうち、ひとりは神に召され、もうひとりは生き残る。わたしは家に帰り、じっと待つあいだ、糸を紡ぎました。一時間、二時間と……効き目はゆっくりでしたから……待つうちにわたしの手がしびれ、紡ぎ車にからめた羊毛をうまく扱えなくなるだろうと思いました。しかし、わたしの指は紡ぎつづけ、手首も硬くなることはなく、器用さは失われませんでした。寒気が足にきて、くるぶしへと這いあがってくるのではとも思いましたが、やはりなにごともなく、息もつかえることはありませんでした」

ドナータはそこで肩の荷を降ろしたように深い息をつき、後ろの板壁に頭をもたれさせた。彼女は最大の重荷から解放されていた。

「賭けには、あなたが勝ったのですね」悲しみに打たれたような低い声で院長は言った。

「いいえ、わたしのほうが負けたのです」とドナータは言い、すぐにつけ加えた。「小さなことですが、言い忘れていたことがあります。わたしたちは別れぎわに、姉妹のようにキスをしました」

彼女の話はこれで終わりではなかった。終始一貫して最後まで話しきろうと、ふたたび気力を取り戻そうとしているのだった。だが、今度の沈黙は数分におよんだ。ヒューは立ち上がって、院長の机の上に置かれた容器からグラスにワインを注ぎ、長椅子の上のドナータの手が届くところに置いてやった。

「ずいぶん疲れているようすです。少し休憩をとりませんか？　もう、ここにおいでになった目的は、ほとんど達成しています。いまの話をどう考えるかは別として、少なくとも殺人でないことは明らかです」

彼女はすべての若者に感じはじめていた寛大さのこもったまなざしでヒューを見上げた。彼女が生きてきた時間は四十五年ではなく、すでに百年にも達していて、あらゆる悲劇がいつしか過ぎ去って忘却のかなたに去るのを見届けたとでもいわんばかりだった。

「ありがとう。しかし、この件については、一気に決着をつけてしまうほうがよいのです。わたしのことは心配いりません。最後まで話させてください。休憩はそのあとにしたいのです」彼女はそう言ったが、ヒューの好意に応えてグラスに手をのばした。彼女の手首がその重さにも震えるのを見て、ヒューは彼女が飲むときグラスを支えてやった。灰色の唇がワインの赤味で、一瞬だが血のかよった潤《うるお》いをみせた。

「これで最後です！　ユードが戻ってきたので、わたしはすべてを話し、当たりくじをひいたのは彼女だったと話しました。隠しだてはしたくなかったのです。わたしはありのままに証言するつもりでした。しかし、夫はそうはさせませんでした。彼は彼女を失いましたが、わたしや、自分の名誉や、息子の名誉は失いたくなかったのです。夫はその日の晩、ひとりで彼女を埋めに行きました。サリエンは夫が出かけるのを見かけて、悲嘆に打ちひしがれたまま、夫のあとについて逢い引きの場所までいったのでしょう。そして、夫が彼女を埋めているのを見たのです。しかし、夫はそれを知りませんでした。ひとことも言いませんでしたし、そぶりも見せませんでしたから。夫は、彼女が眠るようにベッドに横たわっていたとしか言いませんでした。しびれが来たとき、彼女はベッドに横になり、死を待ったのでしょう。彼女の身の回りのこまごました物を夫は持ち帰り、わたしに内緒にすることもなく自分で保管しました。わたしたち二人には秘密は不要でした。二人には憎しみもなく、残されたのはただ悲惨を分かち合うことだけでした。それらの物を夫が取りのけた理由は、わたしのしたことを重大な罪と見なして……男の人なら、みなそう見なすのでしょうが……その結果わたしに降りかかる結果を恐れたためか、それとも彼女の思い出として自分のために残したのか、わたしにはわかりませんでした……

それもいつのまにか、他のすべてのことと同じように過ぎ去りました。彼女がいなくなっても、わたしたちに疑惑の目をむける者はいませんでした。彼女がみずからの意志で、愛人と一緒に姿を消したのだという話が、どこから出てきたのかは知りません。しかし、それは噂になって広がり、人びとはそれを信じました。その後、最初に家から出ていったのはサリエンでした。長男のほうはルアルドとジェネリーズとはあまり接触がなく、野良で会ったり渡し舟に乗り合わせたときに挨拶をかわす程度でした。彼はいそがしく荘園で立ち働き、結婚を考えていて、家の中の悲嘆には気づきませんでした。しかし、サリエンは違います。ラムゼーに行くと言い出す前から、わたしは彼の落ちつかないようすに気づいていました。いまは、わたしが思っていたよりずっと深い苦悩を、彼が抱えていたことがわかります。しかし、彼が家を去ったことは、夫には大きなショックでした。そしてほどなく、夫は陶工の畑に近づくことに耐えられなくなりました。彼女が生き、そして死んだ場所を見ることに耐えられなくなったのです。夫はあそこをホーモンドに寄付して関係を絶とうと考え、それが整うとそこそこに、オックスフォードのスティーブン王のもとに馳せ参じたのです。そのあとのことは、ご存じのとおりです」

「ファーザー、わたしは告白の特権を願い出ませんでした」ドナータはあくまで冷静だった。「わたしの行動が裁かれるときに……裁くのは法になるのか教会になるのかはわかりませんが……秘密を取りのけておきたくはなかったからです。わたしはこうしてここにいます。どうか、適当とお思いになる措置を講じてください。彼女が生きていたとき、わたしは彼女を欺きませんでした……それは公正な賭けでした……そして彼女が死んだいまも、わたしは彼女を欺いてはいません。わたしは誓いを守りました。わたしがいまどんな状態にあろうと、情状酌量を願うつもりはありません。最後のときまで、わたしは毎日、自分の科料を払って生きていくつもりです。見かけほど、わたしは弱くはありません。最後の日はまだ、ずいぶん先のことだと思います」

すべては終わった。彼女は静かに落ちつき、いくぶんほっとした表情のなかには、不思議な満足感が表われていた。広場の向こうから、昼を告げる食堂の鐘の音が響いてきた。

王の代理人と教会の代表者の二人は、協議がわりに長いこと顔を見合わせていた。カドフェルはそれを見て、どちらが先に口をひらくのだろうかと興味津々だった。そもそもこれほど異例な事例では、どちらに優先権があるのだろうか？　犯罪ならヒューの管轄であり、罪なら修道院長の管轄だった。だが、これら二つが解きがたく絡み合ったこの場合に、正義はどこにあるのだろう？　ジェネリーズは死んだ。ユードも死んだ。とすれば、これ以上の追及から、誰が利益を得るだろう？　死者はみずからの罪を背負って去るべきだと、ドナータは言った。だが、彼女は自分も、その中にふくめていた。たしかに死の接近はこれまで無限にのろかった。だが、目前に迫っていることもまちがいなかった。

最初に口をひらいたのはヒューのほうだった。

「いまの話には、わたしがくちばしを差し挟む余地はなにもない」彼は言った。「事件は起きたが、これは殺しではない……その正邪は別として。死者を神の加護もなく地中に埋めたことが重大な罪にあたるとしても、それを行なった人物はすでに死んでいる。いまさら彼の不名誉をおおやけにしたとしても、王の権威とわたしの州の良好な秩序にとって、なんの利益があるだろう？　あなたの悲嘆をさらに増し、まったくなんの罪もない一家の跡継ぎを悲しませることを望む者などいるだろうか？　この件はすでに片づいたと、わたしは思う。未解決のままだが、それでもよい。その責任はわたしが引き受けよう。わたしにも失敗はある。わたしはそれを認めよう。しかし、答えなければならぬ事柄もある。あの死体がジェネリーズであったということは、死因は伏せたままにするにしろ、おおやけにしないわけにはいかない。彼女には名前を求める権利があるし、墓も彼女の墓として認知されなければならない。またルアルドには、彼女の死を知り、それを悼《いた》む権利がある。時がたてばこの事件も過去のものとなり、忘れ去られるにちがいない。しかし、あなたにはまだサリエンのことがあります」

「それとパーネルのことが」とドナータは言った。

「たしかに彼女のことがあります。彼女はすでに半分は知っています。あの二人については、あなたはどうするおつもりです？」

「真実を話してください。それ以外に、二人が安心を得られる道はありません。彼らには真実を知る権利がありますし、それに耐えることができます。しかし、長男には言わないでください。なにも知らないままにしておいて欲しいのです」

「しかし、彼には、あなたのこの訪問をどう説明するのですか？」ヒューは驚いていた。

「あなたがここに来たことは、彼は知っているんですか？」

「いいえ、彼は朝早く外出していたのです」ドナータは弱々しい笑みを浮かべて言った。

「今度のことを知れば、彼はわたしのことを気が狂ったんじゃないかと思うでしょう。しかし、わたしがなにごともなく家に帰れば、彼をなだめることはそれほどむずかしくありません。ジーヘインは知っています。彼女はわたしを止めようとしましたが、わたしはかまわず振り切って出てきたのです。だから息子は、彼女を責めることはできません。わたしは彼女に、聖ウィニフレッドの祭壇にどうしても祈りを捧げたいのだと言ったのです。ファーザー、もしお許しがいただけるなら、わたしはぜひそうしたいのです……もどる前に。でも、わたしはもどれますか？」

「わたしには異論はありません」ヒューは言った。そして立ち上がりかけた。「院長もわたし《ママ》と同じ意見ならば、わたしはまずあなたの息子をここに連れてきましょう」

彼は院長の言葉を待ったが、それはなかなか出てこなかった。カドフェルには、厳正で高潔な院長の心になにが去来しているのか、ある程度は察しがついた。生と死を取り引きするのは、自殺とそれほど変わらなかった。絶望からそのような賭けに応じることは、それだけで重大な罪であった。だが、死んだ女は院長の心に哀れみと悲痛を呼び起こし、いっぽうの生き残った女は目の前にいて、いつともわからぬ死を前にして過酷なほどに身を慎み、みずからに科した罰をかたくなに守り続けていた。もう、最後の、ひとつの審判だけで十分だった。しかも、それはまだ先のことなのだ。

「それでよい！」ラドルファスはついに口をひらいた。「大目にみることも、責めることも、わしにはできぬ。正義はすでに均衡をとりもどしたように思われる。しかし、確信のないときは、わしらは影ではなく光のほうを見なければならぬ。わが娘《マイ・ドーター》よ、神が償いを求めるとしても、あなたはもうみずから罪を償っている。わしにいまできることは、残されたすべてのものが神の恩寵《おんちょう》に浴するように祈ることだけだ。すでに傷は深い。これ以上それを広げぬよう、わしらは全力を尽くさねばならぬ。知るべき者が知った以上、彼らの平穏を乱さぬためにも、もうこれ以上の言葉は不要だ。ヒュー、さあ行って、あの若者を連れてきてくれ。それからあの、暗い影に喜ばしい光を注いでくれた若い女性もだ。それから、マダム、あなたはわたしのこの家でひと休みして、食事をしてください。それが終えたら、わしらはあなたを教会の中の聖ウィニフレッドの祭壇までお連れしましょう」

「そのあとは、あなたが無事に家に帰れるよう、わたしが手助けをしましょう」ヒューは言った。「あなたはサリエンとパーネルのためになすべきことをなしました。院長はきっと、ブラザー・ルアルドのために必要なことをしてくれると思います」

「それはわしがやりましょう」カドフェルは言った。「お任せしてもらえるなら」

「むろんだ」ラドルファスは言った。「食事が終わったら、食堂で彼を探し、ジェネリーズの件が無事に解決したことを知らせてやってくれ」

それぞれは、その日のうちに、するべきことをした。

二人は教会墓地の高い塀の下に立っていた。そこはいちばん奥まった一画で、慎ましい平信徒の後援者や、修道院の世話役や召使いたちの墓所だった。そこにある低い盛り土の下に、死んで誰からも見捨てられた名前のない女が、修道院の温情によって引き取られて安息の場を与えられていた。盛り土はまだ沈みつづけていた。

カドフェルは夕べの祈り《ヴェスパー》のあと、ルアルドと一緒にそこにやってきた。やわらかい雨が降り、顔に当たっても宙に漂うしずくほどにしか感じられなかったが、冷え冷えとして、あたりは静けさに満ちていた。まもなく暗くなるだろう。夕べの祈りは冬時間になっていて、そんな壁ぎわの陰の、湿った草の中にいるのは二人だけだった。色あせた木々の葉からは土の匂いがたちこめ、秋特有の憂鬱さが取りまいていた。だが、その憂鬱さに鋭さはなく、苦痛と悲しみが去ったあとの穏やかさが混じっていた。その土の下に眠る女が結局は自分のもとの女房だったと聞かされたとき、ルアルドがとくに驚きもしなかったのは不思議ではなかった。彼は、サリエンが友に対する誤った心配から、彼女の死を否定しようと嘘の話をつくりあげたことについても、特別な驚きもなくそのまま受け入れた。それどころか、彼は彼女がどのようにして死んだのか、ここに埋葬される前になぜまともな葬儀もなく埋められたのか、そうしたいっさいのことを知らされないままになりそうなことにさえ、あえて異議を申し立てることはしなかった。ルアルドの服従の誓いは、ほかの彼の誓いと同じで、完璧な義務と化していて、そこには無条件の受容しかなかった。かつて存在したことは、なんであれ彼にとっては最善のものだった。彼は質問ひとつしなかった。

「カドフェル、奇妙なんです」かつての妻をおおう新しい土を見ながら彼は言った。「今になって、あいつの顔がまたはっきりと見えてきたんです。はじめてここに入ったとき、わたしは熱に浮かされたみたいでした。切望していたことが叶ったこと、それしか念頭にありませんでした。あいつがどんな顔をしていたか、思い出すことができなかったんです。まるで、それまでのあいつとわたしの生活のいっさいが、この世から消えてしまったようでした」

「あまりに強烈な光に見入ったときにはそうなる」カドフェルは冷静に言った。彼自身は一度も、そのように目を眩《くら》ませられたことはなかったのだ。彼はすべて平常心でことを決めてきた。簡単ではなかったが慎重にみずから選び、堅固な土を裸足の幅広の足で踏みしめて見習い修道士への道をたどった。歓喜の雲の上を運ばれて、そうなったのではなかった。「それ自体は素晴らしい経験にはちがいないが、目にはよくない。長く見つづけると、視力を失うことになるからだ」

「でも、いまはあいつがはっきり見えます。それも、わたしが最後に見たときとちがい、怒ってもいません。一緒に暮らしていたときの、いつもの表情をしています。しかも若く」ルアルドは感嘆の声をあげた。「そして、それと一緒に、以前にわたしが知っていたこと、やったことがすべてよみがえってきます。住んでいた小屋、焼き物を焼く窯、こまごました物が置いてある場所、すべてです。あそこは素晴らしいところでした。小高い丘の上から見ると、下に川が流れ、はるかその向こうまで見えました」

「いまでもそれは変わりない」カドフェルは言った。「わしらはあそこを耕し、土手ぎわの藪を刈りこんだ。野原の花々はなくなり、草が実をつける真夏に飛び交う蛾《が》はいなくなって、きみには寂しいかもしれぬ。だが、畝のあいだには、もう若い作物が育ちはじめていて、鳥たちの声はもとのままだ。たしかに、あそこは非常に素晴らしい場所だ」

二人は濡れた草を踏みながら、修士会場のほうに戻りはじめていた。緑を帯びたブルーのやわらかな夕闇が二人を包み、半分裸の木々の枝を湿らせていた。

「もしもあいつが修道院の土地で見つかることがなかったら」頭巾の陰でルアルドは言った。「この祝福された場所に居場所を与えられることはなく、人の世話を受けることもなかったでしょう。聖イルタッドはなんの咎もない妻を、暗い夜の闇の中に追い払いましたが、わたしがジェネリーズにしたこともまったく同じでした。しかし、神は最後にはあいつを教会の中にとりもどし、立派な墓を与えてくれました。修道院長はわたしが虐《しいた》げて軽蔑したものを、受け入れて祝福してくれました」

「わしらの正義というものは」とカドフェルは言った。「鏡の中の像のようなものなのだろう。右であるべきものが左にあり、悪が善に見え、善が悪に見え、きみの天使が彼女には悪魔に見えるのだ。だが、神の正義は、結論を急ぎはしなくても、まちがうことはない」

一九九四年十一月　現代教養文庫（社会思想社）刊

解説

大津波　悦子
（ミステリー評論家）

修道士カドフェル・シリーズ第十七作をお届けします。

聖ウィニフレッドの移葬祭も無事にすぎ、一一四三年の八月、聖ペテロ祭も終わり刈り取られた小麦はすでに納屋に運び込まれたある日に、本巻ははじまります。修士会で諮《はか》られたのは、ホーモンドにある聖ヨハネ小修道院所有の土地とシュルーズベリ修道院の土地とを交換する件でした。シュルーズベリの土地はホーモンド修道院の所有地に囲まれており、逆にホーモンドの土地はシュルーズベリからほんの二マイルしか離れていないところにあったのです。とくに異議もなく、この交換は双方にとって有利なものとして行われることになりました。シュルーズベリ修道院の所有地となった土地はセヴァーン川沿いにある陶工の畑と呼ばれているところで、修道院の一員である元陶工のブラザー・ルアルドが、以前ユード・ブラウントから借りていた土地でした。ルアルドが修道院に入って借り手がいなくなった土地を、ブラウントが一年ほど前にホーモンドの修道院に寄進したものです。

この交換された土地を畑地にすべく、六頭もの牛に引かれた鋤車が入り鋤返しはじめたところ、土地の隅で作業がストップ。なんと一束の黒髪を鋤き出してしまったのでした。掘り起こしたところ出てきたのは、朽ちかけた毛布に包まれた女性の白骨体。いったいだれの死体なのか、なぜこんな所に埋められたのか、いつどうして死んだのか？　墓地でもない場所に埋められたということは殺人かもしれない……では犯人は？

これはもう、開墾の監督に来ていたカドフェルの出番です。一つの死体が現れたことによって引き起こされる謎、謎、謎……

そういえば、修士会の席上、ロバート副院長が「陶工の畑か！」「ユダの裏切りの銀貨で購入された土地ではないか、異邦人の墓地とするために」と不気味なことを言っています。もっともその名に特別不吉なところはないとも言っているのですが。この地の呼び名は、たしかに以前の借地人ルアルドの職業からきた名ではありました。

「陶工の畑」は聖書の「マタイによる福音書」には「陶器職人の畑」としてみえます。以下『新共同訳聖書』から引きます。

そのころ、イエスを裏切ったユダは、イエスに有罪の判決が下ったのを知って後悔し、銀貨三十枚を祭司長たちや長老たちに返そうとして、「わたしは罪のない人の血を売り渡し、罪を犯しました」と言った。しかし彼らは、「我々の知ったことではない。お前の問題だ」と言った。そこで、ユダは銀貨を神殿に投げ込んで立ち去り、首をつって死んだ。祭司長たちは銀貨を拾い上げて「これは血の代金だから、神殿の収入にするわけにはいかない」と言い、相談のうえ、その金で「陶器職人の畑」を買い、外国人の墓地にすることにした。このため、この畑は今日まで「血の畑」と言われている。こうして、預言者エレミヤを通して言われていたことが実現した。「彼らは、銀貨三十枚を取った。それは、値踏みされた者、すなわち、イスラエルの子らが値踏みした者の価である。主がわたしにお命じになったように、彼らはこの金で陶器職人の畑を買い取った。」

聖書の「陶器職人の畑」はAkeldaman（アケルダマ、血の地所）と呼ばれ、燃え続けるごみくずの山に使われたヒンノムの谷の南に位置し、異邦人、乞食、罪人の墓地として使われたといいます。バーバラ・ウォーカーの『神話・伝承辞典』（大修館書店）によって、伝承をさかのぼってみると、シュメール‐バビロニアの女神アールールは粘土から人類を創造した最初の「陶器師」であったとされています。「神が粘土からアダムを創造する聖書の物語は、聖書に記された太祖たちが神の性別を女性から男性に変えた上で、古代の書物から剽窃《ひょうせつ》したものである」とウォーカーは断言しています。またウォーカー流にあくまでも女神と呼ばれていますが、「ユダヤの神殿では女神は『陶器師』として崇拝され、その神殿で女神は生贄《いけにえ》の犠牲者の値として『銀三十枚』を受け取った。彼女は『血の地所』を所有しており、そこの土はこのようにして買われた生贄たちの血でしめり気を含んでいた。」ともありますので、すでにして生贄がささげられていた土地が異邦人たちの墓地とされたことになりましょうか。

ちなみにユダは聖書の「使徒言行録」によれば次のような運命をたどっています。「このユダは不正を働いて得た報酬で土地を買ったのですが、その地面にまっさかさまに落ちて、体が真ん中から裂け、はらわたがみな出てしまいました。このことはエルサレムに住むすべての人に知れ渡り、その土地は彼らの言葉で『アケルダマ』、つまり、『血の土地』と呼ばれるようになりました。」とすれば、「陶器職人の畑」は因果応報の象徴とも読めることになります。

こういうpotter's fieldが引き起こすイメージはこの作品には十分生かされています。聖別されていない土地に身元の分からない女性が埋葬されていたというのは、異邦人の墓地というにふさわしく、またユダとは異なりますが、因果応報的な事件ともいえます。本来なら閉じた円環であったはずの死が引き起こした悲劇が、墓があばかれたことにより解決されるというのは実にカドフェル的でもあると思うのですが、いかがでしょうか。

ルアルド自身が「土地は無垢《むく》なものです。人の利用の仕方によってしか、汚されることはありません」というのが真実であることは確かなのです。

さて、本書では修道志願者としていったん修道院に入ったサリエン・ブラウントが、志を翻《ひるがえ》して世俗に戻ります。なにしろ修道院を舞台にしたシリーズですから、いたるところ修道士や、司祭や司教といった聖職者が顔をだしてきます。どういうふうに区別されているのだろうと疑問をお持ちの読者もいらっしゃるのではないでしょうか。的確とはいかないかもしれませんが、この辺の概念についてお伝えできればと思います。

まず、一言でいえば修道士は聖職者ではありません。えっ？ と思われたのではありませんか。つい、宗教的な職務に従事する人たちを「聖職者」と考えてしまうのですが、「修道士」と「聖職者」は全然別個の概念です。修道士というのは一般的に清貧・貞潔・従順の三つの修道誓願を立てた男子で（女性なら修道女です）、神の栄光に全生涯を捧げようと志す人たちのことです。神との一致をめざして近づいていきたいという願いと努力をする人々は、「熱心な正しい信仰とともに健全な身体と健全な精神を有し、神から修道生活に召されたという自覚と、一生修道会にとどまる固い決心が必要」です（『キリスト教事典』）。「清貧の誓願」は個人としての財産や私有物を持たず、「貞潔の誓願」は生涯異性と交わらないことであり、「従順の誓願」とは神の代理者としての修道会の長上に従うということです。本書をすでにお読みの方には、「貞潔の誓願」というものがルアルドとサリエンでは、まるで違った趣《おもむき》をもっていることがおわかりだと思います。修道士は、とくに中世では伝道や文化や社会事業といった活動で社会に多大な貢献をしていますが、彼らのありようはあくまでも主とともにある祈りの生活なのです。

一方聖職者というのは、宗教の中で聖なる職務とみなされている信仰を広め、維持し、また教育を施す仕事をする者のことです。ローマカトリック教会の場合は、神のもとに司教―司祭―信徒というヒエラルキア（位階制度）を認めています。信徒が司祭に任命されることを叙階《じょかい》と呼び、秘跡の一つになっています。つまりイエスから神と信徒との仲介者である権限を与えられた使徒、後にはその後継者としての教皇や司教から叙階された者が聖職者ということになります。中世末期には七段階の身分に分かれていたということですが、現在では司教、司祭以下八段階ないしは七段階とされています。「司祭」が一般的な役職名であるのに対し、「神父」というのは本来は信徒の人が司祭を呼ぶときの言い方です。現在では司祭と神父がほとんど同じ意味合いで使われることが多いそうです。ただし信徒の人が司祭を直接的に呼ぶときは「神父さん」と呼び、「司祭さん」とは決していわないそうです。

ちなみに当時は宗教改革以前ですからプロテスタント教会は出現していませんが、プロテスタントではルターの思想によって「聖俗の区別が廃棄されたため身分としての聖職の概念は失われ機能的な『教師』がこれに代わる」（『キリスト教事典』）ことになったそうです。よく神父と混同される「牧師」というのは、プロテスタント教会で正式に教師に任命されたもののうち、一つないしいくつかの教会の牧会および伝道の責任者に任ぜられた人のことです。

ついでに「聖人」。本巻にもウィニフレッドをはじめ、タイシリオとかイルタッドという聖人が登場します。彼らは信仰の深さと徳に秀《ひい》でたキリスト信者の模範となるような生活を送った人たちで、教皇の宣言によって聖人とされています（列聖）。教会暦にその祝日を定めて、崇敬の対象となっています。もちろん聖人の最高位に位置しているのが、イエスの母、聖母マリアです。

元に戻りますが、もちろん修道士にして司祭であるという聖職者はいるわけで、彼らは「修道司祭」と呼ばれます。シュルーズベリ修道院ではラドルファス院長や、ロバート副院長が司祭ですし、ちょっと思い起こしていただければ、カドフェルの助手であったマークが司祭になるべく修道院をでてリッチフィールドで修行中でしたよね。十二巻『門前通りのカラス』の解説に教会と修道院の関係について簡単に書きましたので、そちらも読んでいただけると幸いです。

ところで、インターネットで検索をかけるとカドフェル関連のサイトやページが山ほど出てきます。「ミステリボックス」版で本書の解説を書いた時には、ニフティサーブのフォーラムの紹介をしていたことを思うと、隔世の感がありますね！　サイトのページもミステリー寄りのものから、庭や薬草にしぼったものまで、さまざま。読者の方たちの多様な楽しみ方の一端にふれられます。

〈修道士カドフェル・シリーズ著作リスト〉

①A Morbid Taste for Bones（1977）『聖女の遺骨求む』（光文社文庫）
②One Corpse Too Many（1979）『死体が多すぎる』（光文社文庫）
③Monk's-Hood（1980）『修道士の頭巾《フード》』（光文社文庫）
④Saint Peter's Fair（1981）『聖ペテロ祭殺人事件』（光文社文庫）
⑤The Leper of Saint Giles（1981）『死を呼ぶ婚礼』（光文社文庫）
⑥The Virgin in the Ice（1982）『氷のなかの処女』（光文社文庫）
⑦The Sanctuary Sparrow（1983）『聖域の雀』（光文社文庫）
⑧The Devil's Novice（1983）『悪魔の見習い修道士』（光文社文庫）
⑨Dead Man's Ransom（1984）『死者の身代金』（光文社文庫）
⑩The Pilgrim of Hate（1984）『憎しみの巡礼』（光文社文庫）
⑪An Excellent Mystery（1985）『秘跡』（光文社文庫）
⑫The Raven in the Foregate（1986）『門前通りのカラス』（光文社文庫）
⑬The Rose Rent（1986）『代価はバラ一輪』（光文社文庫）
⑭The Hermit of Eyton Forest（1987）『アイトン・フォレストの隠者』（光文社文庫）
⑮The Confession of Brother Haluin（1988）『ハルイン修道士の告白』（光文社文庫）

⑯ The Heretic's Apprentice（1989）『異端の徒弟』（光文社文庫）
⑰ The Potter's Field（1989）『陶工の畑』（本書）
⑱ The Summer of the Danes（1991）
⑲ The Holy Thief（1992）
⑳ Brother Cadfael's Penance（1994）
㉑ A Rare Benedictine（1988）短編集

［訳者略歴］　1942年生まれ。本書を始めとしたカドフェル・シリーズを訳すほか、近年の訳書に『図説ロンドン年代記』『ヴィジュアル百科　世界の文明』（原書房）などがある。デジタル書店「グーテンベルク21」を主宰。
http://www.gutenberg21.co.jp/

光文社文庫

陶工《とうこう》の畑《はたけ》　修道士《しゅうどうし》カドフェル・シリーズ ⑰

著　者　エリス・ピーターズ
訳　者　大《おお》出《いで》健《けん》

2005年9月20日　初版1刷発行

発行者　篠　原　睦　子
印　刷　堀　内　印　刷
製　本　関　川　製　本

発行所　株式会社　光　文　社
〒112-8011　東京都文京区音羽1-16-6
電話　(03)5395-8149　編集部
8114　販売部
8125　業務部

落丁本・乱丁本は業務部にご連絡くだされば、お取替えいたします。
ISBN4-334-76158-5　Printed in Japan

お願い　光文社文庫をお読みになって、いかがでございましたか。「読後の感想」を編集部あてに、ぜひお送りください。

このほか光文社文庫では、どんな本をお読みになりましたか。これから、どういう本をご希望ですか。どの本も、誤植がないようつとめていますが、もしお気づきの点がございましたら、お教えください。ご職業、ご年齢などもお書きそえいただければ幸いです。当社の規定により本来の目的以外に使用せず、大切に扱わせていただきます。

光文社文庫編集部